WOMEN

XUEROU FENGMAN

我们的父辈

血肉丰满

贺捷生 著

百花洲文艺出版社

BAIHUAZHOU LITERATURE AND ART PRESS

图书在版编目（CIP）数据

我们的父辈血肉丰满 / 贺捷生著. -- 南昌：百花洲文艺出版社，
2020.1（2021.7重印）
ISBN 978-7-5500-3502-7

Ⅰ.①我… Ⅱ.①贺… Ⅲ.①散文集－中国－当代 Ⅳ.①I267

中国版本图书馆CIP数据核字(2019)第263803号

我们的父辈血肉丰满

贺捷生　著

特约编辑	刘立云
责任编辑	许　复
书籍设计	方　方　周璐敏
编辑邮箱	fanfansoo@126.com
出版发行	百花洲文艺出版社
社　　址	南昌市红谷滩区世贸路898号博能中心Ⅰ期A座20楼
邮　　编	330038
经　　销	全国新华书店
印　　刷	保定市铭泰达印刷有限公司
开　　本	710mm×1000mm 1/16　　印张 18.5
版　　次	2020年2月第1版
印　　次	2021年7月第6次印刷
字　　数	240千字
书　　号	ISBN 978-7-5500-3502-7
定　　价	49.00元

赣版权登字 05-2019-338

邮购联系　0791-86895108
网　　址 http://www.bhzwy.com
图书若有印装错误，影响阅读，可向承印厂联系调换。

贺捷生，祖籍湖南省桑植县。少将军衔。高级军事科学研究员。著名军旅作家。1935年11月1日出生，在襁褓中跟随父亲贺龙、母亲蹇先任全程经历红军二万五千里长征。1955年考入北京大学历史系。先后在青海、中国革命博物馆、基建工程兵、解放军总政治部和军事科学院工作。曾任全国政协委员、北京市政协委员，军事科学院军事百科研究部副部长、部长。参与主持《中国军事百科全书》编纂出版工作，历时十余年。总字数达一千五百万字的十卷本《中国军事百科全书》陆续出版发行，荣获国家图书最高荣誉奖。发表许多文学作品，多部影视剧本被拍成电影和电视剧。先后荣获全国报刊优秀新闻作品奖、《中国作家》优秀作品大奖、《解放军报》多届长征文艺奖、《人民文学》年度优秀作品、中国作家出版集团奖、朱自清散文奖、冰心散文奖等奖项。散文集《父亲的雪山　母亲的草地》获第六届鲁迅文学奖。

目 录

贺捷生的历史天空和精神原野（代序）

张抗抗

贺捷生女士所著《父亲的雪山 母亲的草地》一书，2013年10月由解放军文艺出版社出版后，得到关注和好评。书中收集的散文单篇作品，先行在《人民文学》《中国作家》《十月》和《人民日报》等报刊发表，引起较大反响，频频获得刊物和全国散文年度奖。该书出版后，获《作家文摘》年度非虚构类"十大影响力图书"奖项。

该书由若干篇短文组成，其中最长的"短文"有几万字之多。全书由"苍茫""血亲""怀想""童眸"四部分构成，结集为三十余万字的厚重大书。作者以自己带有传奇色彩的身世为隐线，讲述了父亲贺龙与母亲蹇先任在战争年代的戎马生涯，以及新中国建立直至"文革"发生，父母风云跌宕的悲壮命运；记述了数位为革命而献身的父辈英烈、族人亲友的往事……作者通过书写，寻觅自己的天空，追溯精神与信仰之源，如涓涓细流汇集为滔滔江河，揭开心灵深处的惊涛骇浪。

近年来，此类"红色题材"陆续面世，为数可观。三年前，贺捷生出版的散文集《索玛花开的时节》，已在这一领域中初露才华。而《父亲的雪山 母亲的草地》一俟出版，迅速受到了史界、文学界的青睐。这一部在内容上并无猎奇玄妙之处、在思想观念上甚至带有鲜明的"传统"或"正统"意识形态色彩的作品，究竟为何能够成为一个文史双修并茂的独特文本？"红色意境"中潜藏的奥秘与魅力，颇有解析研究的价值。

作者在"后记"中写道："早知道文字是迷人的，却不知道文字这般迷人。坐在北京木樨地那座住满世纪老人的高楼里，我期待的文字常常穿越时空，翩然而至。它们引领我回溯和追忆，寻觅和缅怀，在一次次倾情呼唤中，沿历史大河逆流而上，直至它的源头。我发出的声音可能很微弱，但我感到我是在对天空倾诉，对大地倾诉，对潺潺流向未来的时间倾诉。而这种倾诉，原来是如此幸福，如此快乐。"

这段话，也许可以成为引领我们通览该书的导语。当作者立足于"倾诉"的个人立场与个人视角，她便脱离了历史"宏大叙事"的预设轨道，还原为一个聪慧柔弱的小女儿、一个耽于思念怀想的感性女人、一个情感与理性并重的知识女性……

在这片充满人性意味的青草地上，往日抽象的革命话语如同露水一般退去，那些富有生命质感的语词，似雨后的新鲜蘑菇，从草地细微的裂缝中悄然钻出地面。贺捷生的叙述，自有一种凄美伤感的情调，蕴含着绵长柔软的柔情。情在笔下流淌，平淡似水；往水的深处望去，滴滴血痕洇开，化为带血的泪。父爱如山、母爱如水，父亲的雪山象征着顶天立地的人格力量，母亲的草地意味着丰沛与美丽的人格魅力。此前谁听说过带兵统领的指挥员，怀里竟然揣着襁褓中的婴儿？当他跃马扬鞭冲向敌群，浑然不知婴儿已从怀里被抛入草丛。敌退后才慌忙返身寻找女儿，失而复得喜极而泣。一代刚毅坚强的革命者形象，被重塑为有血有肉、充满人情味的普通父亲。

1935年11月，长征队伍开拔，八个月后改编为红二方面军的红二、六军团杀出重围，去追赶红一方面军。此时蹇先任十月怀胎临产在即，被军团总指挥安排在桑植洪家关老家待产，而腹中婴儿偏偏迟迟不肯降生。贺捷生在《远去的马蹄声》一文中写道："……母亲心急火燎，连拉开肚子逼我出生的心都有了。她每天早晨醒来，都要拍着滚圆的肚子，对我呼喊：儿啊，你怎么还不出来？你爸爸就要带着大部队远远地走了，你那么不听话？……"捷生好像听见了母亲的呼喊，终于降生人间。可是——"初次来到这个世界，恐怕没有谁比我听到了更多的马蹄声；没有谁像我那样整日整夜地枕着马蹄声入眠……我母亲说，我在童年说出的第一个词，不是'妈妈'，而是'马马'……"

如此发自肺腑的真情表述，比比皆是。依照我们的习惯思维，很难相信这般缠绵缱绻的文字，出自一位女将军手笔。写作的将军不佩刀，作者以柔情如诉感染读者，语言的魅力具有强烈的征服力。

该书以较多篇幅，记述了作者最敬仰、最依赖的父亲贺龙与母亲蹇先任，几十年来在她脑海中盘桓不去的亲情记忆。那不是军史和党史刻印的肃穆词条，而是刻骨铭心的声音、影像与鲜活的细节。她写父亲当年"两把柴刀闹革命"，在故乡湖南桑植起兵，一举端了芭茅溪盐局。而"柴刀"因湖南口音之误，日后被传为"菜刀"。她写父亲在战时间歇中与战友一起为她起名字；写"人性"压倒了"军纪"的父母亲，不忍将她弃置于荒天野地，竟轮替在马背上带着她，历尽九死一生，走过雪山草地；写父亲与周恩来当年以诗合韵的友谊，父亲在她上大学后，还把那首"虫声唧唧不堪闻"的七言诗亲自教给她……

因而，父亲英年蒙冤而死，是她一生中无法抹去的伤痛。

伤痛之于一国，是民族的巨大损失；之于一家，是坍塌的天地。尤其对于一个天性敏感重情的弱女子而言，此后她一生都沉浸在无法弥合的伤痛之中。但她下笔梳理浩繁史实之时，并未耽于"文革"的惨烈情景，而是从寻访父亲当年"闹革命"的兴肇之地起始，步步回溯，以此反证"理想"的正当性，追问"违背理想"的罪恶之源。

她在《回到芭茅溪》一文中写道："从悬崖上垂下的每片芭茅叶，都带着父亲的体温……怆然插向空中的叶子，宁愿被折断，也不愿被压弯；凛冽的风从远山吹来，成片成片的枯叶在风中摇晃，发出窸窸窣窣的声音，如同一个伤痕累累的兵团，擦干血迹，咽下悲伤，又要整装待发……我真想走到它们面前，伏下身去，把它们一丛一丛抱在怀里，对它们说出我的渴望，我对这片土地万劫不复的眷恋……"

伤痛并非来自战争年代，而是"中国人民重新站起来了"的和平时期。那场"浩劫"有如嵌于体内的弹片，阴雨天钻心蚀骨疼痛。尽管作者绝然无意否定父辈曾经的"光荣与梦想"，然而，她以文字的手术刀，一次次揭开结痂的伤口，试图将被体液锈蚀的弹片取出，提醒着人们保持对来自"身后的子弹"和权力滥用的高度警惕——此为全书的筋骨，柔中带刚，绵里藏针。

　　"离愁"是该书的另一条副线。母亲蹇先任带着这个孱弱的女婴，抖尽米袋里最后一点粉面，搅拌野菜做成稀汤糊糊喂养她，走过万里长征路，终于抵达延安，实属世界战争史的奇迹"花絮"。然而，战事严酷，她不满两岁时，父亲又率部东渡黄河抗日，只得托两位南昌起义的旧部把她带回湘西抚养。她的童年始于离乱漂泊之中，在对亲生父母遥远渺茫的思念中一天天长大。直到新中国成立，母亲才把她从湘西接回父亲身边。

　　远离父母的童年孤独而凄苦，离愁成为她人生中挥之不去的阴影。在我们熟悉的"战争与革命"宏阔壮丽的画卷中，出现了另一种被人忽略的灰暗底色。一位养父家有三子，负累沉重，仍对她不舍不弃；一位养父家庭不睦，妻子吸食鸦片，但他为了呵护小捷生而忍气吞声委曲求全。他们离开陕北前对贺龙的庄重承诺，一诺千金，宛若《赵氏孤儿》中程婴的现代版。两位领受周恩来统战嘱托的养父先后去世，养母带着她东躲西藏多次迁址。离奇的是，从她孤苦的童年直到险象环生的中学时代，暗中总似有绰绰人影在护佑她……兵荒马乱之中，捷生的亲生父母远在陕北生死不明，而这个珍贵的小生命，却奇迹般地活了下来并受到良好教育。世事苍茫，谜团疑虑山重水复。

　　与战场的壮烈牺牲相比，人世间其实还有一种看不见的牺牲。无名无分无利无言的牺牲，并非出于高蹈的理想和目标，仅仅只是为了恪守托付和信任。当胜利的旗帜飘扬，那些默默无闻的义士，已长眠于黑暗的地下。1949年，捷生终于结束了颠沛流离的少女时代回到北京父母身边，从此，生活中又平添了新的离愁。若干年后，她写下《鸿蒙初开的日子》《庭院深深深几许……》《逃离雅丽山》的感人篇章，诉说她对养父那般忠诚仗义的湘西汉子的怀念。

　　在一个女孩忧愁感伤的目光中，有关"革命"的话题，被"离愁"拆解重装为一面可视可感的多棱镜，照见了史书记载的伟人伟业背后，那些普通民众所付出的艰辛与牺牲。宏伟的史诗，演化为凡人匹夫的多声部合唱，"革命"因此变得亲近而真切了。

　　饱满缠绕的思绪，弥漫浸淫全书，在灰暗中透出微茫的亮色。捷生的"血亲"卷，怀念母亲的文字达四篇之多。《外公在母亲心中》一文，记述了母亲蹇先任的家族史、与贺龙的恋情，以及作为中共高级女干部的蹇先任在新中国成立前后的业绩。蹇先任与贺龙结婚之前，在长沙参加过学生运动，从事党的秘密工作，是一位比父亲贺龙还早两年加入中共的老党员。"当她站在父亲面前时，她那两只像湖水般深邃的眼睛，她在艰苦环境中锻炼出来的从容与沉稳，让父亲认定她就是自己要找的女人……正是这样的知识女性。"

贺龙迅即向蹇先任求婚，蹇先任不慌不忙回答，要去慈利县问问她父亲。贺龙爽快地说："好嘛，过几天我们就把慈利县城打下来！"县城打下来后，翁婿一见如故。从此，外公做生意的舟船，驶上了革命的航道。那是怎样一个豁达睿智、识大体顾大局的外公哦！两个女儿分别嫁给了贺龙与萧克，两个儿子也先后参加了红军，蹇家为革命奉献了四个儿女。长征开始后，外公关掉了豆腐坊和染坊，背井离乡远避他乡。外公累得腰慢慢弯下去，外公老了。外公至死都在盼着"天亮"，儿女会回到自己身边。就在外公去世后的第七天，慈利宣告解放……而他的女儿蹇先任，战时领导正规军打游击战，辗转南北，后留学苏联，历经千辛万苦取道新疆回国，新中国成立后历任各级干部职务，2004年于北京安然逝世，享年九十六岁……

捷生在《在围场骑马挎枪》一文中写道："骑白马，挎双枪，几十年后，母亲回忆围场的这段岁月，神采奕奕，依然沉浸在对当年战斗生活的痴迷之中……每当红日东升或夕阳西下，她在洒满金辉的原野上策马前行，风吹动她齐耳的短发和手枪把上的红绸，就像一团火奔向太阳……"

新一代革命女性形象跃然纸上：独立自主、坚定顽强，而又柔情似水。新中国成立后，蹇先任不顾一切地返回湘西，为父奔丧并寻找失散多年的女儿，有如花木兰卸甲还妆，甘愿回归"父亲的女儿"和"女儿的母亲"身份。一个真正的女人，内心终是儿女情长。

贺捷生擅写人物，无论赫赫有名的将领还是普通士兵，在她笔下，音容笑貌如见其人。战争总与鲜血死亡相连，"人"在瞬间消失。"人"的肉体被毁灭，却有"气息"长存。贺捷生的"怀人"，怀念的是具体的"个人"；浓墨重彩的是"人"栩栩如生的性格；怀恋的是"人"的胆识与风骨。大时代的人，在创造了历史的同时，也重塑了自己。

写不尽那些可敬可亲的"人"——贺氏宗亲族人中为国捐躯的三千英烈，大姑贺英、向媛姑，在"文革"中致残失明的"瞎子哥"贺学祥……

她走进徐向前元帅的故居，缅怀这位"精神"的父亲。她探访童年住过的陕北庄里镇——当年的红二方面军指挥部，瞻仰父亲战争年代的亲密搭档和生前好友、全国人大常委会副委员长习仲勋长眠的墓地。她写"像黄金一样纯粹"的"淘金司令"齐锐新，为新中国勘探黄金踏遍万水千山。她写父亲的爱将——贺学文之子贺炳炎，怎样从一个机灵的小铁匠成为所向披靡的"钢铁将军"。贺炳炎因负伤不用麻药截去右臂的情景，催人泪下……

亡灵列队消失在历史的深处。先人的义勇旷达，比照出今人的平庸唯利。她试图以先人道德化的人格理想，唤回今人迷失的心魂。血肉之躯的"人"，是作品的血肉。由此，父亲高耸的雪山、母亲多汁的草地，以强烈的象征意味、史诗般的美学气质——矗立、舒展。那也是贺捷生的历史天空和精神原野。

卷一　　**血与火**

父亲的桑植

又一次回到桑植，回到父亲的桑植，父亲的洪家关，父亲的芭茅溪，父亲的陈家河、刘家坪……

我对桑植一往情深，源于父亲对桑植一往情深。因为这是父亲的故乡；因为这个故乡太博大，太厚重了，只有父亲的肩膀才能扛起来，只有父亲有资格用他不改的乡音对人们说：这是我的桑植，我的故乡。

现在正是3月，正是桑树发芽的时候，因到处生长着桑树而得名的桑植，漫山遍野的鹅黄，满山遍野的嫩绿，陷入了对一个人的回想和思念：一百二十年前的3月22日，父亲贺龙就诞生在桑植的洪家关。

一百二十年前的桑植，是什么情景呢？我说不出来。我只知道桑植是湖南的边缘，地处武陵山脉北麓、鄂西山地南端。与桑植相邻的宣恩、鹤峰，还有与它隐隐相望的铜仁，则是湖北和贵州的边缘。而在中国，但凡边地，大半为群山雄峙的荒蛮之地，居住着性情粗放的少数民族。查阅史志，桑植亦然，它古称"西南夷地"，夏商属荆地，西周属楚地，春秋时期归楚巫郡，从宋朝开始正式推行土司制度。总之，野天野地，离不开一个"蛮"字。到父亲出生的时候，在它一万零四百二十六个山头下散落着白、苗、土家等二十八个民族。因为偏僻、封闭，各民族杂居，民风迥异而强悍，喜武，喜猎，喜斗。人说燕赵多慷慨之士，在桑植历史上，也不乏犯上作乱者、豪强忠勇者，且前赴后继，名震乡邦。几十年前当地仍顽强地保留着一种习俗，人死在外地，不仅要把尸背回来，还要把魂叫回来，名曰"赶尸"。另有一个习俗：如果哪个大逆不道者犯了朝廷的砍头之罪，一刀下去，头是不能落地的。那么，怎么办呢？砍头那天官府会通知家人去刑场，用被子或一块大布兜住。我们贺家祖上就出过这样的斗士，去刑场兜住头颅的，是位祖奶奶。她空手而去，在大刀一闪，头颅猝然滚落的一瞬间，她眼疾手快，掀起长襟一把接住，然后抱着血淋淋的头颅扬长而去。

父亲的血管里，就流着这样的悍勇之血。他少小习武，十二岁跟着任哥老会小首领的姐夫谷绩廷去赶马，当骡子客，在湘鄂川黔边崎岖难行的山道上翻山越岭，风餐

贺龙的故乡——湖南省桑植县洪家关。

贺龙故居。1896年
3月22日，我的父
亲贺龙就诞生在这
里。

露宿；十三岁长成一个虎背熊腰、高大伟岸、天不怕地不
怕的莽汉；1916年，他登高一呼，带领几个兄弟，用人们
常说的两把菜刀，砍了芭茅溪盐局，夺得十三支毛瑟枪。
此后戎马一生，绝非无缘无故。如果要寻找他血液中的基
因，我觉得，既有桑植二十八个民族生生不息的强悍对他
的熏染，也有桑植的高天厚土对他的滋养。而在此后十年
中，他把桑植人侠肝义胆的名声带到外面的世界，带到一
个叫毛泽东的青年领袖的耳朵里，却是他始料不及的。我
们知道，这是1927年的9月29日。秋收起义失败后，毛泽东
带领不足千人的队伍到达江西永新的三湾村。在经过日后
闻名的"三湾改编"后，针对个别人对革命悲观失望的情
绪，毛泽东站在一棵大枫树下，以我父亲为例，对即将上

井冈山的部队讲了"星星之火可燎原"的大道理。毛泽东说："贺龙用两把菜刀闹革命，现在当军长。我们现在不止两把菜刀，还怕干不起来吗？"同时，我们还知道，就在毛泽东在三湾说这番话前不到两个月，我父亲作为国民革命军第二十军军长，站在了中国共产党领导下的南昌起义总指挥的位置上，打响了以革命武装反抗国民党反动派的第一枪。回头看，我们可不可以说，被无数革命先辈点燃的星星之火，有一把，就是桑植人贺龙，在他的故乡桑植点燃的？

实际上，桑植作为故乡给予我父亲的，比这还要多。1927年深秋，南昌起义军在南下途中失败后，父亲跟着周恩来从香港辗转到党中央所在地上海。周恩来对我父亲说，贺胡子，把你的部队打光了，革命正处于低潮，先送你去苏联伏龙芝军事学院学几年军事吧。我父亲说，不去，我贺龙是大老粗，不认识外国的洋码字，还是让我回湘西拉队伍吧。就这样，1928年2月初，我父亲和他的入党介绍人周逸群一起，经洪湖回到故乡桑植的邻县石首桃花山地区，举行"年关暴动"，之后以这支农民武装为基础，逐渐创建了红二军团。1934年8月，江西中央革命根据地面对国民党更大规模且更残酷的第五次军事大"围剿"，中革军委（编者按：中华苏维埃共和国中央革命军事委员会）酝酿战略大转移，决定派由萧克任军团长的红六军团先行出发。当时的战略意图，便是与我父亲在湘西创建的红二军团会合，为中央红军创建新的革命根据地。红二、六军团在贵州印江县木黄镇会师后，当即插入湘西，举行了历时两个月的"湘西攻势"，先后在大庸（现张家界）和永顺塔卧建立湘鄂川黔边革命根据地，为被迫长征的中央红军拖住了国民党部队的四十多个团。当中央红军以惨重代价越过湘江，深入贵州境内，参与堵截中央红军的湘军主力回师湘西，集中对付红二、六军团。这时，连身为红二、六军团总指挥的我父亲也没有料到，部队左冲右突，打来打去，最后打回到了他的故乡桑植。用父亲的话说，是桑植用它颠连起伏的山峦掩藏了他这支部队，用浓郁的情谊和贫乏的食粮，喂养了他这支部队。也就是在桑植，红二、六军团利用它特殊的地理地貌，把对湘军取攻势、对鄂军取守势，颠倒过来，转变为对湘军取守势、对鄂军取攻势，把战线推进到湖北宣恩和恩施一带。这之后，换手如换刀，红军连续取得了忠堡和板栗园大捷，活捉了国民党军纵队司令、第四十一师中将师长张振汉，把满腹经纶、著有多部军事和地理学著作的另一个师长谢彬斩于马下。我就在这时的捷报声中出生，父亲与刚成为我姨夫的红二、六军团副总指挥萧克，红六军团政委王震，额手称庆，给我取名为"贺捷生"。我的出生地，理所当然也在红二、六军团的大本营桑植，那个地方叫南岔村冯家湾。后来发生的事情，中国当代革命史是这样记载的：1935年11月19日，红军的三大主力之一，八个月后改编为红二方面军的红二、六军团，从桑植刘家坪开始长征。而这时，我刚刚出生十八天。

"黑夜茫茫风雨狂，跟随常兄赴疆场。流血身死何所惧，刀剑丛中斩豺狼。"如果你在某本烈士诗抄中读到过这首诗，那我要告诉你，写下这首诗的，就是桑植的一位大名鼎鼎的革命烈士，我的堂叔贺锦斋。诗里的那位"常兄"，便是我父亲贺龙。许多人不知道，我父亲最早的名字叫贺文常，那个年代桑植的老百姓对他都亲切地直呼其名，就像老辈人读完《三国》，说起桃园三结义，都直呼刘玄德、张翼德、关云长。桑植那些不要命地跟着我父亲打天下的人，都以"跟随常兄赴疆场"为荣。这就是最让我父亲感到欣慰也最让他感到愧疚的桑植。我说桑植是父亲的桑植，就因为生活在桑植的二十八个民族，桑植的山川河流、稻米和苞谷，既给了父亲寻常人少有的血性和骠勇，也给了他驰骋疆场的一片天地，更交给了他无数的好儿女、无数的亲骨肉。

2008年，我大女儿贺来毅做了一件让桑植的父老乡亲交口称赞的事：回桑植翻山越岭，走家串户，寻访革命烈士踪迹，自己动手摘抄、整理并自费出版了一部跟随我父亲打江山但最终献出了生命的革命烈

为了反对当地政府的苛捐杂税和敲诈勒索，1916年3月，贺龙率众乡友以两把菜刀劈开芭茅溪盐局，从此开始了他的革命生涯。下图为芭茅溪盐局旧址。

建在洪家关玉泉河
上的永安桥。1952
年改名为贺龙桥。

士名录。成书之日，望着这本厚厚的名录，我们都吓了
一跳：从"大革命"到全国解放，光是我们贺氏家族有
名有姓为国捐躯的烈士，就有几百人；如果算上远近亲
戚，有好几千人。再算上全县二十八个民族的殉难者，
数以万计！都是同一个故乡，同一个籍贯，同一个桑
植。翻开这本烈士名录，我相信，没有一个人的眼里不
涌满泪水；捧着这本名录，没有一个人的手不颤抖。都
知道，我父亲用两把菜刀闹革命那年，如秋风扫落叶，
迅速在老家洪家关成立了一支讨袁民军，从桑植带走一
批人。这批人经过北伐战争的考验和洗礼，以师、团、
营、连军官的身份参加南昌起义，有多少把血洒在了南

昌城头！南昌起义失败后，我父亲赤手空拳回湘西举行"年关暴动"，又从桑植带走一批人。这批人渐渐成为红二军团的指挥员和战斗骨干。为创建湘鄂川黔边革命根据地，在面对国民党军从四十个团到八十个团的重重"围剿"时，他们中又有多少在刀剑丛中"流血身死"？后来，那是1935年，在父亲的红二军团与萧克的红六军团会师后，从桑植刘家坪紧追一年前踏上征途的中央红军，开始长征，再从桑植带走一批人。这批人在二万五千里的长途跋涉中，斩关夺隘，忍饥挨饿，有多少倒在了皑皑雪山、茫茫草地？也就是说，从1916年的芭茅溪起义，到1935年长征，在短短二十年中，我父亲从桑植带走一批批青壮年。但战争如秋风，一个县的人，即使像山上的芭茅草，那也经不起这样砍伐啊！

我说两个例子。先说早年写下《跟随常兄赴疆场》的我堂叔贺锦斋，原名贺文绣。他的父亲与我父亲的父亲，也就是我爷爷，一奶同胞，一个做教师，一个在故乡洪家关做裁缝，家里都穷。在那个"黑夜茫茫风雨狂"的年代，父亲穷，儿子自然也穷，因此我父亲在1916年揭竿而起，踏上了死不回头的革命道路。比我父亲多读了几年书的贺锦斋，景仰堂兄敢作敢为，1919年毅然决然加入了我父亲的队伍。他开始给我父亲当卫士，逐渐升为营长、团长，和我父亲堂兄堂弟，在战争中肝胆相照；到南昌起义时，已升任国民革命军第二十军第一师师长，成了我父亲的左膀右臂。在起义战斗中，根据我父亲下达的命令，他率领有众多桑植子弟任各级军官的第一师，向敌第五路军总指挥部发起进攻。用一个师对付一路军，那真是"打仗亲兄弟，上阵父子兵"啊！他们打得最艰难，最顽强，也最残酷。昼夜激战四小时，终于歼敌一部，迫使余部投降。起义军南下潮汕途中，第一师又参加了瑞金和会昌战斗，同样战绩辉煌。南昌起义军被打散后，为了找党，他追着我父亲也到了上海。父亲说，绣弟，党我找到了，你先回湘西去，把部队被打散后回到老家的官兵收拢来，我随后就到。

年关临近时，我父亲和周逸群辗转荆江地区，在监利与贺锦斋在短短几个月里组织的游击队会合了。十几天后发生的"年关暴动"，之所以震动三湘，就因为有他这支部队密切配合。1928年上半年，我父亲收编地方武装三千多人，正式成立湘鄂边工农革命军，即后来的红四军，自己任军长，第一师师长的重任再次落在贺锦斋肩上。8月下旬，父亲率部抵达石门，频频扫荡团防武装和税务机关，所向披靡，声势越来越大。9月初，由于出了叛徒，革命军遭到敌十四军教导师李云杰部和多股团防武装合围。9月8日夜晚，敌收缩包围圈至石门泥沙镇，军参谋长黄鳌壮烈牺牲。为掩护我父亲率主力部队突围，贺锦斋亲率警卫营和手枪连撕开包围圈，打退敌人潮水般的一次次进攻，直至中弹牺牲。

贺锦斋战死疆场，父亲深为悲痛，几十年都为他感到惋惜。想想吧，一个南昌起义主力部队叱咤风云的师长，如果他能活下来，活到革命胜利的那一天，他该在我们这支军队的什么位置上？要知道，共和国十大元帅，包括我父亲在内的七位元帅都是直接或间接从南昌起义的部队中走来的。其中的林彪，当时只是一个连长。

再说王炳南。八十多年前，在桑植，他是个家喻户晓的人物。比我父亲还大4岁的王炳南，白族，出生在桑植袁家坪，1919年与贺锦斋同年加入我父亲的队伍。在这之前，他的过人之处，是给牲畜治病，手到病除，出神入化。桑植和周围几个县的老百姓崇拜他到了什么程度？到了把他的名字写在红纸上，贴在猪圈和牛圈的门楣上，用来避邪的程度。1975年我重走长征路，到湖北恩施一带寻找红军的踪迹，看到一些偏僻农家依然在猪圈里贴着"王炳南在此"的红字条，每逢初一、十五，都给他烧香，求他保佑六畜兴旺。按说像他这样一个民间知识分子，凭着一身医术，无论在什么年代都衣食无忧，但他也跟着我父亲走了。因为他和我父亲一样高大威猛，又性情豁达，办事严谨，不久即当连长。南昌起义的时候，他代理团长，率部坚守牛行车站，堵截北援之敌，可以说在南昌起义中立下了头功。最后他在我父亲的部队任独立师师长和主力师参谋长。但夏曦来到湘鄂西后，大抓"改组派"，搞"肃反"扩大化。因他仗义执言，拒不诬陷自己的同志，1933年5月被非法逮捕，6月被错杀于鹤峰县麻水板栗树坪，年仅四十一岁。

贺锦斋和王炳南，都是桑植儿女精英中的精英，他们冲锋陷阵，英勇善战，终成我父亲的爱将。当他们战死沙场后，山河同悲，青史留名。但一支军队主要是由士兵组成的，这便决定了更多的人默默无闻。在桑植，那么多人跟着我父亲走，经历了那么频繁、那么惨烈的战斗，大部分人倒下了。这些人有的在烈士名录上留下了自己的名字，有的连名字也没有，成了石沉大海的人。尤其1935年7月在甘孜改编为红二方面军的红二、六军团，为掩护中央

贺龙一百二十周年诞辰日，桑植人民纷纷涌向洪家关，涌向贺龙纪念馆。贺龙廊桥上人头攒动，挤得密不透风。

红军，晚一年从桑植刘家坪长征，过草地的时候，连草都被前面的部队吃光了，饿死或因无力求生而陷进沼泽地里的人，谁记得他们？解放后，军队评衔授勋，江西兴国、湖北红安等成了著名的将军县，桑植原本最有理由成为将军县，但除了我父亲被授予共和国元帅，被授予将军衔的，竟凤毛麟角，寥若晨星。到这时，故乡的人才惊愕地发现，桑植被我父亲带走那么多人，但最后被他带到共和国灿烂星空下的，党史部门详细统计过，只有区区五十六个。换句话说，跟随父亲打天下的桑植儿女，绝大多数死在了革命的路途上。

解放后，父亲从未回过桑植，是否因为无法面对那么多失去亲人的父老乡亲？我想，肯定有此因素。记得上世纪50年代初，共和国刚刚诞生，从故乡寄来的寻找亲人的信件，就像雪片那般飘落在父亲的书桌上；而父亲每当读这些信，都会眼睛湿润，叹声连连。那时已经解放了，安宁了，阳光普照，道路和邮路畅通无阻，任何一个参加革命战争而需要寻找的人，恐怕都不在人世了。

我查阅《辞海》，桑植和桑梓，因读音相近，两个词几乎并肩排在一起。词条说，桑梓即故乡，但比故乡的说法更古老，旧时指父母在屋前屋后栽下桑树和梓树，盼望儿女们思念故乡，早日归来。我想，父亲是知道桑梓这个词的，他也绝不会忘记他那漫山遍野长满桑树的故乡——这个叫它桑植或桑梓，都一样"重"的故乡！

长征后再没有回去过、让父亲几十年念念不忘的桑植啊……

2016年3月 北京闵庄路5号院

高耸入云的碑

我气喘吁吁地往上攀。一百四十九个台阶，陡峭，阴冷，潮湿，像天梯般通向高高的山顶。两边浓密的树冠上，不时落下一滴水来，不知是露水还是昨夜残留在树叶间的雨水。因为极少有人光顾，台阶的立面长出一团团毛茸茸的绿苔；踏脚的那面凹凸不平，自然形成一个个小水坑，前脚踏上去必须踩稳了，才敢拔后脚。攀到半山腰，我几乎每上两三个台阶，就要停下来喘口气，脚肚子在一晃一晃地抖。

山顶上立着湘鄂川黔边根据地红二、六军团革命烈士纪念碑。

我固执地要爬上去看这面碑，向长眠在这里的红二、六军团的烈士们默哀，敬献花圈。因为，我是红二、六军团总指挥贺龙的女儿，也是红二、六军团的女儿，血脉里流淌着他们的血。当年还在母亲的肚子里，我就跟着他们跋山涉水、翻山越岭，是这支队伍中年龄最小的人。但生命苦短，而今我也七十七岁了，千里迢迢回到天子山为父亲扫墓，然后直奔这里而来。我想，我祭奠了父亲，怎么能不来拜谒这些曾经与父亲生死相依的烈士呢？他们也是我的父辈啊！再说，一个年逾古稀的人，我也到了风烛残年的日子，谁能保证还有力量来第二次？但是，最让我挂怀的，还是红二、六军团，这是一个庞大的集团，一个亲密的战阵。别说近八十年前长眠在这里的烈士，即使当年有幸活下来，跟着父亲去长征，再跟着父亲走进人民共和国的那些功勋卓著的将士，如今活在世上的，又还有几个？

山顶上立着湘鄂川黔边根据地红二、六军团革
命烈士纪念碑。

当一代人静悄悄地谢幕，一个轰轰烈烈的时代远去，他们灵魂的归宿，一定都在这片曾经让他们魂牵梦萦的土地上。因此，我必须攀到山顶上去，站在纪念碑前，对烈士们表达我的敬仰和思念。

身后跟着密密麻麻的一大群人，回头一看，黑压压的，都低着头，心情像我一样沉重。我往上爬，他们也爬；我停下来，他们也停下来。这让我感动，不敢停步，也让我为长眠在泥土中的烈士们感到欣慰。印象中，从张家界出来的时候是两辆车，路过父亲的故乡桑植、母亲的故乡慈利，悄悄跟上来好几辆。我在小镇上瞻仰几个红军旧址，镇上的人差不多都涌来了，小小的街道被堵得水泄不通，必须动用警察来维持秩序。他们有从桑植、慈利和

在慈利县溪口镇，与当地领导同志合影。

23

永顺县城赶来的干部，有穿军服和警服的士兵，更多的是面目熟悉又陌生的父老乡亲，许多人见面就叫我"姑姑"，多大的人和多年轻的人都这么叫。自从父亲端了芭茅溪盐局，湘西跟着他出来打江山的子弟兵，太多了。无论从血脉还是伦理上说，他们的后人都是我的亲人，谁从人群里挤进来叫我一声"姑姑"，我都答应，和他们手拉手，惺惺相惜。我知道他们不仅仅是来看我的，还想通过我回望那个血火浇铸、让他们既模糊又惊奇的年代；回望他们从未谋面，但在八十多年前就献出了生命的爷爷奶奶、伯伯叔叔们。

这个地方叫塔卧，是湘西永顺一个古色古香的老镇。年纪大一些的人，特别是红二、六军团的人和他们的后代，都对它记忆犹新，这是因为这个老镇留给他们的记

湘鄂川黔革命根据地的中心永顺塔卧兵工厂自制的手榴弹。

贺龙由上海返回湘鄂西时随身携带的皮箱，后成为中共湘鄂西前委公文箱。

忆，甚至留给中国的记忆，不可磨灭。

　　有多少人倒在了这片土地上啊！你只要在这座名叫土城包的小山上抓一把泥土，紧紧攥在手里，就明白了。不说能攥出血来，但说这些红色泥土曾经被烈士的鲜血熏染过、浸泡过，至今还闻得见淡淡的血腥味，绝非夸张。

　　近八十年了，穿过时间漫长的黑咕隆咚的隧道，你是否还能看到在隧道那头闪烁的光亮？

　　可以说，1927年是它的源头。南昌起义失败后，父亲这个总是同旧世界过不去的人，赤手空拳，再次从上海辗转洪湖回到湘西，举行"年关暴动"。手握大刀、梭镖和鸟铳围绕在父亲身边的，有他担任国民革命军第二十军军长时的老部下，有在南昌起义中失散的官兵，大多数是带着两脚泥，连裤腿都没有放下的农民，仅贺家宗亲就不下三千人。不到两年，便有了列入中国工农红军编制序列的红二军团。这支队伍的诞生、发展和迅速壮大，成了湘鄂川黔四省反动政府的心腹大患。湘西是父亲的故乡，又是土家族、苗族、白族等多民族杂居的强蛮之地。由纯粹潇湘儿女组成的这支革命武装，舍家舍命，英勇顽强，就像漫山遍野生长的芭茅草，到了春天就会发芽，点把火就能"呼啦啦"燃烧。正因为这样，这支队伍在整个中国工农红军的红色家谱中，素以"不怕掉脑袋，特别能战斗"著称。在与国民党正规军和各路反动势力的反复拉锯战中，父亲牺牲了，儿子站出来；大哥倒下了，幼弟补上去。我远近闻名的大姑贺英，在"年关暴动"，也即父亲回到湘西重新拉队伍的时候，把她一手拉起的上千人的队伍交给父亲指挥，正是在红二军团被迫东征后，因叛徒告密而牺牲在残酷的战场上。我那已经有四个孩子的四姑贺满姑，死得更惨。她被敌人包围后，因寡不敌众而被俘，被反动派押到县城示众，当场五马分尸。我母亲因为怀着我姐姐红红，行动不便，不能跟着父亲的队伍走，被迫流落在还乡团猖獗的桑植、慈利一带山林里，披星戴月，东躲西藏。姐姐红红生下来刚满周岁，一场麻疹袭来，我母亲眼睁睁地看着她死在自己怀里。

与红二军团在黔东木黄镇会师的红六军团，三个月从湘赣边界西征的路，同样是用烈士的鲜血铺成的。1933年10月，国民党调集五十万大军，步步为营，向江西中央苏区展开第五次疯狂大"围剿"。中央为了保存力量，准备大规模转移，命令战斗在湘赣边永新、遂川一带的红六军团先行探路，旨在与我父亲在湘西创建的红二军团会合，开辟新的革命根据地。蒋介石看出红六军团的意图，严令湖南、贵州和广西三省军阀围追堵截。红六军团且战且走，当他们走到贵州石仟甘溪镇，遭到湘黔桂三省军阀二十四个团的联合夹击。甘溪镇位于梵净山深处，层峦叠嶂，道路崎岖，三省敌军铁壁合围，堵死了所有要道和隘口。红六军团进入包围圈，数倍于我军的敌人像疯狗那样扑上来，战斗打得异常惨烈。红军左冲右突，喋血夺关，一支出发时兵强马壮、达九千人的队伍，突出重围后只剩下三千余人。梵净山绵延纵横数十里，在它的沟沟壑壑、山山岭岭，到处堆着红军的尸骨。带领部分官兵最先找到红二军团的团长郭鹏，新中国成立后担任新疆军区副司令员，在我父亲的再三动员下，将这段史实写成革命回忆录交给《星火燎原》编辑部。但是，就因为红六军团在甘溪突围中，战斗打得太惨烈，牺牲的人太多，编辑部不敢刊登，只得作为档案封存起来。几十年后，在整理《星火燎原》未定稿时，我有幸读到这篇文章。实话说，我读得惊心动魄，汗流浃背，根根毫毛都竖了起来。回忆录中有这样一个细节：部队在甘溪遭到敌人的突然袭击，几千人被压迫在狭小的地域，伤员越来越多。眼看要全军覆没，为不拖后腿，伤员们强烈要求留下来吸引敌人，让还能走动的人轻装前进。最后，这些伤员没有一个走出梵净山。1975年，我去梵净山区的印江、沿河等县收集革命历史文物，许多老人对我说，惨啊！当年红六军团突围的那些日子，山上的枪声响了半个多月，时而像炒豆般急促，时而如松涛般起伏，十几天后才渐渐稀落下来。山上茂密的杂草被几十万人踩得光溜溜的。从高处流下的溪水，都是红的。

红二、六军团于1934年10月24日在黔东木黄镇胜利会师，但在川西南腰界召开会师大会的第二天，便向湘西开拔，展开前程未卜的"湘西攻势"。为什么在黔东会师，却跑到四川边缘的南腰界去召开会师大会呢？敌人从梵净山风烟滚滚地追过来了啊！他们必须利用湘川黔三省军阀对边地相互推诿造成的缝隙，以最快的速度摆脱危机。再说，此时中央革命根据地的十万红军已开始大搬家般地长征，仓促踏上征程的大部队必须通过湖南和贵州境内，中央赋予红二、六军团最重要的任务，就是把围追堵截中央红军的大量敌人吸引到自己的身边来。从湘赣边界走来的红六军团官兵以为长期活动在湘鄂川黔的红二军团有现成的根据地，我父亲在两军会师大会上说了那段几十年后依然让他们刻骨铭心的话。我父亲说，六军团的同志们！你们辛苦了！你们经过几千里的远征，本来应该让你们好好休息，可是蒋介石不批准啊！他对我们苏区反复围攻，想要吃掉我们。我们呢？就要打到外线去，给他点厉害看！现在，根据地就在我们的脚板上！

那时，我父亲还没有见过毛泽东，但他对毛泽东的军事才能极为钦佩，对毛泽东在井冈山创建的中央红军，一见如故。当时红二军团还没有电台，与中央失去联系多时。两军会师的消息，是通过红六军团带来的两部电台报告中央的。中央又通过红六军团的电台下达组建红二、六军团的命令；同时命令我父亲担任红二、六军团总指挥兼红二军团军团长，红六军团随队军政主席任弼时任红二、六军团政委，萧克任红二、六军团副总指挥兼红六军团军团长，王震任红六军团政委，关向应任红二军团政委。从这天起，我父亲与任弼时、萧克、王震，还有红六军团参谋长李达，这些从江西中央苏区来的著名革命领导人以及红军将领，割颈相交，血肉与共。

11月7日，红二、六军团占领湘西北部咽喉永顺县城。在这里，部队获得了七天极其难得的休整时间，用于宣传发动群众，整肃队伍，打土豪筹集战争物资。再就是，对尾随而来的湘军陈渠珍部选择战场。当时湖南军阀何键的主力，正被中央红军吸引在湘江；湖北军阀徐源泉的部队，屯集在鄂西施南地区和洞庭湖滨的津市、澧州两地。紧盯红二、六军团不放的，唯有"湘西王"陈渠珍。陈渠珍是我父亲的老对手，相互打了许多年，虽然他的兵力多于我军，但内部派系林立，指挥杂乱，官无规束，兵无严纪，战斗力涣散。而会师后从黔东直插湘西的红二、六军团，虽然只有八千子弟，但都经过严酷的战争锻炼，官兵们觉悟高，士气旺盛，能打能跑，都懂得只有打才能绝处逢生，才有立足之地。加上会师后两军统一指挥，精诚团结，上上下下都渴望打几个大仗和胜仗，改变整天东跑西颠的局面。

战场选在永顺境内的龙家寨，一个叫"十万坪"的地方，那是一条南北走向的狭长谷地，杉木河贯穿其间，谷地长约十五华里，宽约四华里，地势平坦，可装入大量敌人；两侧山势如屏，树木茂盛，却不陡峭，既利于红军隐蔽，又利于出击。在永顺县城休整七天后，我父亲命令用六百块大洋买下县城西侧的一座花桥，一把火烧了，断敌退路，沿途丢弃一些破草鞋、破木箱、破枪，几匹骨瘦如柴的马，将敌人一步步引进预设阵地。陈渠珍是个刚愎自用的老油条，他真以为红军仓皇逃窜，率部一路狂奔，当他们完全进入十万坪时，两边"万箭齐发"，红军像疾风暴雨那般席卷而来，让他们陷入逃无可逃的灭顶之灾。

十万坪大捷，是红二、六军团会师后打的第一场大仗，歼敌一千余人，俘敌旅参谋长周植先和团长以下二千余人，缴获长短枪二千二百余支，轻机枪十挺和大量子弹、马匹等军用物资。

11月17日，红军重占永顺城。接着兵分两路，分别夺取桑植、大庸两城。至月底，摧毁陈渠珍十个团，把永顺、桑植、龙山、保靖、大庸大部分地区纳入新建立的苏维埃共和国版图。纵四百里、横二百四十里的湘鄂川黔边革命根据地，宣告诞生。

12月10日，新成立的湘鄂川黔临时省委、省革委、省军区机关，从大庸迁至永顺北部的塔卧办公。从此，这个古老的镇子成了湘鄂川黔边革命根据地的政治和军事中心，红二、六军团像模像样的家。紧接着，根据形势需要，军团决定在塔卧的雷家新屋创办红军大学，名为中国工农红军第四分校，由萧克任校长，谭家述任副校长。红军大学教政治，教军事，讲述战术概则、射击学等课程，也开"马克沁"机枪如何拆解与使用这样的一些实用课。解放后担任总参谋部训练部副部长并跟随刘伯承元帅创办南京军事学院的陶汉章将军，当时就担任军事教员，教《孙子兵法》。他虽然只有十七岁，但读过初中，在红军官兵中算是高学历了。其他作为建立和巩固政权必需的，比如开通邮路、活跃市场、建立地方赤卫队等等，都得以实施。

还有一件要事，是扩红，当时提出的口号是"猛烈地扩红"。因战斗频繁，兵员消耗非常严重，部队抽调善做群众工作的指挥员，与地方苏维埃政权密切配合，在周围数县积极开展扩红运动。根据地一时出现父母送儿子、妻子送丈夫、兄弟几个争先恐后当红军的热潮。民间流传这样的顺口溜："扩红一百，只要一歇；扩红一千，只要一天；扩红一万，只要一转。"当地史料记载，从1935年1月至10月，塔卧所在的永顺县有六千多人参加红军，郭亮县有四千多人。两县另有一百多名妇女站在了红军的队伍中。桑植、大庸和慈利三县参加红军的也不在少数。经过扩红，红二军团由会师时的四千一百人，发展到九千二百人；红六军团由会师时的三千三百人，扩大到一万一千人。红十七师有个连队一百六十名战士，全是永顺人。同时，也动员白军俘虏加入红军。白军士兵也都是农家弟子，许多人是被抓壮丁抓来的，只要让他们明白红军是为穷人打天下，他们马上就加入红军。

1935年春，蒋介石调集湖南、湖北两省十几个师，约十一万人，分东南西北四路纵队"围剿"湘鄂川黔边革命根据地，兵力是红军的近十倍。塔卧作为红色心脏的平静被打破了，红二、六军团决定跳出外线，经桑植陈家河过江深入到湖北恩施、鹤峰一带，避其锋芒。当部队接近水镇陈家河时，发现该地已经被敌人占领，长长的队伍停在离陈家河还有十二里路的山地待命。经侦察，占领陈家河的敌人是陈耀汉师的一个旅，但立足未稳；该师的另一个旅正经桑植县城向塔卧进发。父亲和几个军团首长站在路边商讨对策，决定立即展开部队，向陈家河之敌发起攻击，夺取过河码头。战斗进行得非常顺利，一口气消灭敌人两个团。通往湖北的大路被打通了，但这时得知敌东南李觉和陶广两个纵队因占领塔卧，正忙于庆祝"胜利"，按兵不动；西路张振汉纵队远在永顺与龙山之间，远水解不了近渴；唯陈耀汉师两个旅齐头并进，孤军深入，其经桑植向塔卧靠近的那个旅，估计已进入永顺桃子溪境内。而从陈家河翻过一片大山，就是桑植通往塔卧的必经之地桃子溪，送上门的大餐哪有不吃之理？军团首长觉得机不可失，时不再来，当即放弃过江计划，改向桃子溪奔袭。傍晚到达桑植县城至桃子溪的三岔路口，大雨倾盆，六军团前卫发现路上的水坑异常浑浊，判断从县城开来的敌人刚刚通过。情况报告到总指挥部的时候，天色已晚，我父亲当机立断，下令冒雨出击，歼灭这股敌人。父亲和另几位军团首长得出的结论是，陈耀汉肯定获得了他从陈家河过江的那个旅被红军歼灭的消息，意识到红军来势凶猛，急欲向东南两路纵队占领的塔卧靠拢，无奈被大雨阻挡。而桃子溪是个贫穷零落的村落，只有几十户人家，哪容得下国民党正规军浩浩荡荡一个旅驻扎？届时必定嘈杂、拥挤，为争抢宿营地吵吵闹闹，乱成一锅粥。当晚掌灯时分，红军借夜色和暴雨，从村子四面的山林里包抄而来，如神兵天降。来自江北的敌人素来害怕雨战和夜战，顿时土崩瓦解。此战，陈耀汉的师部和下属旅部及两个团，被一举歼灭，唯有作为北路纵队司令的陈耀汉和他的特务连侥幸逃脱。意外的收获是，我军在战斗中缴获了两门山炮，这使红二、六军团从此有了重武器。后来，这两门山炮由官兵们人拉肩扛，在数次攻城战中发挥了重要作用。再后来，一门因实在沉重，需要许多人搬运，影响大部

桃子溪战斗中缴获的山炮，现陈列在中国军事博物馆。

中华苏维埃共和国中央革命军事委员会湘鄂川黔分会旧址

队行动，被迫埋在了长征途中的山坳中；一门从南到北，从抗日战争到解放战争，一路被抬进了北京中国军事博物馆。但为抬这两门炮，累死了好几个红军战士。

三天打了两场漂亮的歼灭战，红二、六军团发现湘鄂两省的敌人虽然强大，但拥兵自重，完全可以利用边地的特殊地理条件与其周旋，各个击破。再说，桑植是父亲的老家，他生于斯，长于斯，还在少年时代就外出赶马，闭着眼睛都知道哪座山有多高，哪条路该怎么走。加上他的外婆是与桑植一江之隔的湖北鹤峰人，我母亲的家在慈利，在革命前和革命后，他即使走亲戚，也走遍了这两大片地域。在此指挥两个军团战斗，他轻车熟路，用老百姓的话说，是"龙回到了水里"。

"湘西攻势"至此不足三个月，战绩已是相当辉煌了。此时，从贵州传来消息，中央刚开过遵义会议，毛泽东重新回到军事统帅的位置。由于采取了机动灵活的战略战术，中央红军对国民党军的围追堵截开始变被动为主动。不过，中央红军摆脱了重大危机，真正考验红二、六军团的时候也到来了。因为中央红军进入云贵川，湖南军阀何键完成了截击和追击任务，回师湘西，"围剿"湘鄂川黔边革命根据地的敌军陡然增至八十个团。面对蜂拥而至的敌人，红二、六军团及时调整战略战术，把对湘军取攻势、对鄂军取守势，改为对湘军取守势、对鄂军取攻势，战线伸展到湖北宣恩地区。之后半年，他们机动灵活，在湘西和鄂西来回穿插，连续打了忠堡、板栗园、芭蕉坨等几场大仗，歼敌两个师、一个旅、一个师部，毙敌师长谢彬、旅长李延龄，活捉敌师长及以下军官一百多人、士兵八千多人，缴获大量武器弹药。

被活捉的敌师长，即西路纵队司令张振汉。

张振汉是在忠堡战斗中被俘的。说是"围剿"红军，最后竟连他这个纵队司令都被红军捉住了，这对国民党军的打击太大了。张振汉被俘后，红军战士们摩拳擦掌，纷纷要求把他杀了。张振汉自己也认为必死无疑，因为他知道"围剿"中央红军的张辉瓒被俘后就没有活下来；他不仅认识张辉瓒，而且和张辉瓒一样，也是中将师长，算得上罪大恶极。但在一片杀声中，我父亲说，此人不杀，我要留下来，让他在红军大学高级班当教员。父亲还说，战争是要死人的。国民党军那么强大，武器那么好，那么训练有素；而我们是一支农民军队，在战斗中全凭一股血勇之气，猛打猛冲，杀敌一千自损八百，何时能取得胜利？我们办红军大学，就是要改变这种状况。怎么改变呢？把敌人的本事学过来就是一招。别看张振汉成了我们的手下败将，但他懂军事，懂战略战术，红军大学正缺这样的老师。

张振汉换上红军的灰布军装，果真当了红军大学的老师，而且是最受欢迎的老师。他教军事理论，也教新缴获的武器如何操作。比如，因部队文化低，没用过比步枪和机枪更先进的武器，在桃子溪战斗中缴获两门山炮后，不知道如何测距、如何设定射击诸元，就是张振汉手把手教会的。几个月后，他又作为红军的一员，随将改编为红二方面军的红二、六军团长征，成为唯一参加过红军长征的国民党军中将。到延安后，毛泽东亲自接见了他，还让有关部门派人到武汉找到他太太，帮她化装成农妇，接到延安，让他们夫妻团圆。解放后，张振汉官至长沙市副市长。而对这种结果，他当时是万万不敢想的。

1935年11月19日，接到中央命令，父亲带着红二、六军团浩浩荡荡两万官兵，带着从敌人手里缴获的武器弹药和给养，也带着我这个生下来只有十八天想送却没有送出去的婴儿，在桑植刘家坪宣誓长征，追赶一年前踏上长征路的中央红军和红

一百四十九个台阶，陡峭，阴冷，潮湿，像天梯般通向高高的山顶；两边浓密的树冠上，不时落下一滴水来。

四方面军。在离开根据地的一瞬间，当将士们把目光投向他们战斗过的山岭，眼睛里无不浮满深切的哀伤。因为，在这些野草覆盖的荒郊野岭，埋葬着他们成千上万的同伴。

四十六年后，在1981年，当年与红军一样为革命付出了重大牺牲的永顺人民，在塔卧，慷慨地用一座山，建起了高耸入云的"湘鄂川黔边根据地红二、六军团烈士纪念碑"。碑名由红二、六军团副总指挥，当年在湘西成为我姨父的萧克上将题写。纪念碑建得那么高，那么醒目，就是要提醒人们，我们脚下的这片土地，是一片洒满烈士鲜血的热土。

沿着一百四十九级台阶攀上山顶，出现在人们面前的烈士纪念碑，顶天立起，直插云霄，就像从一只巨大的剑匣里拔出的一柄利剑，必须昂起头，倒退好几步，才能看到碑顶。朵朵白云从碑顶悠然飘过。看见十八个熟悉的镏金大字，父辈们的音容笑貌扑面而来，我止不住泪流满面。搀扶我的两个叫我姑姑的小姑娘，拿出面巾纸要帮我擦，被我轻轻推开了。她们不知道，我久久忍住的泪，就想在这个时候哗哗地流出来。

就在这时，我看见了另一面碑。那是立在几棵松树下的烈士名录碑。我走过去看这面碑，仔细辨认碑上刻着的姓名。然而，几十年的风风雨雨，把粗糙的碑面侵蚀得斑斑驳驳的，我没有读出一个完整的名字，甚至一个完整的字。这让我心生悲凉，有一种怅然若失的感觉。

瞻仰完烈士纪念碑和烈士名录碑，在一个能看见塔卧全貌的位置，我默默站了一会儿，眺望了一会儿。永顺在湘西不算发达，偏僻的塔卧与我几十年前来寻访时看到的样子，没有多大变化，浮在眼前的仍然是一片片鱼鳞般的黑色屋瓦。往远处看，是层层叠叠的山、波浪起伏的岭，一缕缕灰白的雾在黛青的山色中缓缓地飘，分不清是炊烟还是云朵。这时候，自然而然，在我的脑海里蹦出了几句诗，是在战争年代牺牲了六位亲人的毛泽东1959年回湖南韶山故乡时写的：

......

为有牺牲多壮志，

敢教日月换新天。

喜看稻菽千重浪，

遍地英雄下夕烟。

2015年11月20日—12月18日

于北京闵庄路36号院家中

木黄，木黄，木色苍黄

一

　　站在那棵遗世独立的大柏树下，我抬起头往上看：两根硕大的树干并驾齐驱，直直地插向空中；到达十几米处，它们像突然意识到了什么，彼此亲热地向对方靠上来，紧紧地拥抱在一起，如同两个失散已久的兄弟。再往上看，是茂密的蓬蓬勃勃的枝叶，根本分不清哪根树枝和哪片树叶是从哪根枝干上长出来的。一群群鸟在枝叶间飞进飞出，发出叽叽喳喳欢快的叫声。在墨绿的树冠上面，天空高邈，湛蓝，一望无际，飘浮着一朵朵轻盈而素净的白云，仿若盛开在天空的一簇簇白玉兰。接下来，往云朵里看，我便看见了那支不倦的在天上行走的队伍，他们衣着破烂、脚登草鞋的身影若隐若现，几乎听得见他们甩动手臂的声音，枪托丁丁当当地敲击水壶的声音，弹袋里可数的几颗子弹在哗啦哗啦晃动中被磨得金光闪闪的声音。

　　眼睛一阵灼烫，我知道我在流泪。那是我总也止不住的泪。

　　到1975年9月13日的此时此刻，我已经走了很长的一段路，从江汉平原、四川盆地往云贵高原走。不是一个人，而是三个人。我们从夏天启程，沿着红军长征的道路顺走一段，逆走一程。先去了湖北洪湖，然后翻过二郎山，从雅安进入阿坝；再然后从青草长得比人还高的大草地折转身子，顺岷江而下，跨过大渡河、金沙江和乌江，沿阶梯般步步登高的山脉

37

进入云遮雾罩的乌蒙山。走到贵州的时候，已是秋风浩荡，眼看就要万木霜天了。进了贵州省城贵阳，几个人累得东倒西歪，人困马乏，都想躺下来美美地睡一觉。

我是三人中唯一的女性，当然更累，两条腿沉得像深陷在沼泽里。可我不想停下来，还想继续走，往黔东的印江、沿河和四川的酉阳走。我对我的两个中国革命博物馆的同事万岗和何春芳说，你们在贵阳歇几天吧，剩下的几个地方我一个人去。我没有说出的另一句话是，黔东那片偏僻而蛮荒的土地，于公于私，都是我不敢遗忘的地方。我发誓此生必须亲自去寻访，就像有什么东西丢在了那里。

离开同事，我直奔省府找李葆华。他是革命先驱李大钊的儿子，在贵州当省委书记。说起来，我们是心照不宣的老熟人和老朋友了，到了贵州没有理由不见他，何况我还有事要求他。但那一年，跟着小平同志出来"促生产"的这批老干部，被那批热衷于"抓革命"的人揪住不放，日子很不好过。听说北京来人要见他，正在开会的李葆华一脸疑惑地走出来。我像在黑暗中找到了党，开门见山，提出请他从省博物馆派个同志陪我去黔东。他说这事他还能办到。当时正是午餐时间，他想会开得差不多了，回去简单做了交代，然后对我说，捷生，你来得真不是时候，我没法招待你，跟我去吃食堂吧。

省博物馆派来陪我的谭用中同志，是个党史专家，学问很深，对黔东革命史了如指掌。他建议我先去印江，因为印江的木黄太重要了，非去不可。这与我的想法不谋而合，我说我最想去的就是木黄。万岗和何春芳不放心我一个人走，当即打点行装，和我们一起上路。

那年我虽然还年轻，但也禁不起折腾，当我们沿着惊涛拍岸的乌江舟车劳顿地走到木黄这棵千年古柏下时，我已是脸色枯黄，头发蓬乱，身上的衣服皱皱巴巴的。从附近挑着担子走过的土家族人和苗人，都用惊奇的目光望着我，不知道一个外乡人为什么会对着一棵树流泪。

　　肯定是李葆华的特别叮嘱，印江派出一个副县长接待并陪同我们寻访，不过那时叫革委会副主任。副县长和我一样，也是个女同志，叫张朝仙，是很朴素也很泼辣的一个人。许多年后，她以县政协文史委员的名义在县里局域网上撰文回忆，她在印江县招待所第一眼看见我，都不敢相信我是贺龙的女儿，"像一个女知青"，她说。

二

　　木黄是因为那棵千年古柏而闻名，还是那棵千年古柏因为见证过那段轰轰烈烈的历史而闻名，没有人能说得出来。反正当我寻遍木黄的那几条简陋的街道，最后站在那棵古柏下时，我发现木黄唯一能作为那段历史和我面对面的，也就剩下这棵树了。

这让我无语而泣，悲从中来。

我们怎么能忘记木黄呢？当着它满山遍野又要飘落的黄叶？

党史和军史都应该记载的中国工农红军第二、六军团木黄会师，迄今都过去四十一年了，新中国也建立二十六年了。我想，我们可以不知道历史的每个细节，但应该知道在红军的三大主力中，有一个红二方面军。而红二方面军的一个重要源头，就是1934年10月，从湘西发展壮大的红二军团与从湘赣边界跋涉而来的红六军团，在贵州印江的这个叫木黄的小镇上胜利会合。从此两支劲旅合二为一，生死与共，开始了让世人称奇的全新征程。

木黄是因为那棵千年古柏而闻名，还是那棵千年古柏因为见证过那段轰轰烈烈的历史而闻名，没有人能说得出来。

红二、六军团的会师地点，就在木黄的这棵大柏树下。

许多红二方面军的老同志回忆，四十一年前，就是在这样一个木色苍黄的秋日，父亲贺龙亲自带着红三军主力，站在木黄的这棵树下焦急地等待任弼时、萧克和王震，等待他们带领的那支远道而来的筚路蓝缕的队伍。

这是1934年10月24日，层林尽染，弯弯曲曲的山路上白霜铺地，在黔东逶迤起伏的山岭里吹荡的风，已经像藏着刀片那般凌厉了。

九天前的10月15日，父亲在酉阳南腰界获悉由任弼时、萧克和王震带领的红六军团号称"湘西远殖队"，从江西永新出发，试图深入湘西，与我父亲的队伍会合。经过一路恶战，此时已进入黔东印江和沿河一带寻找我父亲率领的红三军。这让我父亲喜出望外，因为到这时，他在湘西拉起的这支队伍已经有整整两年与中央红军失去了联系。在这两年里，由于"围剿"的敌军蜂拥而至，夏曦又在红军内部大搞"肃反"运动，闹得人心惶惶，军心涣散，把父亲在湘鄂西好不容易建立的根据地给弄丢了。父亲惨淡经营，站出来收拾残局，他把我怀孕在身的母亲丢在湘西的山野中苦苦挣扎，自己带着由红四军改为红三军的部队退到黔东的印江、沿河和酉阳等地，建立新的根据地。黔东一带虽属贵州军阀王家烈和川军的地盘，但因地处湘黔川三省边界，山高林密，河流纵横，敌人鞭长莫及；还有一个原因，是当地的民众也和湘西一样，多为土家族和苗族，与父亲这支在湘西土家族和苗族地区拉起的队伍有着天然的亲近感，因而逐渐被当地号称"神兵"的民族武装接纳，这使这支伤痕累累的部队勉强扎稳了脚跟。

那天，部队报告说抓到了一个探子，但几番审问，最终弄清是个普通邮差。父亲说，既然是个邮差，就把他放了吧，把信件和汇款单还给他，让他继续去送信，但必须把报纸留下来。如果没有路费，再发给他路费。就是从邮差留下的那摞敌人的报纸里，父亲看到了任弼时、萧克和王震率领的红六军团经湘南向黔东"流窜"的消息。

红六军团同样是一支苦旅。1933年10月，蒋介石调动几十万精锐部队步步为营，对江西中央苏区进行第五次"围剿"，因王明推行的"左"倾路线占据上风，中央红军屡战失利。为实行战略转移，中央命令在湘赣边界作战的红六军团开始西征，挺进湘西与贺龙领导的红三军会合，策应中央红军突围。这支由任弼时任军政委员会主席、萧克任军团长、王震任政委的部队，1934年9月从湘黔边界进入贵州，立刻遭到王家烈联合三方会剿。部队原想冲破敌人的防线，西渡乌江，进军黔北，中央军委却命令他们奔向江口。10月7日拂晓，第六军团在辗转中到达石阡甘溪，准备白天休息，晚上利用夜色越过石阡、镇远进入江口。谁知敌人在甘溪设下埋伏，一场让红六军团在须臾之间损失三千指战员的惨烈战斗在此打响，军团十八师师部及五十二团指战员大部分壮烈牺牲，团长田海青阵亡，师长龙云被俘后被杀害。军团参谋长李达引领前卫四十九团、五十一团各一部突围后，意外得知贺龙的部队在印江、沿河一带活动，毅然率部奔赴沿河地区。

在获悉红六军团主力行踪的同一天，前方传来消息，李达在突围中带出来的部队与红三军七师十六团在沿河水田坝会合。父亲兴奋不已，在第二天，也就是10月16日，率领红三军主力从酉阳进入松桃，在梵净山区纵横交错的峡谷里寻找中央红军。

在山里整整转了七天，22日，当红三军主力到达印江苗王坡时，红六军团主力已先他们一步经苗王坡向缠溪进发。看见红六军团踩过的青草还没有直起腰来，父亲一挥马鞭说，快！抄近路追赶，不能让中央红军再吃苦受累了。

22日深夜，随红六军参谋长李达突围、先期与红三军会合的郭鹏团长，率侦察连穿插到印江苗王坡，忽然听到后面发来一阵"嘀嘀哒哒"的军号声。仔细一听，是他极为熟悉的红六军团四十九团的号谱！郭团长欣喜若狂，命令司号员吹应答号。霎时一问一答的军号声此起彼伏，就像两股泉水在空中欢快地碰撞和交缠。号音未落，两队人马已在溪谷的一块坪地上泪光闪烁地抱成一团。

23日，红六军团从印江缠溪出发，经大坳、枫香坪、官寨、慕龙，宿于印江落坳一带。红三军从印江苗王坡出发，经龙门坳、团龙、坪所，宿于芙蓉坝、锅厂、金厂。从地图上我们就能看清楚，两支部队其实是向一个中心靠拢，这个中心就是木黄。

24日中午，按照事先约定，任弼时、萧克、王震率红六军团主力经落坳、三甲抵达木黄。父亲贺龙、关向应和先期到达的红六军团参谋长李达带领红三军，提前在木黄的大柏树下列队迎接。

虽是满身战尘，衣衫破旧，还拖着三百多名伤病员，但在枪林弹雨中跋涉而来的红六军团，精神百倍，指战员们该刮胡子的刮了，背包里还有换洗衣服的都换上了。队伍走近大柏树的时候，正生病躺在担架上的任弼时，一见父亲的身影，立刻从担架上跳下来，坚持要自己走；父亲连忙迎上去，想让他继续躺在担架上。任弼时激动万分，紧紧握住父亲伸来的手，说这下好了，我们两军终于会师了！

父亲也非常激动，连连说好！好！好！我们终于会师了！

站在各自首长身后的队伍，顿时欢呼雀跃，掌声如雷。在两军领导人历史性握手之际，双方涌上来热烈拥抱，相互通报姓名，又相互捶打着对方的肩膀。后面的人挤不进去，急得砰砰啪啪地朝天放枪。

木黄的这棵千年古柏，就这样见证了两军会师的伟大时刻，见证了红军中几个湘籍领袖久久地把手握在一起。说得是上天遂人愿吧，如同身边这棵大柏树的两根树干，无论经历多么长时间的分离，但它们长着长着，便又拥抱在一起，因为它们本来就是一棵树啊。

两军会师后，双方领导人在镇上的水府宫召开紧急会议，商量下步行动。会议根据中央的部署和黔东的敌情，作出了迅速向湘西发展的决定，

而且事不宜迟,第二天便拔寨启程,实施战略转移。

10月25日,两军到达酉阳红三军大本营南腰界。这里
鸡鸣三省,群众基础稳固,暂无敌人追击之虞。部队驻下
后,用红六军团的电台及时向中央军委报告了会师情况。
26日,在南腰界一块坪地上隆重召开两军会师大会。在会
上,作为中央代表,任弼时首先宣读了党中央为两军会师
发来的贺电,接着宣布红三军恢复红二军团番号;两军整
编后正式称为红二、六军团,设军团总指挥部,总指挥贺
龙,政治委员任弼时;副总指挥萧克,副政治委员关向
应;参谋长李达,政治部主任甘泗淇。其中红二军团下辖
四、六两师四个团共四千三百余人,贺龙任军团长、关向
应任政委。红六军团的军团长仍为萧克,政委仍为王震,
下辖三个团共三千三百余人。

父亲尊重中央红军，信赖中央红军。他虽然担任两军会师后的红二、六军团总指挥，但他在大会上说了一句话，让后人交口称赞。父亲说，会师，会师，会见老师，中央红军就是我们的老师！

28日，红二、六军团从南腰界出发，向湘西挺进，拉开了创建湘鄂川黔新苏区的序幕，有力地策应中央红军长征。

熟悉中国红军史的人都知道，红二、六军团木黄会师，意义重大，它使不同战略区域的两支红军汇成了一股强大的革命力量。

1936年7月5日，在紧追中央红军的长征途中，中央军委发来电文："决以二军、六军、三十二军组织红二方面军。"

三

是的，我寻访木黄的时候，正值如今我们已不堪回首的年代，那时十年动乱还没有结束，在人们的期待中艰难复出的小平同志又面临着被打倒的危局，中国大地正处在火山爆发的前夜。

自然，那时父亲贺龙的名字还讳莫如深。都知道他作为共和国开国元帅，在1969年6月9日被迫害致死，尽管中央在1974年已作出为他平反昭雪的决定，1975年6月9日召开了有周总理参加的追悼会，但有关方面规定不准见报，不准宣传。正因为如此，在那个骚动不安的秋天，我是怀揣着1974年9月29日中央发出的《关于为贺龙同志恢复名誉的通知》上路的。在这片写满父亲的光荣，每个人都说得出他名字的土地上，我每到一地，每遇到一个当地领导，都要拿出那份红头文件给他们看，让他们眼见为实。我对他们说，毛主席都说话了，贺龙是个好人，对中国革命有过巨大贡献。在中央为父亲举行的追悼会上，带病出席追悼会的周总理连鞠了七个躬。我还说，我是按照周总理的指示，以中国革命博物馆文物征集组副组长的名义，沿着贺龙等老一辈革命家创建湘鄂川黔革命根据地的足迹，来寻访和收集革命文物的，请多多包涵。

现在回想起来，我当时是那样的谦卑，那样的怯懦，就像鲁迅笔下那个絮絮叨叨的祥林嫂。其实大可不必，当我们第一站到达印江，县里的领导就几乎倾巢出动，甚至在我们住着的县招待所安排了岗哨。这让我大感意外，又大为感动。我想，天下自有公道，原来老区人民并没有忘记我父亲贺龙，没有忘记他们这一代革命老前辈。还有什么比一片土地上的人，在那样一个错乱的年代，在心里深深地铭记着他们的功德，更让人感到激动和欣慰呢？

路途遥远又崎岖，第二天一早，县革委会主任和副主任、木黄所在的天堂区革委会主任，还有县公安局负责安全保卫的同志，近十人前护后拥，一起陪着我们去天堂区兰克公社的毛坝寻访。那儿有红三军一个师部的旧址，和我父亲的旧居。户主是个叫陈明章的老人，当年给我父亲做过饭，放过哨，至今还能说出他的音容笑貌。

走进那栋年久失修的房子，楼下的一间厢房洞开，我心里一惊，仿佛闻见从里面飘出来一股熟悉的烟草味。陈明章老人说，我父亲当年就住在这间厢房里，在夜间，他声震屋瓦，常听见他累得像打雷那样打鼾。听见这句话，我一头往厢房里钻。屋子里逼仄、幽暗、潮湿，微弱的光线从一扇不大的开得很高的窗口射进来；两条长凳架着一块薄薄的床板，想必就是父亲睡过的床了，靠近头部的位置明显有松明火熏过的痕迹。那时还没有开放参观一说，更不敢提贺龙曾在这里住过，我一眼认定都是原物，而且几十年都没有人动过。我趴在留有父亲汗渍的床前，想起他睡下后又撑起身子来够墙壁上的松明火点烟斗的情景，止不住失声痛哭。父亲苦啊！但当年他苦，是他心甘情愿的选择，苦中有乐，有他能远远看到的光明和希望。可后来呢？后来革命胜利了，他当了人民赞颂的元帅，却在那场黑白颠倒的运动中，死在了一间同样阴暗潮湿的屋子里，而且那是一间钢筋水泥屋子，墙壁比这还坚硬，还冰凉；而且父亲去世的时候，重病缠身，连一口水都没有喝上……

全程陪着我们的县革委会副主任张朝仙，后来在她自己整理的回忆文章中这样记述："贺捷生抚摸着父亲曾经睡过的床，睹物思人，想到父亲为党和人民的事业革命一辈子，在如此艰难的环境中都度过来了，却在'文化大革命'中，惨遭林彪、江青、康生一伙的残酷迫害含冤而死，不禁悲从心起，泣不成声。看到她的哀伤，不知道该怎样安慰她，我想还是让她痛哭一场宣泄一下为好。从陈明章家出来到公路有三里左右路程，贺捷生边走边哭，一直到上车才止住哭泣。这次恸哭，是我陪她在整个寻访过程中哭的时间最长的一次。"

接着我们去了青坨红花园。

我记得清清楚楚，在一个叫何瑞开的老乡家，进门便看到板壁上保留着一条巨大的红军标语："反对川军拉夫送粮，保护神兵家属。红三军九师政治部宣"。字迹古朴，醒目，散发出一股在那个年代红军和民众心心相印的感召力。从红二、六军团几个幸存的老同志嘴里，我听说当年负责往墙上刷大标语的，是后来长期主政新疆的王恩茂。我不敢断定这条标语就是他写的，但我说，这是一件难得的珍贵文物，征询主人何瑞开愿不愿意让中国革命博物馆征用。怎么不愿意？何瑞开拍着胸脯说，只要给我一个屋顶避雨，需要这栋房子都可以征去。又说，贺同志，你父亲当年为我们打江山，生生死死，图个什么？还不是图我们老百姓能过上太平日子！现在真太平了，没有人欺压我们老百姓了，我怎么舍不得这壁木板？还说，我懂，不是这壁木板有多么金贵，是红军写在上面的字，字字千金。

这天，我们还去看了铅厂黔东苏维埃工农兵第一次代表大会会址——枫香溪湘鄂西分局会议会址。两个地方都是穷乡僻壤，需要翻山过坳，累得人筋疲力尽。令人痛心的是，因为父亲蒙受冤屈，这些理应受到保护的革命旧址，已无人问津，显得破败不堪，岌岌可危，有几处墙壁开始坍塌。

从枫香溪会址出来，已过傍晚七时，黑下来的天突然下起了瓢泼大雨，满世界回响着雨打山林的声音。下一站去耳当溪，还要走六里山路才能坐上车，只能冒雨前行。走在杂草过膝的山路上，衣服很快便湿透了。天又冷，浑身起着鸡皮疙瘩。走到耳当溪，水漫进了吉普车里。车往前开，看不见一盏灯光。走着，走着，耳边传来轰轰隆隆的流水声。

张朝仙说，贺处长，这地方叫沙坨，前面就是乌江，就是红军突破乌江的乌江。今晚我们也得突破乌江，到对岸的沿河县投宿，但江上没有桥，必须摆渡过去。又说，贺处长，沿河是印江的邻县，条件可能还没有印江好，要有思想准备哦。在路上，张朝仙自作主张，总是叫我"贺处长"，我多次纠正她说，我不是处长，是文物征集组副组长。她固执地说，国务院"文革"领导小组的领导也叫组长，那是多大的官啊！你们中央来的人，组长都比我们县长大，叫你处长还不应该？听她一路对我表达歉意，说贵州穷，贵州的老区更穷，让我受委屈了，我又忍不住说，你们能这样接待我，已经让我感激不尽了，还讲什么条件？你以为我有多么娇气啊，其实我也为人妻、为人母，吃的苦和受的罪，不比别人少。她没话说了，惊愕地看着我。

在江边等船的时候，漆黑一团，深夜的雨打在肌肤上冰凉刺骨。登上渡船后，湍急的浪涛噼噼啪啪地撞在渡船上，明显感到船身在震颤。站在甲板上，比我高大的张朝仙用双臂护着我，好像怕我被浪涛卷走似的。可我在想，当年父亲他们反反复复过乌江，有多难啊！

到达沿河县招待所，已是下半夜了。服务员在半醒半梦中从窗口扔出来一把钥匙，让我们自己去客房。打开门一看，这哪里是招待所？分明是北方的大车店：房间里摆着八九张硬板床，没有被子、褥子和床单，也没有蚊帐，简陋的床板上铺着满是破洞的粗席子。虽是初秋，但山区的雨夜很冷，加上在山里跑了一整天，又淋了雨，睡过去肯定要着凉。我对张朝仙说，就这样凑合一夜吧，反正天快亮了。张朝仙说不行，丢咱老区的脸，转身去找服务员。只听见她对服务员说，这是北京来的领导，你们得给她换一床干净的被子和床单，把领导招呼好，我们无所谓。没多久，她抱回来两套破旧的被褥，给我铺好后，说贺处长，您好好休息，今天太累了，早点睡，有什么事叫我。说着往隔壁走。我知道隔壁的条件比这还差，一把拉住了她。我说朝仙同志，你就住这里，我们在一起说说话。

这个晚上窗外雨水滴答，空中蚊虫飞舞，我和张朝仙在各自的床上靠墙而坐，扯着被子盖住双腿，聊了很久。我把我父母怎么结的婚，母亲是个什么人，姓什么，叫什么；我父亲带领红三军到黔东后，母亲怎样怀着姐姐红红在湘西的山里打游击，姐姐红红又是怎么死在她手里的；还有我幺姨塞先佛怎么嫁给红六军团军团长萧克，怎么在长征途中生的孩子；我的童年怎么寄养在湘西，大学没毕业又怎么去青海支边等等，都给她说了。听得她泪光闪闪，连连说想不到，真是想不到。我还对她说了我父亲当年在黔东的一个生活细节：那时候战斗频繁，居无定所，父亲为了养精蓄锐，养成了在扁担上睡觉的习惯。他在两条凳子上放一根扁担，又在手指上绑一根点燃的香，躺下就能睡过去。当那根香烧疼他的手指，马上就能醒来。因此，他每次睡觉的时间，掌握得就像钟那么准确。我讲完这个细节，张朝仙已在黑暗中抽泣。她说，当年打江山有多苦啊！我弄不明白，现在为什么要整那些老干部，这不是过河拆桥嘛。

从这个晚上开始，我和张朝仙成了朋友，以后常有来往。

四

我再次站在木黄那棵千古柏下的时候，是10月2日。这时我在黔东的崇山峻岭中前后跋涉了近十天。中途张朝仙送我在乌江上船，回贵阳参加了一个文物会议。正想着下步往故乡桑植走，北京打来电话，说中央准备开展纪念红军长征四十周年活动，要我在当地请一个摄影师，重回印江木黄和酉阳南腰界去拍组照片。我重新出现在印江县招待所时，张朝仙大感意外，以为我把魂丢在了印江。

我说我的魂真丢了，但没有丢在这里，丢在了木黄。

还是张朝仙陪我下去。到了小镇上，摄影师只顾得取景拍照，我独自在大柏树下盘桓，心里有个莫名的念头在不住地翻涌和缭绕，却捉不住它，说不清它。之后，我拨开树丛，攀上了父亲曾经战斗过的一面山坡。这里居高临下，能一览无余地看到木黄的全貌——

远处的梵净山主峰，虎踞龙盘，在奔涌的云雾中岿然不动。脚下的木黄镇，夹在一道深深的峡谷中，两岸的青山雄伟，俊俏，一派苍茫。在秋日阳光的照耀下，正在变色的树叶泛出一片片金黄，如同漫山遍野撒落的金箔。与镇子同名的河流穿峡而过，像一条玉色飘带那般逶迤而来，又逶迤而去。三三两两散落在田野里或山路上的农人，小得像一只只各自在为生活奔忙的蚂蚁，好像日子天长地久，谁都是匆匆的过客，即使哪年哪月发生过什么事情，也不过如此，渐渐地就会被遗忘。

想到我两次来木黄，无论在两军会师的古柏下，还是在两军将领在会师后召开会议决定下步行动的水府宫，都没有一块像样的标牌，更别说作为历史见证开辟出来供人瞻仰了，心里不禁有些苦涩。

10月3日，我们经松桃、秀山去酉阳南腰界，过县过省的旅途峰回路转，险象环生。不仅是近日下了几场大雨，把多处的路桥冲断了，车开着开着就得下来步行，而且还有不明身份的人出来捣乱。

那是我们从酉阳去南腰界的路上，途经金家坝休息，忽然有人对前来陪同我们的酉阳县委孙副书记说，孙书记，你要小心，有人要杀你。当时正值"文革"后期，到处很乱，威胁恐吓领导干部是常有的事，因此孙书记并未理会。但稍过片刻，还是在金家坝，忽然又有人贴上来问，孙书记，你们晚上还回来吗？孙副书记还没在意，说当然回来。我们在南腰界拍完照片回酉阳，天色已晚，开着大灯的两辆车在夜幕中缓缓行进。可是，当我们的车驶进一片密林，公路上突然横着一根巨大的木料，路中央堆着一大堆石头，无法通过。此时黑夜沉沉，两边的山林静悄悄的，偶尔传来几声夜鸟的惊叫。张朝仙说，坏了，看来真有人破坏！然后对孙副书记说，孙书记，不能再往前走了，不如折到李溪先住下。孙副书记想起在金家坝的遭遇，也觉得事情蹊跷，同意改道往李溪走。

后来证实，那天晚上真有人要闹事，并且是冲着我来的。原来，1934年，红军在南腰界猫猫山开过一个大会，当场杀了几个恶霸。那几个恶霸的后代听说贺龙的女儿来了，跃跃欲试，暗中组织了几十个人拦路，企图趁乱报杀父之仇。

第二天，孙副书记调来一辆救护车开路，料想那些人不敢在大白天胆大妄为。车开到头天晚上断路的地方，那根横着的木料和路中央堆着的石头依然还在，公路上散落

1975年9月19日，我和同事万岗、何春芳在印江毛坝寻访红三军旧址后，在天堂区革委会门前与县、区领导合影。

一地燃烧过的柏木皮火把，到处是新鲜屙下的屎；两块石头上分别写着"到此开会，彭××"和"我们到了"等字样。我们下车把木料和石头搬开，用了半个多小时才把路打通。

虽是虚惊一场，但回到印江，我的心里仍然五味杂陈。倒不是感到后怕，我是想，都什么年代了，怎么还会出现当年被惩治的恶霸后代寻衅报仇？而且公然把目标对着贺龙的女儿？这说明历史被淡忘到了何等地步！也说明红军和贺龙的威名，被时间，尤其是被"文革"的倒行逆施，渐渐地磨灭了。这是一件多么可怕、多么令人痛心的事情啊！

就在这时，那个几天前在木黄莫名缠绕我的念头，忽然变得清晰起来，明确起来。我想我知道要做什么了。

离开印江那天，我鼓足勇气，含蓄地对张朝仙，其实

1975年9月，我(中)由贵州省博物馆党史专家谭用中(右二)等陪同，来到贵州印江寻找父亲和红二、六军团的足迹，受到印江领导的热情接待。图为与印江县革委会主任瞿大国(左二)、革委会副主任张朝仙(左一)及梁化政(右一)同志合影。

是对她担任的县革委副主任的职务说，红二、六军团1934年10月在木黄会师的历史地位有多重要，无须我多言。但我去过洪湖，也去过遵义，前些天又和你一起去了南腰界，这些地方都有历史纪念碑，你们想过木黄也应该有吗？

张朝仙沉默许久，认真地说，贺处长，我明白你的意思，但这是一件大事，偏偏我们又是贫困的少数民族地区，容我慎重报告县委和县革委。

五

1977年，我收到张朝仙写来的一封信，告诉说木黄两军会师纪念碑已经破土动工，碑址就选在我攀登过的那座山坡下面。现在这座山取名为将军山，那棵大柏树取名为会师柏。张朝仙还说，纪念碑的碑文，他们请1975年陪同我来木黄寻访的省博物馆党史专家谭用中同志撰写，但碑名至关重要，必须请一个德高望重的老革命家留下字迹，问我能不能找到依然健在的当年率部会师的红六军团政委、时任国务院副总理王震写。

我心里一高兴，马上回答说，这个任务包在我身上了。

事后印江的朋友告诉我，我离开木黄后，张朝仙立刻向县委书记瞿大国汇报了在木黄建碑的想法。我知道县里穷，但可以先拿出万把块钱来建个简单的纪念塔。她说，有总比没有好啊，不能等到后人来戳我们的脊梁骨。瞿大国完全同意张朝仙的提议，并在县常委会上讨论通过。有意思的是，在考虑主管纪念碑建设的人选时，大家都想到了张朝仙。

民族地区的同志感情淳朴，认准的事情按照自己的习惯干了再说。张朝仙不负众望，卷起铺盖一头扎进木黄，动员群众土法上马，兴致勃勃地开始了建碑历程。设计图纸还没有出来，他们就开始平地基，修公路。木黄区革委更是积极响应，从各公社抽调一个民兵排上阵；又从全区选调了一批石匠，进山提前采集石料。县里经费紧张，常委会决定下拨的一万元迟迟没有到账，木黄区革委说，给红军盖碑，是我们多年的愿望，我们不要县里的钱，给大伙记工分。工地上生活艰苦，没有水，便发动机关干部职工和学校师生前来挑水，让各部门负责拉沙。他们提出的唯一条件，是山里的石料用手掰不开，县里得提供雷管和炸药。

木黄虽是老区，又是落后的少数民族地区，交通闭塞，但红军烈属和亲属多，群众觉悟高，有许多见过两军会师的人还活着；甚至还有跟随过红军战斗，但因伤或因其他原因没有跟着走的老游击队员，听说要建红军会师纪念碑，欢欣鼓舞，奔走相告，纷纷涌来助阵。

将军山下，大柏树旁，一时人声鼎沸。

我后来听到这样一个故事：有一天，张朝仙站在张家沟采石场向大家宣讲建碑的意义，人群中突然有个老汉高声回应说，这个同志讲得好，为红军建碑是我们木黄的责任。张朝仙寻声望去，只见那人满脸皱纹，背像弓那样驼着，头发稀稀疏疏地全白了，手里拄着一根拐杖。张朝仙走过去问他，老伯，你是谁？在办哪样？老汉说，我叫张羽鹏，天堂区陡溪公社茶坨村人，贺老总在印江闹革命的时候我当过游击队长。听到要为红军修纪念碑，我特意赶来出力，连口粮都带来了，不信你来看嘛。张朝仙朝他身后背着的背篼一看，果然有一包米、一包饭、一些蔬菜。张朝仙当众表扬老汉说，你这个认识很好，很有代表性，大家要向你学习。因为县城与天堂公社同路，那天回县城时，张朝仙特地请张羽鹏坐她的车走，老汉说，我不跟你走，我是来修碑的，又不是来看热闹的。碑还没建好，我走哪样？最后，张老汉硬是坚持到纪念碑完工，才背着背篼回家。

这个叫张羽鹏的老汉我还见过，在北京接待过他。那是多年后，张朝仙给我打来电话，说那个背着背篼去木黄修碑的老游击队员，你还记得吗？现在他的眼睛不行了，看不见了，想来北京治病，能不能帮帮他？我说，怎么不记得？你让他来吧，我来管他。那时我的老伴李振军还在世，张老汉到了北京，我们一起去看他，一起把他送进医院。老汉的住院费和治疗费，全部由我和老伴想办法解决。

印江在木黄土法上马建会师纪念碑的消息，很快传到省里，省文化厅、省设计院和省博物馆迅速派人来察看。他们既为群众自发纪念红军的精神感动，又觉得按此办法建碑太简陋，与两军会师的重要地位不相称，必须重新设计并把碑挪到半山腰，那儿视野开阔，也更庄重，更气派。省里的同志说，给红军立碑，那是千秋万代的事情，不能垒几块石料竖一面碑了事，像盖一个土地庙。印江的领导听得频频点头，从心里感到省里的人就是比自己站得高，看得远。可他们接着说，那么钱呢？那得要多少钱？我们拿不出来啊！省里的同志说，这样吧，我们给你们设计图纸，再拨给你们四万，只有那么多，你们得精打细算。县委和县革委的人笑了，说四万不少了，我们勒紧裤带，再自筹两万。

我就是在这个时候收到张朝仙的来信，让我想办法请国务院副总理王震题写碑名。我知道王震叔叔很忙，但再忙他也不会推辞的。因为木黄会师不仅是红军发展史上的一座里程碑，也是我父亲贺龙、任弼时、关向应，包括萧克和王震在内——他们个人革命生涯中的一座里程碑。何况王震是我父亲的老部下，对我父亲和那段历史感情深厚。所以，当我向他报告木黄正在建造红军会师纪念碑时，他马上说，好啊，需要我做什么？

这已是1978年，听说我拿到了王震亲笔题写的墨宝，张朝仙在电话那边激动得哭了，马上让正在北京参加全国妇联代表大会的县妇联主任上我家来取。妇联主任开完会立即赶回印江，到了县里得知张朝仙在铜仁开会，又马不停蹄赶到铜仁，当面把墨宝交给张朝仙。

1979年夏天，由王震题写碑名的"中国工农红军第二第六军团木黄会师纪念碑"就要落成了，县里挑选7月1日建党五十八周年这个特殊的日子举行揭幕仪式，并来电来信郑重邀请我参加。不巧的是，我刚做完一个手术，行走不便，未能成行。但是，我字斟句酌地给印江县委写了一封贺信，表达我难以平复的喜悦：

印江县委负责同志：

　　你们好！收到你们的来电和来信，心情非常激动，木黄会师纪念碑终于落成了，这是一件政治上的大喜事，我万分高兴。记得一九七五年，我两次走访印江，那时正是乌云压顶，"四人帮"横行之时。我们敬爱的周总理给贺龙同志恢复名誉的讲话消息尚不能公开见报，印江县委的领导瞿大国、张朝仙等同志就提出要修建木黄会师纪念碑，对我的鼓舞和教育至今仍深深地铭刻在我的心中。印江不仅山清水秀，风景优美，还是个有着光荣传统的革命根据地，在艰苦的战争年代，为革命作出了应有的贡献。解放后，继续发扬革命光荣传统，为祖国的社会主义建设作出了贡献，这些都是值得我学习的。总之，一九七五年的两次印江之行，感受很深，受益甚大。也非常感激县委对我的热情接待。这次我非常想去参加木黄会师纪念碑的落成典礼，但因我患甲状腺机能亢进，刚动过手术不能参加，甚感遗憾，请你们原谅。不过，我一定要争取第三次去印江看望老根据地的人民……

爱在青山绿水间

天下着淅淅沥沥的雨，听得见石川河水在哗哗流淌。擦去窗玻璃上凝满的水汽，我贪婪地往外看，山冈上烟雨迷离，树木葱茏，显出新开垦的痕迹。那些树行距规整，高矮相当，长得蓬蓬勃勃，欣欣向荣。当地朋友说，这是新引进的柿子树，果实如乒乓球大小，经济价值高，是县里的特色产业。我回头再看，被雨水洗得闪闪发亮的叶片中，果然有密密麻麻的小红果缀满枝头，如漫天星光。公路两边种着的一片片油菜，花期已过，正在结籽，一阵阵湿漉漉的风吹过来，颗粒饱满的枝干在轻轻摇晃，像初孕的少妇蹒跚而行，沉静而雍容。

9月的黄土高原，该红的正在红，不该绿的还在绿，如同三月的江南，青山绿水，细雨霏霏，那景致让我感到惊奇，也感到舒畅。

回到阔别七十四年的陕西富平县庄里镇，看过我不足两岁时曾经跌跌撞撞进出的红二方面军指挥部，也即后来的八路军一二〇师司令部，又看过镇中心他读过书的立诚中学，接着去瞻仰他长眠的墓地。

他是党内大名鼎鼎的青年才俊，早在延安时期就大名鼎鼎，经常受到毛泽东的称赞。1934至1935年，在国民党军队的重重围困下，南方的革命根据地几乎丧失殆尽，唯有他参与创建的陕北革命根据地硕果仅存。党中央和中央红军进行二万五千里长征，最后，就是冲着他参与创建的这片革命根据地而去的，从此才有了新的落脚点和抗战大本营。当毛泽东率领

57

中央红军到达陕北，在路边的大树上，村落斑驳的墙壁上，到处看见张贴着历经风吹雨打的署名"主席习仲勋"的《陕甘边区苏维埃政府布告》，心里想，这个习仲勋，职位如此高，威名如此响，肯定是个年岁不小的革命者。听到陕北也受到极左路线祸害，刘志丹和习仲勋正被肃反队关押，马上要人头落地了，毛泽东大吃一惊，火速传令刀下留人。到了瓦窑堡，面识这个二十三岁刚被释放的陕甘宁边区苏维埃主席，毛泽东十分惊讶，说："这么年轻！"在后来的革命斗争中，他的从容和练达，他在政治、军事和纷繁的群众工作中显露出来的领袖才干，他对党中央各项战略决策的理解力和执行力，他在战争形势下对事物的判断和处理，给毛泽东带来一次次惊喜。有一次，毛泽东当面夸奖他说："你比诸葛亮还厉害！"还有一次，毛泽东对部下评价他的工作能力，用了"炉火纯青"这个词。在遴选中共中央西北局书记一职时，毛泽东说："我们要选择一个年轻同志担任西北局书记，他就是习仲勋同志。他是群众领袖，一个从群众中走出来的群众领袖。"1952年，习仲勋从中共西北局书记的任上奉调进京，毛泽东又对他在中宣部任职的老秘书胡乔木说："告诉你们一个消息，马上给你们派一位新部长来。习仲勋同志到你们宣传部来当部长。他是一个政治家，这个人能实事求是，是一个活的马克思主义者。"

回到留下我童年足迹的庄里镇，我之所以想起这位当年以年轻著称的老革命家，把瞻仰他读过书的立诚中学、拜谒他长眠的墓地当成我预定的行程，不仅因为他多次受到毛主席的赞赏，也不仅因为他就出生在离庄里镇只有二十五里的淡村镇中合村，他十三岁读过书的立诚学校，就在我生活过的庄里镇，还因为他曾经是我父亲贺龙的亲密搭档，两个人在长达两年零三个月的战争岁月中，互相仰慕，休戚与共，至今仍让我们感到惊奇和向往。这么说吧，在那两年零三个月中，习仲勋和我父亲经常同吃一锅饭，同乘一辆车，有时还同扯着一床脏兮兮的军被在路途宿营。虽然他比我父亲小十七岁，但以他的资历和对中国革命的贡献，同样是我的父辈。

习仲勋十三岁读过书的立诚学校，就在我生活过的庄里镇。左上图为学校藏书楼，左下图为他上学时的教室。

右图：习仲勋在关中特委工作时期留影。

　　我父亲和习仲勋第一次见面，是在关中腹地的泾阳县云阳镇。那是1937年7月，按照中共中央关于国共合作抗日的部署，我父亲率领长征到达陕北的红二方面军驻扎在富平县庄里镇，司令部设在镇上大南巷的张家大院，等待改编成八路军一二〇师。当时红军前总在云阳召开团以上干部会议，讨论红军改编的意义和有关事宜。会议决定由关中选派一批兵员补充改编后的一二〇师，直接东渡黄河开赴华北前线杀敌。会后，关中特委一位特别年轻的负责同

习仲勋曾经是我父亲贺龙的亲密搭档，两个人在长达两年零三个月的战争岁月中，互相仰慕，休戚与共。

志就关中苏区的军事斗争和兵员选调问题，专程到庄里镇来拜会即将出任一二〇师师长的我父亲。我父亲对关中特委的热情周到，对那位特别年轻的负责同志谦逊而又精诚的谈吐，印象深刻，一再对他表示感谢。那位特别年轻的负责同志这时对我父亲说："贺总，你知不知道？我就是富平人，你们驻扎的庄里镇上的立诚学校，是我读高小时的母校，而且我就是在这所学校参加共产主义青年团，投身革命的。现在你们就要从这里出发去打鬼子了，我们组织人民群众支持自己的队伍，还不应该吗？"

是的，那位关中特委特别年轻的负责同志，就是习仲勋。和毛泽东与他第一次见面一样，我父亲当时感到他这般平实，这般沉稳，不禁在心里惊叹：难怪毛主席这么看重他，赏识他，年轻有为啊！从庄里镇回去后，关中特委在关中部队和游击队中层层动员，精心选拔，抽调了五百名优秀红军和游击队战士，编成一个补充团，由特委宣传部长郭炳坤亲自带队，开到庄里镇向我父亲报到。望着这支士气高昂、清一色由西北汉子组成的队伍，父亲大喜过望，一个个捶着他们的肩膀说，好样的，你们在黄土地上长大，服西北水土，我要把你们用在刀刃上。还说，你们的习书记真是慷慨啊，给我送来了真正的子弟兵。

几十年后，父亲已不在人世，担任全国人大常委会副委员长的习仲勋同志撰文回顾说："那时我任关中特委书记，还是一个青年，对贺龙这位'两把菜刀闹革命'的民军领袖、南昌起义总指挥，赫赫有名的红军将领仰慕已久。我同他会面时，红二方面军总指挥部的关向应、甘泗淇也在那里。我们一见如故，十分亲切。贺总那堂堂的仪表、潇洒的气度、如火的豪情和爽朗诙谐的音容笑貌，给我留下了深刻的印象。从那时起，我几度在贺总的领导下工作，有段时间曾随他之后共负一个方面和地区的领导之责。长期相处，贺总的优良品德和作风使我深受教育。"

习仲勋说的有段时间和我父亲贺龙"共负一个方面和地区的领导之责"，是1947年7月到1949年10月我父亲离开西北，挥兵进军大西南的那段日子。在这之前，他用了十二年，从一个陕北的群众领袖成长为党和军队领袖集团中的一员。抗战胜利后，国民党胡宗南部队猖狂进攻延安，他按照毛泽东起草的中央军委命令，在四个多月里，直接协助比自己年长十五岁的彭德怀，指挥边区各兵团及一切部队，连续取得了青化砭、羊马河和蟠龙镇三战三捷。至此，西北野战军扭转了整个陕北的战局，开始转入内线反攻。1947年7月21日至23日，鉴于战争形势突飞猛进，中共中央在靖边县小河村召开扩大会议，通过了由毛泽东和中央军委提出的将我父亲贺龙统帅的晋绥军区重新并入陕甘宁晋绥联防军的决定，由我父亲任联防军司令员，习仲勋任政治委员。西北野战兵团定名为西北人民解放军野战军。中央做出这个决定，说得通俗些，是此后由彭德怀在前线管打仗，由我父亲贺龙统管后方，这样，前方与后方便达成具有战略纵深的一体化了。因为经受战争反复摧残的西北，土地贫瘠，存粮少，后援严重不足，边区的兵员补充和粮食、弹药供给，此时成了西北野战军转入大规模作战的重中之重。加上后方机构庞大重叠，人员冗杂众多，工作忙乱无序，正在进行的土改工作又出现了严重偏差，如果不做此战略调整，解决后方机构重叠、效率低下，尤其是如何发动群众，生产和筹措更多粮食支援前方的问题，期待中更大规模的解放战争将失去依托，难以为继。前提是，我父亲需要把他从湘鄂西带来，并在抗战中发展壮大，同时被一个军事统帅视为生命的三个野战纵队交给彭德怀指挥，由战场指挥官改为组织人力、物力支援前线的粮草官；习仲勋同志也要撤出战场，回到后方与我父亲同甘共苦。

但在党的决议面前，我父亲和习仲勋都毫无怨言，毅然赴命，两个人就这样走到了一起。

在以后的两年多时间里，我父亲和习仲勋风雨兼程，夙兴夜寐，殚精竭虑，反复在黄河两岸奔波。与指挥千军万马打仗不同，做机动性极强、消耗力极大的野战部队后盾，工作千头万绪，必须整天在群众中穿梭，动员一切力量为前线服务。而从边区向四周蔓延的战争，就像一棵大树，把无数条根须伸向后方：抬担架，救伤员，做军鞋，修筑工事，筹措粮草，运输各种军需物资，整顿内部组织，肃清奸细，动员参军，接受和改造俘虏……哪方面都不能懈怠，不能耽误。前线和中央机关向后方要人，要粮食，要子弹，一个命令下来，第二天顶多第三天就必须送到。人们能想到的是，在极短的时间里，我父亲和习仲勋以他们驾轻就熟的指挥艺术，迅速组织了两万名游击队员和十万民兵，像天罗地网般撒在陕北的沟沟岔岔，山山峁峁，断敌交通，拔敌据点，伏敌车队，夺敌给养，缉查敌特，有力配合主力部队作战；边区遭受连年大旱，农业歉收，财政经济

习仲勋在陕甘宁边战斗多年，经略多年，熟悉每个区县的民情、社情和土地的收成，与当地人民建立了患难与共的鱼水深情。

困难，动员群众发展生产同样不能延误，可青壮年都上前线了，乡村只剩下一些老人、妇女和孩子，劳动力奇缺，那就精兵简政，紧缩开支，调整学校的课程，把机关和学校挤出来的工作人员全部赶下去种地。特别是为前方筹集粮草，输送军事物资，十万火急，雷打不动，是没有任何价钱可讲的。部队打到哪里，粮食就要送到哪里。当时西北野战军共有兵力约六万人，中共中央、陕甘宁边区各机关、部队、学校及游击队约两万人。八万人每月需要粮食一万六千多石，一粒都不能少。在父亲和习仲勋主政后方的头半年，仅中央军委和毛泽东、彭德怀直接打来的催粮电报就达二十多份。两人睁开眼睛，每天要做的第一件事，就是征粮、催粮和运粮。为保证前线不断粮，父亲和习仲勋不惜从边区仅剩下的一个正规旅的部队中抽出两个团，专门派去做买卖，把边区的土特产贩往国统区出售，换回战争急需的粮食和物资补充部队。父亲交代，这两个团从敌占区弄回来的给养，在陕北我方地域无论碰上哪支部队，可就地征用。

晋绥是父亲经营多年的老地盘，比陕甘宁富庶一些。父亲利用自己的威望，从老根据地群众中一年征得的军粮，就超过了抗日战争时期八年的总和。习仲勋在陕甘宁边战斗多年，经略多年，熟悉每个区县的民情、社情和土地的收成，与当地人民建立了患难与共的鱼水深情。他深入绥德、米脂、清涧一带征粮，亲眼看到老百姓宁愿吃糠咽菜，也要把节省下来的那点粮食送给部队；有的还把未完全成熟的高粱、豇豆提前收回来，连夜炒干充当军粮。在清涧县东区直川山，有个当年曾跟着他闹红的妇女模范刘大娘，听说毛主席也和大家一起吃黑豆、榆树干面，心里非常难过，急忙把坚壁在后山的五升麦种、三升豌豆种取回来，连夜磨成面，擀成杂面条，托人送给毛主席。

寒冬来了，父亲和习仲勋开始把主要精力转向历史上著名的土改纠偏。因为新一年就将到来，解放区在不断扩大，而土地是群众的命根子，也是战争的命脉，如果不解决土地问题，不仅来年的春耕和秋收将受到极大影响，而且任由极左风潮蔓向全国，势必让战争后方大乱，以致断送前方官兵用鲜血和生命换来的革命成果。尤其习仲勋在陕北土生土长，又最早在陕北发动和领导革命，熟悉这片土地上发生的一切事情。早在小河会议期间，他就注意到了边区土改中出现的损害中农和民族工商业利益、乱斗乱打的错误做法，指出此种偏向必须得到纠正，不论这股风是由谁吹起来的，有着怎样的权威。

1947年12月下旬，父亲和习仲勋去米脂县杨家沟出席中共中央扩大会议，听取毛泽东作《目前形势和我们的任务》报告。会议期间，习仲勋应约到毛泽东在扶风寨的住处，向毛泽东汇报陕甘宁晋绥边区的战争、生产和群众生活情况，还有自己对边区土改和形势发展的看法，引起了毛泽东的关注。会议结束时，新的一年已到来，习仲勋和我父亲兵分两路。我父亲回陕甘宁晋绥联防军司令部主持工作；习仲勋率领工作组直接到绥德、米脂县传达中央十二月会议精神，检查和指导土地改革，开始从绥德地委着手纠偏。1月4日，在杨家沟中央会议结束后的第七天，即致信西北局并转党中央，汇报绥德各县在土改工作中出现的问题，对土地改革应沿着什么方向前进，提出了自己的真知灼见。毛泽东看到这封信，立刻给我父亲和习仲勋及西北局发来电报，表示"完全同意仲勋同志所提各项意见。望照这些意见密切指导各分区及各县的土改工作，务使边区土改工作循正轨进行，少犯错误"。1月5日，习仲勋从绥德地委启程前往子洲县检查工作，连续三天，没日没夜地找各级干部和群众谈话，了解土改进展和遇到的问题。他交代这些同志必须实事求是，不要有思想包袱，实际工作中是什么情况就说什么情况，不得隐瞒，也不能夸大。接下来的两天，出席了子洲县召开的土改检讨会，听取每个人在会上的发言。

习仲勋在子洲县一口气待了九天，这是扎扎实实搞调查研究的九天，勤勤恳恳走群众路线的九天。综合在绥德地委调查的内容，他看到极左倾向造成的祸害，血泪斑斑，触目惊心。例如有些地方把对地主富农的斗争演变为浑水摸鱼，少数人乘机打秋风，吃大户；有些地方把斗争矛头对准干部，连作战部队指战员的家属也在其列；有些地方把贫中农的东西也一律没收。某些机关、学校没有地主富农可揪，便揪自己的同志，如边保的马夫把班长当恶霸揪出来斗了，名曰让贫雇农翻身；绥德干小把十几名八九岁的孩子打成狗腿子。

1月19日，习仲勋第二次致电党中央和毛泽东，指出土改纠偏已刻不容缓。电报列举了九个方面的问题，希望引起中央重视。他特别强调："我看一有'左'的偏向，不到半月，就可把一切破坏得精光。"毛泽东在接到电报的次日，复电习仲勋，再次表示完全同意他的意见，望坚决纠正"左"的偏向；并继续将习仲勋的电报内容转发各解放区，指示务须密切注意改正"左"的错误。

习仲勋半个月内从土改一线发来的两个调查报告，引发了毛泽东对全国不同地区土地改革的思考。他想到了各地群众在土改中将迸发前所未有的热情，但没想到若不加引导，也会走入歧途。不过，让他高兴的是，从习仲勋的思想水平和严谨的工作态度上，他看到了一颗政治新星正在冉冉升起。2月6日，毛泽东致电习仲勋等人，就在老解放区半老解放区及新解放区实行土地法的内容、步骤和农会的组织形式等问题，征求他们的意见。习仲勋第三天就回电了，对三类不同解放区的概念作了清晰界定，并建议土地分配不能搞平均主义，不能搞贫农团领导一切。他的意见和建议有理有据，显然经过深思熟虑。毛泽东对习仲勋的电报稿亲笔作了修改和校订，再一次转发各解放区。

在这次有关土改纠偏的调查研究中，习仲勋走群众路线，时间长，专注度高，巡视面广，领风气之先，既不回避问题，也不掩饰矛盾。最难得的，是他每到一地，都认真总结经验和教训，及时向党中央、毛泽东报告。收到回电后，又把毛泽东对土地问题的研究、思考和疑问，放到实践中去验证，并拿出切实可行的解决办法，实际上充当了毛泽东土地改革的特使和拨乱反正先行者的角色，因而引起全党的关注。调查研究归来，他迅速与西北局、陕甘宁晋绥联防军和边区政府三方领导层达成共识。紧接着，我父亲和他，还有边区政府主席林伯渠，马不停蹄，各自带领工作组奔赴分区和各县纠偏。用我父亲后来的话说，纠偏如救火，他们是"追着纠""跑着纠"。到这年的4月，事态得到了有效控制，西北的土地改革终于回到了正确轨道。

但是，原本大快人心的一件事，却让一个人从此怀恨在心，期待秋后算账。他就是在西北土改中率先推行极左路线的康生。十四年后的1962年秋天，在中共八届十中全会上，康生利用仅发表部分章节的历史小说《刘志丹》，对习仲勋发动突然袭击，诬陷他勾结小说作者李建彤阴谋为高岗

我看到了我父亲贺龙（左二）、陕甘宁边区政府主席林伯渠（左一）、陕甘宁晋绥联防军副司令王维舟（右二）与习仲勋（右一）在延安窑洞前的合影；不知为什么，一副农民穿戴的他，身子被镜头切去了半边。我的泪水就在这个时候流了下来。

翻案，把习仲勋从国务院副总理兼秘书长的位置上打落下来，当时他年仅四十九岁。具体过程是，康生在会上交给毛泽东一张字条，毛泽东打开字条一念："利用小说进行反党，是一个大发明。"康生立刻把这句话当作毛主席语录广为散布。后来的事实证明，康生是在报当年的一箭之仇，这个说别人搞阴谋的人，自己就是个阴谋家。

险些被极左路线杀害的习仲勋，为十四年前在土改运动中反"左"纠偏付出的代价，是从此后背负十六年冤案，先被贬到洛阳矿山机械厂当一个小小的副厂长，后在十年"文革"中又被关了八年监狱。当1979年他获平反昭雪，中央决定派他去广东"把守南大门"时，他已经是个六十五岁的老人了，虽然中央很快让他接任改革开放最前沿的广东省委第一书记，增补为中央委员。1980年9月，在五届全国人大三次会议上，被补选为全国人大常委会副委员长。11月底，被调回北京，先后被选为中央书记处书记和中央政治局委员、书记处书记。但年岁不饶人，他不知不觉到了急流勇退的时候。后来，我们知道，就是他奉小平同志之命，在广东为中国的改革开放"杀出一条血路"期间，他在中南海散步时，对当时的《人民日报》社社长秦川同志说出了那句让他感到欣慰，却让我们为极左阴影笼罩了中国几十年感到沉痛和辛酸的话："我这个人呀，一辈子没有整过人，一辈子没有犯'左'的错误。"再后来，他的儿子习近平也登上了政坛，他又对儿子掏出了肺腑之言："不管你当多大的官，不要忘记勤勤恳恳为人民服务，真真切切为百姓着想，要联系群众，要平易近人。"2002年，当他以八十九岁高龄走到生命尽头的时候，他最大的愿望，就是回到陕西富平去，把他葬在故乡的青山绿水间。因为作为受到毛泽东称赞的群众领袖，他就是从这片苍凉大地上走出来的。他爱这片土地，早想好要回到这片土地上去。

就像十六年后他的命运峰回路转，当我乘车从庄里镇到达陶艺村他长眠的那座小山冈时，雨停了，天上云开雾散，灿烂的阳光照耀着一片苍松翠柏，干净得纤尘不染。他的墓如同一个普通宾馆的标准间那么大小，用灰色泛红的大理石覆盖，除此之外没有任何雕饰。墓前有两块乡村小黑板般大的石碑，一块刻着他的生平，一块刻着毛泽东写给他的手书："习仲勋同志，党的利益在第一位。"让我感到震撼的，是他那座安放在墓顶的大理石雕像，材质是块不规则的石头，雕刻家按照石头的自然形状，把他雕成坐姿，两只手平放在跷起的大腿上，微笑中不失庄严的脸稍稍仰起，远处的青山、绿水和村庄尽收眼底。他的样子，就像雕刻他的那块石头，普通，沉稳，锋芒内敛，有一种什么力量都难以摧毁的坚毅。雕像后面刻着他的夫人齐心阿姨手书的他常说的一句话："战斗一生，快乐一生。天天奋斗，天天快乐。"

在离墓地十几米的前方左侧，有两间在北方任何一个院子都能看到

的小平房，那是他的生平展览室。里面也有一座雕像，可很小，与真人无异。再就是满墙挂着的照片了，大概有五六十幅。在这里，我看到了我父亲贺龙、陕甘宁边区政府主席林伯渠、陕甘宁晋绥联防军副司令王维舟与他在延安窑洞前的合影；不知为什么，一副农民穿戴的他，身子被镜头切去了半边。我的泪水就在这个时候流了下来。

他的样子，就像雕刻他的那块石头，普通，沉稳，锋芒内敛，有一种什么力量都难以摧毁的坚毅。

走到他的墓前，放下花篮，像抚摸岁月那样抚平两道挽带，我对着他的雕像深深地鞠了三个躬，然后默默地凝望他从石头里浮凸出来的面影。我说，习叔叔，贺龙的女儿看你来了，你想念你在这片土地上的那位长着两撇小胡子的老搭档吗？我还说，习叔叔，你还记得当年你来庄里镇拜访我父亲时，那个在黄泥地上趴着的小姑娘吗？

我听不见他回答，只看见他在微笑，无言地微笑。我知道他会永远以这个姿势坐下去，永远微笑着看着眼前的这片大地，看着那些他总惦记着的在这片大地上辛勤劳作的人们。因为他在这片青山绿水的大地上诞生和成长，他热爱这片大地，眷恋这片大地，几十年为这片大地的苏醒呼喊和战斗，把生命中最灿烂的年华献给了她。

2011年9月至10月草拟

2013年7月9日定稿

谷大姐

都叫她谷大姐。我父亲这么叫，我母亲这么叫，当年战斗在湘鄂西的红军战士、党的干部和游击队员，也这么叫。解放了，从湘鄂西走出来的人，不论当了元帅，还是当了将军、部长，或者当了国家领导人，每当提起那段岁月，还这么叫，语气里含着深深的悲怆和痛惜。

谷大姐在我出生的前四年，就被杀害了。我知道谷大姐，是因为母亲从来就没有中断过对她的回想和追忆。可以说，谷大姐的死，是母亲心里的一道永远抹不平的伤口，永远的痛，一碰就流血。还可以说，活到九十六岁高龄的母亲，是谷大姐竖立在世界上的一面活动的碑，只要还有一口气，就会由衷地怀念她、祭奠她。母亲敬畏历史，对记载与自己的经历有关的文字身怀戒心，曾亲手烧了她在悲愤和孤寂中写下的回忆录。但她直到暮年，仍念念不忘把她心中的谷大姐写出来，郑重地交给《解放军报》发表。

在母亲一次次泪水涟涟的讲述中，我尝试去寻找这个我从未谋面但却应该叫她老姑的人。我想穿过鹤峰山野间那个芳草萋萋的坟堆，那些历经战火保存下来的史志，努力辨认她的面容与身影，读懂她饱经风霜的脸上曾刻着怎样的无畏和坚强，怎样的无奈和迷惘。可是，非常遗憾，她连一帧小照，连几根粗粗勾勒的线条，都没有留下来。

1889年出生的谷大姐，以今天的眼光看，是个元老级人物。她比我父亲大七岁，比我母亲大二十二岁。在我们共同的故乡湖南桑植县洪家关，因为自古白、苗和土家族杂居，民风强悍，凡人都练过三五招拳脚，抱团的意识特别强烈。晚清至辛亥革命，哥老会组织遍及各地，性情倔强又不畏强暴的谷大姐和她后来嫁到纸坊溪的丈夫邓仁山，是最早的一批哥老会会员。在她面前，连我父亲贺龙都算晚辈呢。但是，谷大姐所属的苗族，与我祖上所属的土家族或白族，世代友好且通婚。我们贺家和他们谷家，又是当地的两大家族，血脉里你中有我，我中有你，打断骨头连着筋。父亲从小赶马当骡子客，就是跟着大姐夫谷绩廷出去闯荡的。因此，父亲信任和尊重谷大姐，谷大姐偏爱和维护我父亲，在他们之间，有着深厚的血浓于水的宗族渊源。

谷大姐的真名叫谷德桃，桑植洪家关横路湾人。从小命苦，八岁时被母亲送给邻家做童养媳，十五岁正式成

谷大姐的故乡桑植

婚，受尽婆母和丈夫的打骂、欺凌。后来，她那个王八蛋丈夫竟把她卖给别人做小老婆。她誓死不从，奋起联络娘家到县衙门告状，官府判她由娘家再嫁，这才让她挣脱封建枷锁，回到横路湾自选夫婿。父亲1916年用两把菜刀（实际上是两把柴刀，我在《父亲的雪山　母亲的草地》中详细叙述过）在桑植芭茅溪盐局举义，她与大哥谷德前、丈夫邓仁山积极响应，迅速出现在父亲攻打团防的队列里。1928年春，父亲回到湘西重新拉队伍，她又义无反顾地跟着父亲，给他当交通员，活跃在工农革命军和区乡游击队之间。在父亲离开桑植到发动南昌起义这二十年中，她和我大姑贺英叱咤风云，各拉起一队人马杀富济贫，呼啸山林，成了坐镇一方的风头大姐。1928年4月，国民党军队"围剿"工农革命军，父亲带领队伍退到罗峪、白果垭一带打游击。谷大姐夫妇跋山涉水，将父亲和他的队伍接到纸坊溪，让父亲把指挥部设在她家里，待他如座上宾。

父亲生前说到谷大姐，说起住在她家里的那段日子，那口吻，用亲亲一家人来比喻，好像都太轻了。父亲说，谷大姐管他吃，管他住，还管他那支部队的给养。而且，她手下明明有人可派遣，却每天亲自为父亲站岗放哨。遇到大股敌人来清剿，她必在前面带路，把父亲和他的队伍转移到安全的地方。父亲用浓重的家乡口音赞叹说，这个谷大姐啊，胆子有天那么大，心却像针那么细，凡他和战士们走过的地方，她都用扫帚和小锄，一程一程扫除他们的脚印和马蹄印，将踩倒的野草扶起来。谷大姐也是个有远见的人，个别游击队员想不通，埋怨她对我父亲太上心了，有失颜面。她怒斥说，真是山里的汉子，鼠目寸光！贺胡子是什么人？是今天打天下的人，明天坐江山的人，连蒋介石都怕他三分。只有保住他的命，才能保住我们穷苦人的命。

1928年5月，丈夫邓仁山被叛徒杀害，谷大姐强忍悲伤，只身奔往父亲的驻地报警，使父亲及时藏进一个山洞，虎口脱险。此事白纸黑字，不仅言之凿凿地记载在桑植的史册中，而且，至今还在湘西一带广为流传。

红军东下洪湖后，她带领游击队坚守在七郎坪，经常穿过白军的封锁，给留守红军送钱、送粮。还多次化装成村妇出山，为红军购买枪支、弹药。1929年10月，留守红军在庄耳坪与白军正面遭遇，损失惨重，紧急转移时，把几十个伤病员和红军家属托她安置。她二话不说，组织船只远赴贵州赶运粮食，采购肥猪，又四处寻医问药，为伤员们疗伤，让伤员和红军家属们很快归队了。

我母亲就是在这个时候去投靠谷大姐的。

这是1930年秋天，母亲腆着个大肚子，正怀着姐姐红红，不能跟随第二次东征的湘鄂西红军主力向黔东开拔，父亲让两个贴身警卫员朱绍田和汪希清，还有他的亲妹妹贺绒姑陪伴，把母亲送回桑植官地坪的一个农家待产。在官地坪住下不久，风声鹤唳，天天传来白军和团防搜捕红军家属的消息，有些红军伤员和家属被搜到后，当场用刺刀捅死。母亲觉得不能在官地坪待下去了，转移至桑鹤边的七郎坪，因为那里有谷大姐和她的游击队。

女游击队长谷大姐那年四十一岁了，虽然身手矫健，飒爽英姿，但毕竟长年风餐露宿，头发已泛出细细碎碎的白，像顶着一头毛毛雪。见到比她小二十二岁、年龄不及她一半的母亲，她喜出望外，像终于把女儿盼回家。而我母亲到底是她敬重的贺胡子的女人，有文化，见过大世面，在军中人称蹇先生，因此，她对她又心生仰慕。

母亲到达七郎坪的第五天，姐姐红红呱呱坠地。孩子生下不到半个时辰，谷大姐就提着红糖、鸡蛋和用贴身棉布衣服撕成的尿布赶来探望。望着姐姐粉嘟嘟的脸蛋，她喜上眉梢，一个劲地说，好啊，好啊，贺胡子有亲骨肉了，她该是做皇后的命。还说，女娃有什么不好？她大姑贺英，还有我这个老姑，不照样威风八面吗？谁敢欺负我们！母亲从小在长沙念书，参加红军后写文书，出通告，哪里学过怎么喂孩子、捆褓褓、换尿布。姐姐哭了，她只会抱着满屋子里乱转。有时还会心烦意乱，对着懵然无知的婴儿发牢骚，骂姐姐来得不是时候，妨碍她革命。谷大姐从母亲手里接过孩子，三两下就把她哄睡了，然后一招一式教母亲。山村偏远，寒气重，她还亲手帮母亲裹上他们苗人用的头帕，叮嘱母亲一定要防风、防寒，女人的月子如果没坐好，会吃一辈子苦。临走时，一遍遍交代照料母亲的小姑贺绒姑，要多帮扶，多担待，好好伺候嫂嫂。在半年多的时间里，经谷大姐言传身教，母亲不再笨手笨脚了，把红红姐养得乖乖的，渐渐地长成了一朵花。

谷大姐的游击队有三十余人，多是她的亲戚朋友，家族色彩浓烈。队员们分散在村子里，白军和团防来了，来得及就挡一阵，来不及便溜之大吉，钻入山林。因而，未来向何处去，关系到他们的生死存亡。看到母亲出了月子，暂不能回部队，谷大姐心里一动，请她出主意，当参谋，帮助她扩大队伍，建立正规革命政权，实际上是让母亲担当她的党代表和政治指导员。母亲看到她对党和红军忠心耿耿，正把她这支队伍往正确道路上带，觉得帮她做点事很有意义，爽快地答应了。

工作刚有起色，因父亲率领的红军主力远在黔东回不来，湘鄂边的黑暗势力蠢蠢欲动，形势变得异常严峻。这时候，在成分复杂的红军留守部队中，军心涣散，各行其道。有的叛变了；有的提出"反共不反贺"，公开脱离革命队伍；少数钻进革命队伍的投机分子，摇身一变，成了敌人的帮凶。母亲看到革命力量被分化瓦解，心急如焚，遂告别谷大姐，前往鹤峰向湘鄂边特委汇报。特委书记周小康思想僵化，行事刻板，对正在失控的局面应对无方。见母亲怀里抱着个孩子去找他，他眉头一皱，让她去鹤峰县委宣传部做妇女工作。

1931年春，夏曦以中央特派员的身份来到湘鄂西，积极推行王明"左"倾冒险主义错误路线，大抓"改组派"。谷大姐因为真心真意支持红军，数次提醒我父亲必须防范身边的投机分子，所以被混进革命队伍的人栽赃陷害，诬告她暗通桑植团防，与地主有来往。特委书记周小康偏听谗言，不见任何证据，也不做调查研究，便以"通敌谋叛"的罪名，把谷大姐投进湘鄂边特委设在鹤峰的一座监狱里。

一个女游击队长，谷大姐大字不识，疾恶如仇，说她私通县团防，谋反叛乱，母亲打死也不信。她找到特委书记周小康据理力争，提醒他不要上坏人的当，但周小康固执己见，听不进母亲的意见和劝告，与她争执不下。最后，也许碍于母亲的面子，他退一步说，待他写成报告，请示前方负责同志再定。母亲见事情有转圜，趁热打铁，提出在前方复信前，先将谷大姐保释出狱。周小康允诺把谷大姐交由母亲负责的妇女鞋袜队看管，前提是保证谷大姐不逃跑、不出事。

谷大姐出狱了，母亲当即赶到妇女鞋袜队去看她。受了天大委屈的谷大姐，痛哭失声，原本花白的头发白得更厉害了。她告诉母亲，这是恶人先下手，要置她于死地。母亲安慰她说，谷大姐，你对共产党有感情，对革命赤胆

桑植革命烈士陵园

忠心，云卿（贺龙）知道，我也知道。现在他和他的队伍远在湘黔边，想是被敌人拖住了，你只能相信组织了。谷大姐说，相信，相信，就指望组织主持公道了。还说，她在鞋袜队挺好，不让她拿枪，拿针也行啊，她要让红军战士穿上她做的鞋，打胜仗。

2月初的某日，周小康突然来到我母亲的住处，掏出夏曦批复处决谷大姐的回执，铁着脸说，你自己看看吧，还是我的那个意见。母亲看到夏曦的字迹，如雷轰顶，两行泪水夺眶而出。

1931年2月10日，谷大姐被枪杀于鹤峰山野的一片荒草中。在被五花大绑押上刑场时，她提出要见我母亲一面。据当时在现场的人回来说，谷大姐这是有意在拖延时间，她死到临头，求生的欲望非常强烈，仍对我母亲以父亲贺龙的名义保她一命抱有幻想。但有夏曦签发的处决令，我母亲有什么办法呢？只能痛心疾首，把自己反锁在屋子里，暗暗哭泣。母亲实在无能为力，再没有办法救谷大姐了，周小康也决不会给她这个机会，即使父亲在场也无法阻止。母亲实在不忍心看到谷大姐被五花大绑押上刑场的身影。让她亲耳听见那道凄厉的枪声，亲眼看见谷大姐颓然倒下，她受不了，她会疯掉的！

谷大姐被杀后，湘鄂边乃至整个湘鄂西，血雨腥风，水深火热，冤魂遍地。在白军和各县团防疏而不漏的"围剿"下，钻进红军队伍中的投机分子纷纷倒戈，帮助敌人残酷杀戮革命者和红军战士。让人难以置信的是，七个月后，忠实执行夏曦命令的特委书记周小康，也被打成"改组派"，成了冤死鬼。

1934年10月，父亲率领湘鄂西红军主力，与萧克和任弼时率领的红六军团，在贵州印江县的木黄镇胜利会师，随后改编为红二、六军团，挥师湘西，在永顺、大庸、桑植等地重新建立湘鄂川黔边革命根据地。而在过去的三年间，母亲在血流成河的白色恐怖中，历经地狱般的煎熬，九死一生。当她见到父亲时，谷大姐和许多人都不在了，母亲和父亲的亲骨肉，我的姐姐红红，也死在母亲走投无路的怀里。

谷大姐的死，在此后漫长的岁月里，就像一团瘀结的血那样堵塞在母亲的心窝里，她既不忍心碰它，又忍不住要碰它。母亲经常反躬自问：谷大姐在临刑前提出见我一面，我为什么不敢去见她呢？见了又会怎样呢？又想，当时，如果自己能豁出去，再一次跟周小康理论或者求情，能否让行刑队刀下留人，救谷大姐一命？但是，想来想去，她总找不到答案。奇怪的是，越是找不到答案，她心里越是放不下谷大姐。长此以往，她把自己逼入痛苦无比的深渊，无力自拔，好像自己也成了一个罪人。

在我陪伴母亲老去的几十年中，每当她回忆湘鄂西的残酷斗争，我和家人都不敢搭腔，更不敢提谷大姐的名字，怕引起她控制不住的悲伤。不过每到这时，母亲自己也会收住记忆的缰绳，坐在那里黯然神伤。但是，我们知道，你不让她想谷大姐，她终于还是想她了。

到后来，我清楚地记得是"文革"结束后，母亲像变了一个人，在家人面前不断地说谷大姐。是的，当时我们深受十年动乱之苦的国家，正进入正本清源、拨乱反正阶段，母亲从下放当农民的江西调回北京，被安排在中组部主持由胡耀邦同志亲自过问的平反冤假错案工作。因为积压的案卷实在太多了，无数饱含血泪的申诉材料像小山那样堆在那里，许多因年久而无人受理早已受潮，一沓沓的纸页粘连在一起，字迹也变得模糊不清。母亲在单位上处理不过来，便一捆一捆地背回家里来，小心翼翼地放在暖气片上，一页页烘干。在做着这些的时候，她不分白天黑夜，忘了做饭和吃饭，也忘了睡觉。我们责怪她为了给老干部们落实政策，都像着了魔似的。这时，她总是叹息一声，说，我又想起谷大姐了，你们不知道一个人蒙受不白之冤，有多么痛苦啊！

话说到这里，泪水从她苍老的眼睛里潸然而下。

上将李达

一生缜密，一生谦和，一生沉寂。作为中国传统军事文化中的谋士、幕僚和军师，他太完美了，就像一个传说。

先看他在三十年中国革命战争中的简历：湘赣苏区独立第一师参谋长、红八军参谋长、红六军团参谋长兼红十七师参谋长、红二军团参谋长、红二方面军参谋长、红军援西军参谋长、八路军一二九师参谋长、晋冀鲁豫野战军参谋长、中原野战军参谋长、第二野战军参谋长、西南军区参谋长、中国人民志愿军参谋长，最后的任职是解放军副总参谋长。再看他辅佐的统帅：贺龙、刘伯承、陈毅、徐向前、彭德怀、叶剑英；另有两位开国上将萧克和王震，两位没有授衔但足以授元帅军衔的政治家和军事家：任弼时和邓小平。

我说的是开国上将李达。关于他的故事，从中央苏区时期的红军到新中国成立后统率三军的总参谋部，一直担任参谋长的佳话和美誉，在父辈们的口碑中，在浩如烟海的军史中，我听过、读过无数。比如，他的口袋里永远装着地图、指北针和放大镜三样东西，对部队将要打什么仗，走什么路，哪里是制高点，哪里有一条河，哪里有一棵树，烂熟于胸。他记忆力超群，尤其善记地名和人名。在红军时期，只要是他带的部队，凡连长以上的指挥员，他差不多都能叫出姓名。据曾经跟随他后来也成为上将的杨得志、迟浩田和张万年著文回忆，在晋冀鲁豫边区，他不看地图，就能说出整个边区的山川、河流、城镇、村庄、铁路、公路，甚至羊肠小道的位置，友军、日军、伪军和土豪武装的分布，主要据点和封锁沟、墙的位置。到了八十一岁，对全国两千多个县名，还能倒背如流。再比如，当他衔至开国上将，坐在了总参谋部副总参谋长的位置上，每次面见老帅和老首长，仍然双腿并拢，身姿挺拔，像根标杆那样立在他们面前。有段时间在他工作过的国家体委，人们津津乐道他的一件往事："文革"中，康生批准把他"监护"起来，造反派捆住他的双手，蒙上他的眼睛，把他塞进吉普车里，绕着北京转了好几圈，然后送到小汤山的一个戒备森严的院子里。但他一下车，眼睛还蒙着，便责问，我犯什么罪了，为什么送我进秦城监狱？

李达和我父亲贺龙一样，也是贫苦出身，当过旧军人。他的故乡陕西眉县，北濒渭河，南临终南山，是春秋战国著名的古战场，秦朝出过击败赵国四十万大军的名将白起，宋代出过大哲学家张载。五岁时，他的父亲因长年劳作，一病不起，他在村边捡到一枚杏子，自己舍不得吃，一路小跑送到病中父亲的嘴里。父亲感动得落泪，临终交代长子李周，你弟弟天生聪慧，心里装得下大事，我死了你借债也要供他读书。李周不负父亲的嘱托，节衣缩食，把李达送进了村里的私塾、县里的高等小学堂，又送进西安基督教会办的中学、陕西省立单级师范。1926年，李达投笔从戎，在甘肃平凉考入冯玉祥将军创办的西北陆军第二军官学校，专攻炮兵专业。西北军素以严守操典闻名，经过正规军事熏陶的李达，集睿智、沉稳和忠诚于一身，只等战争给他一座施展的舞台了。1931年12月，他所在的国民党二十六路军奉命开赴江西"围剿"中央红军。在战事失利、粮草被克扣、大批北方籍官兵水土不服的情况下，秘密加入共产党的军参谋长赵博生联络旅长董振堂和季振同，在宁都发动起义。但是，红军当时的领导人执行"左"倾路线，提出要兵不要官，主张将二十六路军排以上军官全部遣散。在旅部担任少校副官的李达急了，央求旅长季振同把自己留下。

1955年9月27日，在中南海怀仁堂的授衔仪式上，李达被授予上将军衔，毛泽东主席亲自为他授勋章。

季振同对这个部下了如指掌，特别欣赏他的军事才干，他作为副官的忠心耿耿、明察秋毫；觉得假以时日，必成栋梁，因而在整编中几经陈诉，最终经红五军团政治部主任刘伯坚批准，留在了革命队伍中。和他同时留下的，还有后来成为红军画家、共和国将军大使和文化部长的黄镇。之后，仅过了几个月，便被慧眼识珠的萧克和王震选调到湘赣苏区独立师，先当连长，后当团长。几仗打下来，他脱颖而出。师政委王震和政治部主任甘泗淇亲自出面介绍他入党，视他为掌上明珠。1932年11月，湘赣苏区两个独立师合编为红八军，他被提拔为红八军参谋长。

一个起义的少校副官，在大半年内完成如此华丽的转身，在我军历史上实属罕见。一来说明红军用人不拘一格；二来说明当时战斗频繁，他的军事才能得以迅速发挥。但出身贫寒的李达不仅拥有军事天赋，也懂得知恩图报，更认定共产党领导的红军是为穷人打天下的队伍，因此他身为红八军参谋长，甘愿充当军长萧克和军政委王震的参谋，兢兢业业，尽心尽责。两年后，萧克升任红六军团军团长，王震升任军团政委，他升任军团参谋长，但他同样鞍前马后，事必躬亲，用他自己的话说，当参谋长应该"站在首长的阴影里"。

1934年7月23日，为打破国民党军第五次更大规模的"围剿"，红六军团奉命退出湘赣根据地，向湖南中部挺进，旨在与战斗在湘黔边地的红二军团会合，开辟新的革命根据地。就这样，中国革命百转千回的命运，把他推到了担任红二军团军团长的我父亲贺龙面前。

我父亲贺龙与李达第一次见面，是1934年10月15日，在贵州沿河县水田坝的一条峡谷里。那是个悲怆并铭心刻骨的夜晚：两个多月来，红六军团沿湘赣和湘黔边界且战且走，行程两千五百多公里，在贵州石阡的甘溪镇遭到联起手来的湘军、滇军和川军二十四个团的分割包围，部队被截为三段。率先冲出包围圈的李达，在残阳如血的山冈上收拢被打散的两个团各一部，四百多人，重新编队，然后带领这支残缺不全的队伍，在阴雨和泥泞里历经九个昼夜的艰苦转战，终于在沿河县水田坝那条无名峡谷里找到我父亲。而此时，率部赶来接应红六军团的我父亲，也在梵净山区的印江、沿河等地盘桓了七天。

站在夜色中，和我父亲一样高大的李达，身背一个斗笠，一条线毯，一只装着地图、战斗条例和望远镜的挎包，清瘦，疲惫，脸色像夜色一样凝重。在他的身后，跟随他突围出来的四百多名官兵，身形枯槁，饥肠辘辘。被树杈和山岩扯得丝丝缕缕的征衣，沾着斑斑血迹。许多人连鞋都跑丢了，光着两只脚板。当年站在李达身后的红六军团老战士刘月生，许多年后在回忆录里这样写道：在那个晚上，他们"见到贺龙同志，就像见到了自己的父亲一样亲切"。李达军姿整肃，声音嘶哑，向我父亲沉痛报告说，贺老总，红六军团是奔你来的，奔红二军团来的，在甘溪血流成河，数千将士生死不明，危在旦夕。我父亲紧紧握住他的手说，你们受苦了，今晚先安排部队生火做饭，进村睡一觉。有红二军团一口，就有红六军团一口。明天我们一起开拔，搜遍梵净山，只要还有一线希

1954年，李达（右一）与贺龙（中）在重庆。

望，我们都要把他们救出来。

10月24日中午，红二军团与红六军团主力在印江梵净山下的木黄镇胜利会师。出发时达九千壮士的红六军团，经甘溪一战，只剩下三千人！为摆脱敌人的追击，当天晚上便向红二军团的大本营四川酉阳县南腰界转移。到达目的地，红二军团杀猪宰羊，一切军需物资和宿营地先满足红六军团。25日，两个军团的指挥员和参谋人员紧急商量改编事宜。26日，两军在南腰界一块坪地上隆重举行会师大会，由红六军团随队中央代表任弼时宣读刚刚从电台收到的中央军委为两军会师发来的贺电，并宣布两支部队正式改编为红二、六军团。军团设总指挥部，总指挥贺龙，政治委员任弼时；副总指挥萧克，副政治委员关向应。我父亲继续担任红二军团军团长，关向应继续担任红二军团政委。红六军团的军团长和政委还是萧克和王震。整编的主要内容，在于完善编制，取长补短，相互融合。具体地说，是红二军团为红六军团补充兵员和弹药，红六军团为红二军团补充军政干部。因为红六军团从井冈山过来，是我父亲尊重的中央红军，保留了南昌起义和秋收起义骨干，政治素质和军事素养比较高。我父亲向红六军团要的第一个人，就是李达，提出让他担任红二军团参谋长。我父亲点名要李达的理由是，改编后的红二、六军团总指挥部设在红二军团，让李达担任红二军团参谋长，其实就是红二、六军团参谋长。

我父亲一眼认准李达，是因为他太需要这样一个参谋长了。许多年后他说，打仗不是儿戏，李达能在敌人二十四个团的包围中把队伍带出来，说明他有本事，是个高人。

李达没有辜负我父亲对他的信任。他到红二军团走马上任，发现部队仍然深陷在"肃反"扩大化的泥沼中。军、师司令部十分简单，其中红四师司令部只有一个参谋长，一个文书，一个管理科和几个副官、差遣；团里没有司令部，只有团长和文书、差遣。由于缺乏参谋，师、团战前没有预案，战中没有变通，战后没有总结，仗打到什么程度算什么程度。两军

枪法精准，当了上将也依然百步穿杨。李达将军在训练场为部队示范射击要领。

会师后立刻向湘鄂西开拔，李达征得我父亲同意，边走边建立健全各级司令部。按照编制，从基层选调有文化有头脑的干部到各级司令部工作，充实军、师司令部作战、通信、侦察、管理等科，配齐各类参谋人员。解放后担任副总参谋长的王尚荣将军，就是在这个时候被李达选调到军团司令部当参谋的。在行军途中，他亲自对参谋人员进行战略战术培训。他殷切训导说，军事参谋必须做到四勤：腿勤、笔勤、眼勤、脑勤；还必须胆大包天、心细如发、守口如瓶；战斗结束了，别人可以休息，你不能闲着，应该对着地图冥思苦想，再三研究在战斗中暴露出来的问题，不放过任何蛛丝马迹。每次军事行动，对哪支部队担当前卫，哪支部队担当后卫，如何联络，如何警戒，如何为首长提供对策并保护他们的安全，敌人兵力多怎么办，兵力少又怎么办，亲自做示范。过去部队打扫战场，遇到敌人丢弃的电台，不会使用，乒乒乓乓砸个稀巴烂，李达说这是宝贝，特别指示必须作为战利品上交，再配发给师、团司令部。部队从此建立了各级和各部队之间的无线电通信联络。他连号谱也不放过。红二军团沿用北伐时期的号谱，一吹，敌人也听得出来，根本不能保密；为此，他把司号员集中起来，推行中央苏区统一制定的新号谱和旗语。部队开进大庸城，发现城里有个石印局，他如获至宝，立即派人到石印局翻印二十万分之一地图，下发部队。1935年8月，红二军团占领湖南津市，又发现一家石印局，他又派参谋将《苏联红军步兵战斗条例》送去翻印。这本小册子是刘伯承为中央红军翻译的，他带着它一路西征，经历了甘溪之围，多么残酷的日子都没有扔下。后来，带到了延安。

1934年12月，在进军湘西大庸途中，李达用他丰富的地理知识和多谋善断，在战争实践中扎扎实实地给官兵们上了一课。大庸是今天著名的张家界风景区中心区域，地处横跨湘鄂川三省的武陵山脉，四周峰峦突起，峥嵘险要，与我父亲的故乡桑植山水相依。担任前卫的红四师正在狂奔，李达策马赶来，边走边给师长卢冬生交代：大庸城北有个制高点，叫子午台，占领了子午台便控制了大庸城。卢冬生将信将疑，带领部队直扑目的地。登上子午台，果然居高临下，澧水由西向东奔腾而去，大庸城一览无遗。然后按照参谋长的锦囊妙计，摇旗呐喊，有多大动静弄出多大动静。接着奇迹发生了：大庸守军见子午台被红军夺走了，弃城而逃。日后在中国革命史上占据重要地位的大庸湘鄂川黔革命根据地中心，不费一枪一弹，便落在了红军手里。

兵不血刃地占了敌人的一座城，为两支筚路蓝缕的苦旅如此轻易地找到一个家，李达在红二军团声名鹊起，赢得数千将士的由衷钦佩和赞叹。要知道，在这时，他担任红二军团参谋长才几十天。1955年授予中将军衔的杨秀山将军著文回忆说，当时他非常纳闷：李达是地地道道的陕西人，他们共同随红六军团西征，刚从湘赣边界过来，他怎么知道大庸城北有个子午台？有一次他特意问李达。李达回答说，我天天看地图，就是对地理熟一点，其他也不行。就这么一句话，让人们看到了他的谦虚、诚恳、含而不露，有一种谦谦君子的风范。

李达以副官的身份在西北军和国民党军中浸淫数年，熟悉他们的正规战。到了中央苏区后，又苦心钻研红军的战略战术，对游击战独有心得，这使他知己知彼，既善于料敌，也善于临机；既冲得上去，又稳得下来。为掩护中央红军经湖南和贵州长征，红二、六军团在湘鄂川黔的崇山峻岭拖住敌人的四十多个团兵力。这期间，他为我父亲出谋划策，指挥两个军团互相配合，声东击西，巧如游龙，看准机会成团、成旅，甚至成建制师地歼灭白军。在不间断进行的龙家寨、陈家河、忠堡、板栗园、芭蕉坨等战斗中，毙敌旅长李延龄、师长谢彬，生擒中将司令张振汉。顺便说一句，我就是在这年的冬天降生的，为纪念红军取得一次次胜利，捷报频传，所以叫贺捷生。

有意思的是，红二军团的将士还给李达起了个著名的绰号：李菩萨。意思是，他打仗料敌如神，对待革命同志心慈面善，有着菩萨一样的心肠。最早叫出这个绰号的，是红五师师长贺炳炎，他是我父亲的一员猛将，仗最难打的时候，我父亲总是大声吼道："贺炳炎上！"但贺炳炎没有多少文化，是个粗人，他称李达"李菩萨"，耿直，憨厚，满怀敬仰。贺炳炎之所以率先称李达"李菩萨"，追溯起来，源于他对李达处理夏曦的诚意。两军会师后开展"反夏曦"斗争，我父亲和任弼时征求李达的意见。李达说，夏曦的错误确实严重，群众恨他，主张杀他，可以理解，但他搞"肃反"扩大化，非个人意志和恩怨，犯的是路线性错误。我们把他杀了，或者像"反李立三"路线一样，一抹到底，罚他做苦力，挑担子，谁最高兴？当然是国民党最高兴。因为国民党消灭不了红军，就希望红军

抗日战争中期，李达(左)与刘伯承(中)、邓小平(右)在太行山区。

发生内讧，自己人杀自己人。那么，该怎么处理夏曦呢？他建议把他调到红六军团任职，这样既能平息红二军团对他的怒气，也能给他一个将功补过的机会。我父亲和任弼时采纳了他的意见。夏曦调到红六军团任政治部主任后，痛改前非，亲自上阵写布告，做群众工作，最后在黑水关溺水殉职。

我能活到今天，也受到了李达菩萨心肠的恩惠。我在别的文章中说过，我出生的时候，红二、六军团正准备长征。中央规定任何人不准带孩子，我父亲准备把我寄养在一个亲戚家，但那家亲戚害怕白军打回来，临时躲开了。看着我母亲舍不得扔掉自己的亲骨肉，万般无奈中，我父亲决定交党组织讨论。在军团党委会上，因我父亲是总指挥，副总指挥萧克此时成了我的姨夫，都不便说话，大家不约而同把目光投向最有办法的参谋长李达。李达不亢不卑，平静地说，把一个出生才几天的孩子留下，肯定是个死。我们上万红军能眼睁睁地把她扔在草丛里？这让国民党知道了，还不知道要怎么诬蔑和攻击我们呢！再说，我们这一辈人出生入死打江山，图什么？还不是图我们的孩子能活下来，将来过上好日子！他这席话，让包括我父亲在内的那些决定我命运的人，一个个沉默了，我就这样在生下来十八天后被背着去长征了。

这段史实绝非我杜撰或道听途说，是任弼时夫人陈琮英妈妈亲耳听来的。陈妈妈和我母亲蹇先任同是湖南人，当女工出身的她对读了很多书的我母亲，很是钦佩和尊重。两人关系非常亲密。听说军团党委集体讨论带不带我长征，她替我母亲着急，不惜躲到墙根下去偷听党委会。当她听到确切消息后，马上跑去告诉我母亲。我母亲含着泪水把襁褓裹了又裹，准备把我丢下让好心人捡走，听到可以随军带走，把我紧紧地搂在怀里，喜极而泣。

1936年7月，红二、六军团在长征途中接到中央军委命令，改编为红二方面军，李达理所当然任红二方面军参谋长。1937年2月，长征到达陕北的红二方面军奉命驻扎渭南富平县庄里镇，护卫革命圣地延安，等待半年后，国共第二次合作时改编为八路军第一二〇师。此时传来西路军在河西走廊陷入恶战的消息，中央决定组成援西军，命令李达任援西军参谋长。至此，他离开了我父亲和伴随着血与火壮大的红二方面军。接下来，他担任八路军第一二九师参谋长，陪伴刘伯承和邓小平，历时十六年，从艰苦卓绝的抗日战争走向波澜壮阔的解放战争。刘邓大军在抗日战争中发起或参与的著名神头岭战斗、白晋战役、百团大战、安阳战役等等，在解

1937年3月，援西军参谋长李达（前右一）与
援西军司令员刘伯承（前右二）、政委张浩
（前右三）等在甘肃镇原县合影。

放战争中千里挺进大别山，而后发动更著名的邯郸战役、上党战役、定陶战役、鲁西南战役及淮海战役、渡江战役。他无役不与，始终站在刘、邓身后审时度势，运筹帷幄，深受两位革命家和军事家的赏识。从红六军团时期便跟随他的开国将军杨国宇，在回忆录中叹道："邓小平要求极严，但从未见他批评过李达；刘伯承要求极高，但对李达最放手。"

作为第一个辅佐的元帅，我父亲和李达情谊深厚。遗憾的是，他们从不宣扬自己的战争经历，也从不在孩子们面前谈论彼此的亲疏。因此，1937年，当李达临危受命，离开我父亲和红二方面军的时候，不知道两个人曾怎样的恋恋不舍。然而，以我父亲对将领的判断，我想，当时他一定意识到了：李达是一个不可多得的参谋长，他既然能成为自己和红二方面军的"重臣"，也必将成为我们这支军队的"重臣"。

《马桑树儿搭灯台》

　　这是一首歌的名字，一首好听的桑植民歌。几十年后，漂亮的湘妹子宋祖英把这首歌，从湘西的大山里唱到了北京，又从北京唱到了维也纳的金色大厅。而且，这首歌，不仅宋祖英喜欢唱，我国的许多民歌好手也喜欢唱，把它当成自己的保留曲目。我去网上查过，有吴碧霞版、王丽达版、雷佳版、阿朵版、宁可版、杨英版等等，还有广场舞版。十几年后，我的一个非常著名的音乐家朋友，给我打来电话说，他把这首歌列入了大学教材，教学效果出奇地好。

　　我关注这首歌，还有我的朋友告诉我，他们也喜欢这首歌，是因为这首歌与我八十多年前牺牲的堂叔贺锦斋和为他守望了六十七年的妻子戴桂香有关。我的著名音乐家朋友，中央音乐学院院长、一级作曲家和博士生导师王黎光先生，他在电话中说，他通常用一堂课讲这首歌的旋律，这首歌背后的故事，学生们听得寂静无声、泪光闪闪。

　　先说说马桑树。在包括我故乡桑植在内的湘鄂渝黔边，这是一种极普通又极不普通的树。说它极普通，是因为这种树到处可见，它们矮小、卑微，一簇簇，一蓬蓬，在贫瘠的土地上漫山遍野生长。到了秋天，落叶纷纷，最后剩下光秃秃的枝条，迎接寒冬腊月的风霜雨雪。说它极不普通，是因为这种卑微的树，在湘鄂渝黔边几个县，却被当成神树，流传着这种树的许多神话和传说。都知道湘鄂渝黔边山峦纵横，生活着众多少数民

族，古时候被称为"西南夷"。另外几个县的少数民族我不清楚，仅桑植县，我就知道有苗、白、侗、土家、蒙古和高山等二十八个之多，在全国五十六个民族中占一半。有趣的是，在桑植，几乎每个民族都有马桑树的传说。比如，在苗族神话中，马桑树原本是一种巨大的乔木，高高的树冠都长到天上去了，英雄张羽经常攀缘它进入天界。玉帝得此消息，说，这还了得，你想上天就上天？这不把天上人间的秩序搞乱了？于是派来天兵天将，一阵踩踏，把高高的马桑树踩成了低矮的灌木丛。其他民族的传说大同小异，无非把攀缘大树上天的那个人，换成了自己的民族英雄。就连天兵天将把马桑树踩成灌木丛的咒语，也极为相似。比如这个民族的神话诅咒说："上天梯，不要高，长到三尺就勾腰。"那个民族的传说诅咒道："马桑树长得高，长不到三尺要勾腰；马桑树长得快，一年发个嫩苔苔。"

贺锦斋是我爷爷贺士道的胞弟贺星楼的儿子，生于1901年，比我父亲贺龙小五岁。

93

当然，马桑树的故事虽然源远流长，但光有马桑树，还不会有《马桑树儿搭灯台》这首歌，也不会有我接下来要讲的这个故事。因为赋予马桑树超出神话传说而产生另外一重寓意的，还应该有另外一种树，这便是在歌里同时出现的灯台树。

严格意义上说，灯台树不是树，而是一种藤类植物。命中注定马桑树和灯台树纠缠不清的是，马桑树生长的地方，也长着灯台树；而灯台树又爱往马桑树上攀，有点"咬定青山不放松"的意思。偏偏马桑树也不拒绝，与灯台树一个愿打一个愿挨。久而久之，马桑树与灯台树你情我愿的那股缠缠绵绵的劲儿，渐渐地被我故乡桑植的男人和女人引为学习榜样，纷纷把它们编进野天野地的山歌里、生生死死的情爱中。一首藤树相缠的古老民歌，就这样祖祖辈辈地流传下来。

多民族杂居的桑植是我国著名的民歌之乡，坊间流传的民歌不下万首，这是上了国家非物质文化遗产名录的。在这里，男人唱，女人唱；老人唱，孩子唱。遇上重大节日，大家穿上盛装，银饰叮当，一人唱来众人和，山乡无处不飞歌。但是，在浩如烟海的桑植民歌中，为什么独独《马桑树儿搭灯台》脱颖而出，风靡全国，乃至响彻维也纳金色大厅？这就要说到我的堂叔贺锦斋对这首歌的改编，还有他在这首歌里融合自己的情爱和桑植男女对中国革命的特殊情怀了。

贺锦斋是我爷爷贺士道的胞弟贺星楼的儿子，生于1901年，比我父亲贺龙小五岁。我爷爷是个裁缝，堂叔的父亲是个私塾先生，上辈人有了手艺或本事，都想子承父业。可我父亲生性狂野，需要以极大耐心伺候的针头线脑拴不住他的心，于是在十三岁那年改当了骡子客，追着驮盐的马队，天南地北走江湖。而堂叔从六岁开始跟着他父亲读私塾，竟读进去了，尤其对诗词歌赋情有独钟。1916年，我父亲怒发冲冠，带领十几个弟兄砍了芭茅溪盐局，把事闹大了。这下倒好，他自己拉起一支队伍，风风火火闯九州，却把家人害苦了。因为在官府眼里，我父亲是揭竿作乱，非得灭了不可，所以三天五天派兵来会剿，抓不着我父亲便抓他的父母和兄弟姐妹。亲人们被逼无奈，有的拖枪上山了，其余的作鸟兽散，纷纷躲进更深的山里。堂叔那年不满十五岁，逃到七十里外的仓谷峪，在一家山货店当学徒。三年后的1919年，我父亲在民国有枪便是草头王的某支队伍里，当了一官半职，回桑植招兵买马。已经十八岁的堂叔正值血气方刚、壮怀激烈的年龄，不想在深山里如此憋屈地躲下去了，一咬牙，一跺脚，决定跟我父亲走。堂弟投靠名震一方的堂哥，家里没有什么好说的，对他唯一的要求，是先把婚结了，当然最好能留个后代，那意思不言自明。我父亲觉得这个要求太合理了，因此高高兴兴地帮他张罗婚礼。

与堂叔拜天拜地拜父母的那个姑娘，就是戴桂香。原来比堂叔小一岁的桂香姊子，与他指腹为婚，已经等了他十七年，此时长得水灵灵的，是方圆几十里出了名的美人。他们两小无猜，他爱她心灵手巧、聪慧、善良，歌唱得像小河淌水；她爱他书读得多，肚子里装了文墨，发誓非他不嫁。可堂叔是个诚实的人，在结婚前开诚布公地对她说，如今世道不太平，我跟大哥出去闯世界，怕是一年半载回不来。"你一年不回我一年等，两年不回我两年挨。"还未过门的姊子信誓旦旦，让堂叔的心里一热：这不是她经常唱的那首《马桑树儿搭灯台》里的唱词吗？看来，她对自己是铁了心了，歌里的那份情意融进了她的生命中。对这种痴心不改的姑娘，还有比洞房花烛夜更美的事吗？

谁也没想到，当堂叔和桂香姊子再次团圆时，已是十年之后。

在这十年中，堂叔与贺氏宗族的三千青壮年，跟着我父亲血里火里，东征西讨。刚开始，他给我父亲当卫士。因为他有文化，遇事爱思考，甚至在战斗间隙孜孜不倦地研读兵书，有了心得或困惑即同我父亲交流和讨教，渐渐成了我父亲的助手和高参，军阶也从排长、连长、营长迅速往上升，以后是团长、旅长、代师长。在接踵而来的战争中，两个人堂兄堂弟，患难与共，肝胆相照，真正是"打仗亲兄弟，上阵父子兵"。我父亲原名贺文常，堂叔在战斗间隙写下的诗里，不断生发对他的感佩之情，有他的诗为证："黑夜茫茫风雨狂，跟随堂兄赴疆场。流血身死何所惧，刀剑丛中斩豺狼。"到南昌起义，他已是父亲率领的国民革命军第二十军第一师师长。他的部队成了起义军中的绝对主力，深受周恩来的赏识和重用。在攻城战斗中，按照前敌委员会和第二十军军部的部署，他将全师布置在中华旅社和旋宫饭馆一带，担负主攻第五路军总指挥部的任务。战斗打响后，因守敌已有准备，战斗打得非常艰苦。他冒着敌人的猛烈炮火，爬上楼房屋顶，指挥部队架起云梯，抢占鼓楼制高点。然后居高临下，用机枪将敌人压制在指挥部内，同迂回到敌人背后的第二师第五团前后夹击。经过三小时激战，全歼守敌，把红旗插上了南昌城头。

起义部队在南下潮汕途中被打散，我父亲按照党的指示，辗转千里，从上海经洪湖回湘西，重新组建革命队伍。1928年1月29日，遵照我父亲的意思先一步回到洪湖组织游击队的堂叔，与我父亲和周逸群等，在监利会合了。2月下旬，根据湘西北特委的决定，他将部队交给石首中心县委，随我父亲和周逸群回到湘西开辟革命根据地。3月下旬，协助我父亲通过亲友和南昌起义旧部等多重关系，收编十多支倾向革命的土著武装，共三千多人，高举工农革命军的旗帜，举行著名的桑植起义，一举攻克桑植县，建立了中共桑植县委。

十年生死两茫茫。十年后站在桂香婶子面前的堂叔，黑了，瘦了，脸上也不像从前那样白净了，坚毅的额头有了久经风霜的细密皱纹，像洪家关四周山崖上经历风吹雨打的岩石。他不想让爱妻担惊受怕，没有告诉她，在过去的十年中，他如何跟着我父亲冲锋陷阵，九死一生，亲身参加了三百多场战斗，看见过像河水一样流淌的血，像漂木一样横躺的尸体。能让她看出来的，是他已经从一个旧军人变成了一个新军人，从骨子里渴望推翻这个人吃人的社会。在十年后好不容易盼来的同床共枕中，点燃一盏桐油灯，他掏心掏肺地对她说，中国的反动势力太强大了，从某种意义上说，革命如同鸡蛋碰石头。但他在外出的十年中，看到遍地都是受压迫受剥削的穷苦人，他们宁死不屈，杀不光，斩不绝，估计不出二十年，就能在北京或上海这样的大地方庆祝胜利。前提是，要流更多的血，死更多的人。说到这里，他轻抚伏在胸膛上的妻子，叮嘱她，如果他战死了，不要难过，再嫁一个好心人，安安稳稳地过日子。她马上说，不，你不会死，十年过去你不是好好的吗？连十根手指头和脚趾都完好无缺。又说，这一辈子，她只嫁他这一个男人。如果他死了，她也要等他回来，亲手安葬他，用只属于他的身子陪他终生。堂叔把她紧紧搂在怀里。他知道桑植这土地上的女人，融合着多民族的忠贞之血，如果她们真爱上一个人，绝对会做到生死相依、不离不弃。她就是这些女人中的一个，也是上天眷顾他的唯一的一个。他说，你怎么这么傻？你这样等我，是要吃苦的。她说她愿意，她心甘情愿。十年过去了，她也不觉得有多么苦。

就在十年后团圆的这些日子，堂叔神使鬼差，给桂香婶子改编了那首歌，那首《马桑树儿搭灯台》。桑植是民歌之乡。桂香婶子长得漂亮，有一副好歌喉。她与堂叔相伴，就像曲调和唱词相逢在歌里，歌中的话脱口而出。想必就在他们相拥的时候，再次说到了那首歌，进入了歌的意境。堂叔忽然说，这首歌很好听，但唱词太旧了，得改一改。你想没想过，我们是去革命的，不是去做生意的？她一愣，然后把他搂得更紧了，说，锦斋，我就喜欢肚子里有文墨的人，你改呀改呀，改给我一个人唱。他皱起眉头，认真想了想，真把那首歌给改了。接着解释说，歌里原来写到的男人，是出去经商。我把它改了，改成出去当红军，以后你可以自己唱，也可以教别人唱。

据县志记载，桑植长期实行土司制度，至雍正五年(1727年)才改土归流，像汉地那样设县制。从此年轻人待不住了，纷纷学着经商，把山里的特产运到外地；他们的妻子则被留在老家，照顾老的，哺育小的，守候男人们归来。日复一日，年复一年，能歌善舞的先人们把这种倍受煎熬的生活编成歌，彼此传唱。《马桑树儿搭灯台》就是其中之一。有人考证，这首男女对唱的古老民歌，采用鱼雁传书的意境，曲调优美，自中晚清以来广泛流传。歌词中有这样的句子："郎被生意缠住手，三五两年不得来。"经堂叔改编后的歌词，是八十多年后我们看到的样子：

> （男）马桑树儿搭灯台（哟嗬），
> 写封的书信与（也）姐带（哟），
> 郎去当兵姐（也）在家（呀），
> 我三五两年不得来（哟），
> 你个儿移花别（也）处栽（哟）。
> （女）马桑树儿搭灯台（哟嗬），
> 写封的书信与（也）郎带（哟），
> 你一年不来我一（呀）年等（哪），
> 你两年不来我两年挨（哟），
> 钥匙的不到锁（也）不开（哟）。

桂香婶子格外喜欢堂叔改过的唱词，听一遍就牢牢记住了。她想这唱词，是堂叔专门为她改的，为像她这样送自己的男人跟随我父亲贺龙当红军的桑植女人改的。尤其最后那句"钥匙的不到锁不开"，直接用了桑植女人对自己的男人忠贞不渝的一句俚语，明白如水，通俗易懂，有着非本地人不解风情的别样韵味。因为，在桑植千百年来形成的民风中，女人嫁给喜欢的男人，就像一把锁配一把钥匙，除了这个男人，谁也休想打开。这个男人失踪了，或者死了，她们守身如玉，百毒不侵，宁愿被尘封的时间锈死。

可惜，桂香婶子刚唱熟堂叔改了词的《马桑树儿搭灯台》，形势突变，国民党从贵州调来龙毓仁旅对工农革命军展开疯狂围攻，刚开创的根据地得而复失，革命军大部散落，保存下来的力量被迫化整为零，分散活动。这时，周逸群同志转往鄂西，堂叔随我父亲转移到桑植、鹤峰边界的谷罗山、红土坪一带，开展游击战争。当时正值阴雨连绵的季节，他们住岩洞，钻树林，餐风宿露，几乎每天都要遭遇短兵相接的战斗，过得紧张而又艰辛。只有在某个风雨交加的晚上，堂叔才会在电闪雷鸣中敲响窗子，湿淋淋地钻回家来住一个晚上。

到山花烂漫的5月，龙毓仁旅因忍受不了湘军的排挤，准备撤回贵州。堂叔根据我父亲的命令，集中三四百人，预先埋伏在龙毓仁旅撤退时必须经过的澧水岸边，一个叫葫芦壳的地方。这里是湘黔通道的咽喉，峰峦起伏，古木参天，谷底穿峡而过的河流涛飞浪奔，一泻千里。敌军主力一进入伏击圈，他命令部队突然发起袭击，大获全胜，毙敌旅参谋长以下大量官兵，缴获许多武器弹药。这一仗打完，工农革命军开赴澧水发源地的分水岭、庙嘴河、沙塔坪一带休整。此后，堂叔又消失了，桂香婶子重新过上了苦等苦熬、盼星星盼月亮的日子。

当年7月，我父亲在工农革命军的基础上，组建中国工农革命军第四军，也即红四军，堂叔出任第十一师师长，再次成为父亲手下最得力的干将。8月中旬，随我父亲挥师东下，于月底抵达石门漤阳开展土地革命。9月初，他率领第十一师昼夜奔驰一百八十里，袭击澧县大堰、王家厂一带的团防武装和税务机关。不料，在部队从王家厂返回漤阳的第二天，红四军遭到敌第十四军教导师李云杰部及多股团防的包围，伤亡一百余人，军参谋长黄鳌壮烈牺牲。堂叔率部冲出包围圈，退往泥沙镇。但在转移途中，得知我父亲率领的主力仍未脱离危险，他抱定决一死战的决心，给弟弟贺锦章写下最后一封家书，派警卫员李贵卿星夜送往家乡桑植洪家关：

吾弟手足：

　　我承党殷勤的培养、常哥多年的教育以至今日，我决心向培养

99

者、教育者贡献全部力量，虽赴汤蹈火而不辞，刀锯鼎镬而不惧。前途怎样，不能预知，总之，死不足惜也。家中之事，我不能兼顾，堂上双亲，希吾弟好好孝养，以一身而兼二子之职，使父母安心以增加寿考，则兄感谢多矣！当此虎狼当道，荆棘遍地，吾弟当随时注意善加防患，苟一不慎，即遭灾难，切切，切切。言尽如此，余容后及。

兄绣（堂叔原名贺文绣）民国十七年九月七日于泥沙

1928年9月8日，在石门泥沙镇的战斗中，为掩护我父亲率部突围，作为一师之长的堂叔挺身而出，亲自率领警卫营和手枪连殿后，打退敌人一次又一次的进攻，直至英勇捐躯，时年二十七岁。我父亲听到他的死讯，愣住了，泪水夺眶而出，而后连连叹息：可惜了，可惜了，绣弟还那么年轻，他结婚十年，和老婆相处的时间太短，太急，也没有留下个血脉。回洪家关我怎么向二老，向桂香弟妹交代？

桂香婶子记不清1928年哪个月的哪一天，和堂叔见的最后一面。她只记得那年9月的一个日子，她烦躁不安，丈夫忽然捎信回来了，说了些交代后事的话。她不识字，看不懂那封信，也不敢看。几天后传来男人牺牲的消息，她就是不信，说生要见人死要见尸，又像祥林嫂那样反复念叨：锦斋那么有数的一个人，过去当兵都没有事，现在当了师长，站在后面指挥打仗，怎么会死呢？直到1931年6月的一天，她在小河边洗衣服，远远看见几个红军抬着一个棺材走过来。到了小河边，一个红军从路上下来问路，说这位嫂子，请问贺星楼家怎么走？就在这时，她像被雷电击中了，手中的棒槌啪的掉进河里……

原来，在三年前泥沙镇的那场战斗中，因我父亲率部匆忙突围，来不及抢回堂叔的尸体。配合国民党李云杰部杀害堂叔的挨户团团长罗效之，得知贺龙的堂弟、大名鼎鼎的红军师长贺锦斋死在他手里，欣喜若狂，在草草掩埋他的尸体时，割下他的头颅，提去向主子请功，获得六万大洋的赏金。1931年夏天，父亲率部打回泥沙镇，命令部下无论如何要找到堂叔的尸骨。尸骨找到后，在当地买了一副上好的棺材，把堂叔的骨头一块块捡起来，抬回洪家关重新安葬。

堂叔就埋在离家不远的地方，开门就能看见他的坟墓。不过，那是一个简简单单的土堆，因为这是中国最黑暗的年代，反动势力非常猖狂，家里不敢立碑和张扬。但是，那个土堆，从此成了桂香婶子心里的圣地，她每天都要去堂叔的坟前哭一场，以泪洗面，再和他说说话。秋天瓜果下来，她也首先想到堂叔，挑选最好最新鲜的供在他坟前。夜深人静的时候，村里的人经常听见她在月下轻轻唱歌，唱堂叔为她改过的那首《马桑树儿搭灯台》：

"马桑树儿搭灯台（哟嗬），写封的书信与（也）郎带（哟）……你一年不来我一（呀）年等（哪），你两年不

堂叔就埋在离家不远的地方，开门就能看见他的坟墓。这里从此成了桂香婶子心里的圣地。

来我两年挨（哟），钥匙的不到锁（也）不开（哟）……"

这样过了许多年，风平浪静，她也三十多岁了。公公婆婆劝她说，桂香，村里的人都看到了，你为锦斋送了终，为我们尽了孝，趁着年轻，找个人改嫁吧，别把自己耽误了。她说，父亲母亲大人，我哭锦斋，守锦斋，不是做给村里人看的，是我愿意这样做。我生是他的人，死是他的鬼，这一辈子我就守着他，谁也不嫁，哪里也不去。

新中国成立后，堂叔贺锦斋的名字上了国家的烈士名录，常有报刊提到；他的诗词也被收集整理，正式出版。石首县人民政府在他牺牲的泥沙镇泥二垭竖起了烈士纪念碑。中共桑植县委拨出专款，为他重新修建了一座像样的坟墓。墓前的石碑上，刻着从他的诗词演变而来的一副对联：澧源歌，霞光早已照大地；浪淘沙，革命巨浪比天高。

1958年，洪家关建立光荣院，请桂香婶子去颐养天年，享受政府的优待。这时我的爷爷奶奶不在了，她的公公婆婆也离开了人世，家里只剩下她孤零零的一个人。她同意将自己的名字列入名册，人还住在抬头就能望见堂叔坟墓的自己家里。这时，乡亲们才发现，这个从前被誉为"洪家关一枝花"的人，虽然只有五十六岁，但已经白发苍苍，背像虾米那样弯着。那张曾经光洁照人的脸，因长达三十年浸泡在涟涟泪水里，深深浅浅的皱纹纵横交错。这之后，她照样每天都去堂叔的坟墓前坐一坐，说说话，告诉他世上发生的一切事情。

1975年12月，我沿长征一线收集革命文物，最后一站回到桑植看望亲人。这年的桂香婶子已经七十三岁了，垂垂老矣。听说她嫁给我堂叔四十七年，一直守着他的坟墓，一生连几十里外的县城都没有去过，我请司机把她接到县里，联系医院为她检查身体。晚上我们同住一屋，同睡一张床。

那年的冬天特别的冷，窗外白雪皑皑，北风呼啸，我们躺在一个被窝里，没完了地说话。我说桂香婶子，你还记得我堂叔的模样吗？给我说说。她说，闺女，怎么不记得呢？过多长时间都记得，两个人在一张床上滚过啊。他和你们贺家的男人一样，高大魁梧，走起路来像打夯似的。但他的脸比你父亲的脸白净，脾气也比你父亲温和。又说，我这一辈子是忘不了他了，我能活到今天，就因为心里有他。我说，你和堂叔才生活了几个月，却为他守了几十年，你觉得值吗？她不相信我会这样问他，迟疑一下，坚决地说，值！我觉得值。至少我代替你堂叔看到了新社会，看到了你父亲做了开国元帅，北京的金銮殿都有他坐的地方。她还说，你堂叔就信服你父亲，几十年前回到家里，开口闭口都说他大哥如何如何地站得高、看得远，认定共产党能坐天下。他能跟上大哥打江山，是他的福分，为大哥去死都愿意。然后说，闺女，你承不承认，你父亲当元帅，你堂叔也为他出过力？我说，当然承认，堂叔鞍前马后跟我父亲打仗，连命都舍了。她说，就是啊，我为这样的男人守一辈子，还不值么？但说到这里，她的泪水涌了出来，接着说，这一辈子我最悔的，是没有为他生养，让他连个后代都没有，多亏啊！然后发出重重的一声叹息。这时，我的眼泪也哗哗地流下来。

1995年，桂香婶子在光荣院寂然去世。这一年，她高寿九十三岁。

陈庄：每一寸土地都是我们自己的

　　1939年9月30日夜晚，远处传来"噼噼啪啪"的枪声，必将载入史册的陈庄歼灭战正进入收尾阶段，父亲却坐在冀西灵寿县刘家沟临时搭建的戏台下心花怒放地看戏。在他的身边和身后，人山人海，黑压压地坐着八路军一二〇师的其他将领和留守人员，坐着刘家沟从未见过如此大场面的父老乡亲，坐着从陈庄晋察冀边区撤出来的几千名干部群众。而且，观众还在源源不断地涌来，他们是从战场上陆续撤下来的部队。师部战斗篮球队开辟的简易操场容不下这么多人，从战场上撤下来的官兵便往墙头上坐，树杈上坐，往渐渐隆起的山坡上坐。

　　在台上演出的是一二〇师战斗剧社。剧目为李伯钊创作的三幕歌剧《农村曲》。战争年代条件简陋，台上亮着的三盏汽灯和一把二胡、一只口琴，便是剧社的全部家当。女主角陈凯年仅十九岁，是刚从天津前来参加八路军的女学生，因嗓音甜美，人长得漂亮，在剧社唱女高音，并负责在幕间用一只自制的纸喇叭念战报。几十年后，陈凯阿姨在自费出版的回忆录中说，9月24日，父亲派部队把他们从陈庄附近的七租院村接到刘家沟，一个个拍着他们的肩膀，就像痛惜孩子那样，以洪亮的乡音说，小鬼们辛苦了，你们差点当了俘虏吧？

　　那天的仗还没有打完，进犯边区的鬼子还被包围在鲁柏山主峰负隅顽抗，作为一二〇师的最高指挥员，父亲为什么还有心思看戏？我猜想，胆魄过人的父亲肯定成竹在胸，断定鬼子一个也跑不了。他们不是吹嘘不可战胜吗？他就要享受诸葛亮"羽扇纶巾，谈笑间，樯橹灰飞烟灭"的那种感觉，就要像戏文里诸葛亮唱的，站在城楼看风景。

当年与平型关大战相提并论、受到八路军总部和国民政府军事委员会委员长通令嘉奖的陈庄歼灭战，是1939年9月25日打响的。

陈庄坐落在太行山腹地的一个小盆地里，位于鲁柏山区西侧，磁河北岸，距灵寿县城五十公里，南靠王母观山与平山相邻，北穿十五里险峪与阜平接壤；东北面莽莽苍苍，群峰竦峙，与平山、灵寿和阜平的大山深涧相簇相拥，是个拥有八百多户居民的大镇。因经济发达、人口稠密，战略位置显要，抗战两年来，渐渐成为晋察冀边区的政治中心和后勤基地，边区政府机关和日报社、后方医院、中国人民抗日军政大学二分校、华北联合大学、八路军一二〇师后勤供给处和战斗剧院社等等，都驻扎在这里。侵华日军华北方面军视陈庄为心腹大患，欲除之而后快，先后四次派飞机轰炸，多次派部队偷袭，都未得逞。

1939年庄稼成熟时，日军华北方面军命令驻石家庄第八混成旅水原旅团长改变战术，对陈庄发动新一轮攻击。水原少将用兵诡异，此次调集灵寿、正定、行唐、无极等五县守备队，扬言采用"牛刀子"战术，一举夺取陈庄。晋察冀军区聂荣臻司令员得到情报，意识到敌人对陈庄地区发动"秋季大扫荡"迫在眉睫。但晋察冀军区没有野战军，遂给奉中央军委命令在冀中作战的我父亲写信，请求他速率正在冀中、冀西休整的一二〇师赶来杀敌。聂司令员说，驻守在陈庄附近的晋察冀军区二分区第五团、军区动员的三十多个村庄的二千多名游击队员和民兵，皆统归我父亲指挥。接到来信，父亲率一二〇师师部和三五八旅七一六团从冀中深县出发，于9月1日到达行唐西北与三五九旅七一九团会合。这时陈庄传来消息：日军在灵寿县城集结完毕，随时发兵陈庄。父亲命令部队日夜兼程，一口气突破八道封锁线，奔袭一百八十里，于24日赶到陈庄地区布防。师部设在离陈庄十五里的刘家沟。

贺龙在陈庄歼灭战前线

父亲在湘西雄奇灵秀的武陵山脉长大，十三四岁就在湘黔川交界的深山涧谷中赶马，当他站在刘家沟的山峰上，凝神眺望环绕陈庄的山山岭岭时，思绪就像一盘棋那样走开了。当时他一定会想到，这里的山山水水都是有灵性的，因为在这崇山峻岭中世世代代住着我们的骨肉同胞，每一寸土地都是我们自己的。他必须调动这些山，盘活这些水，让胆敢闯进来的日寇死无葬身之地。但是，两年来抗战的经验告诉他，以武士道作为精神支柱的日寇，武器精良，训练有素，性情凶狠残暴。而我们的部队和游击战士都是被迫拿起武器保卫家园的农民，虽然英勇无畏，但毕竟武器装备落后，单兵作战能力远不如对方，与他们硬碰硬是不行的，必须利用熟悉的地形地貌，激发部队和群众的仇恨，牵着敌人的鼻子走，让沟沟坎坎阻挡他们的目光，缠住他们的手脚，把他们一步步引入绝境，和他们在运动中打一场人民战争。

我在当年保存下来的一幅草草绘制的战斗要图上看到，父亲的排兵布阵，可谓别出心裁：从灵寿县城通往陈庄的大道，必须穿过白头山区的慈峪镇及东西伍河、南北霍营等村落。他将战斗力顽强的七一九团和冀五团集结在陈庄大道两侧北谭庄至岔头的山岭上，意在延缓敌人的推进速度，阻断他们的增援，却把重兵预伏在磁河下游两岸地势险要的山地里，只待诱敌深入，陷敌于四面楚歌的灭顶之灾中。其他如抗战二分校等非主力部队、地方武装和民兵分队，则视敌人的进攻路线和战斗进程，挖陷阱，埋地雷，随时迟滞、诱惑和袭扰他们。整个部署犹如一只摊开的手掌，握起来便是一只铁拳。

25日拂晓，由数辆装甲车开道，水原旅团长率第八混成旅第三十一大队和五县守备队一千二百多名日军、三百多名伪军，二百多名强行征来的民夫，一百五十匹战马，用十几辆大车拖着重炮，浩浩荡荡出城。上午7时，攻占由冀五团一个营把守的慈峪镇。进而以猛烈的炮火开路，沿大道向陈庄推进，至17时进占东西五河、南北霍营，与七一九团和冀五团形成对峙。据日后缴获的文件证实，水原得意忘形，狂妄自负，在他率部出征的时候，竟不知道我父亲率领八路军一二〇师已先他一步赶到陈庄，因而他的部队只带了一顿早餐和午餐。

我七一九团和冀五团与敌周旋两天一夜，27日黎明，日伪军突然全线回撤，除在慈峪镇留下四百余人，其余的大模大样地踏上了回撤之路。上午11时，正当我前沿部队一头雾水，水原却站在了陈庄最中心的位置，得意洋洋地听着属下独立第三十一大队田中大佐对他吹嘘：未经大的战斗，一举而占领晋察冀边区重镇陈庄，这是指挥的天才。原来，水原率主力回撤县城只是虚晃一枪，他真正撤回县城的，只是大车和大炮等辎重，自己却带领一千一百人的主力，由内奸带路，抄南燕川、湾子里至长峪的山路轻装前进，突袭陈庄。

不过，自以为聪明的水原万万没想到，陈庄此时已人去城空。

这边田中大佐奉承水原是"指挥天才"，那边担任前线总指挥的三五八旅旅长张宗逊接到我父亲的电话：沉着冷静，原计划基本不变。敌人这次袭击陈庄无非是声东击西，避实就虚，没什么新花样。父亲又说，这也算"新战术"？完全是班门弄斧嘛！接着分析判断：敌人是孤军深入，北无据点接应，南边的大路被我们封锁了。在陈庄扑空后，料他们不敢久留。现在的关键是控制长峪山道和陈庄大道两个路口，等敌人回窜时，抓住时机，用运动战消灭他们！

27日夜晚，占领陈庄的日军是在风声鹤唳中度过的。坚壁清野的镇子十室九空，找不到一粒粮食，只有满墙新刷的标语。我们的袭扰小分队却神出鬼没，围着镇子东放一阵枪，西点一把火。这时水原才意识到，八路军的战术高深莫测，他占领陈庄，不过是徒有虚名。问题是他把大炮等辎重拖回了县城，如今孤军作战，没任何优势可言，而且大有被围歼的危险。因此，他不敢贸然出击，只是命令部队向枪声响起的地方开炮。但是，当炮弹落下，我们的人早跑了。

在这个漆黑一团的晚上，敌人在明处，不敢轻举妄动；我们在暗处，洞若观火，同时赢得了整整一夜的调整部署的时间。对原有计划做出最大的变更，是把诱敌深入的方位，由慈峪镇转移到陈庄。

28日拂晓，陈庄火光冲天，敌人露出了仓皇溃退的迹象。但浓烟还未散尽，父亲便接到前线报告：磁河的芦苇荡里冒出大批日军！大约早上8点，战斗剧社驻过的七租院

陈庄歼灭战期间，贺龙和关向应（右）在前线察看地形。

109

村响起了激烈的枪声。情况证实了我军缜密的判断：企图用八路军战术对付八路军的水原，邯郸学步，虽然一改往日原路进攻原路返回的套路，先顺陈庄大道向南逃，遇到猛烈火力拦截后，又转身往北窜，而且两个方向都虚虚实实，但最终一个蝎子摆尾，在我军从长峪撤下来的一支部队的追击下，乖乖地沿着磁河岸边的鲁柏山脚往东奔。偏偏我军在东面的磁河下游布置好了口袋阵，八路军在他们的南北面和身后出现，正是要把他们往东面的崇山峻岭和河沟里赶，往我们的埋伏圈里赶。

真正的战斗在一二〇师主力七一六团据守的阵地上打响。那是一个逼得滔滔磁河突然转了一道弯的小山包，它就像一道闸门，死死卡住了敌人东逃的大路。水原知道决定命运的时刻来临了，在河岸的山崖下支起指挥部，命令两个中队连续向小山包发起强攻。战斗打得异常激烈。前线总指挥张宗逊多年后这样记述这场激战：我部"从中午一直打到下午4点，先后向敌人进行了四次冲击、三次肉搏，阵地坚如磐石，始终紧紧地掌握在我们手里。敌人被压在河沟里，成群地挤在一起，火力发扬不了，又无处藏身。据守在北山上的我军部队，则越战越勇，以猛烈的火力射击。敌人一批接着一批倒在淤泥里"。

七一六团迫使敌人丢下几百具尸体后，因严重减员而奉命后撤，日军趁机沿河谷夺路而走，马上落入了一个更大的包围圈。在磁河下游苦守了四天三夜的八路军主力，兵强马壮，粮弹充足，依恃坚固的高地，遥相呼应，频频以泰山压顶之势发起猛烈攻击。敌人往右冲，右边是铜墙铁壁；向左突，左边是铁壁铜墙。翻山越岭赶来支前的群众，纷纷挑着热饭、热水，扛着担架，如影随形，哪里需要就出现在哪里，把围剿鬼子的战斗当成了盛大的节日。这没什么好说的，他们远隔重洋闯进我们的家园，山不答应，水不答应，八路军和老百姓都不答应。

恶战一个多小时，我军发起冲锋的部队因从冀中远道而来，中途路过一片水淹区，身上携带的手榴弹由于受潮十有八九打不响，干脆退回阵地，以逸待劳。敌人利用这个空隙，夺取了鲁柏山下的高阳庄、冯沟里和坡门口三个村子，期待以此为依托与我军拼个鱼死网破。

三个村子相距不过百十米，村后突起的鲁柏山主峰，如同一面巨大的断壁，又陡又险，山上光秃秃的。山背面的大小山沟和荒僻小道，都被我机动部队和游击队堵住了。入夜，八路军不给敌人喘息的机会，一拨拨往村里攻，数次与敌人展开白刃战。压缩在巷子里和石头房子里的数百名日军，几天来疲于奔命，腹中空空，但射击精准，困兽犹斗，在垂死挣扎中爆发出巨大的抵抗力。战斗进行了两天一夜。

29日黄昏，残存下来的两三百鬼子借助浓浓夜色，攀上了鲁柏山，被围困在方圆不足五百米的主峰上，南面是刀劈斧砍的陡坡，北面是万丈悬崖，加上缺粮缺水缺弹药，唯有用电台向石家庄呼救。在战后缴获的电文中，水原对他的上司发出如此哀鸣：现在西侧鞍部苦战中。刻下身边忧虑，望至急以飞机送弹药粮秣，并增派讨伐队。

30日，三架飞机出现在鲁柏山上空，盘旋几圈，扔下几大包弹药和饼干，无计可施地飞走了。但这些物资，大部分落在了我军阵地上。

当天下午，父亲翻过十几里山路来到前线指挥所，张宗逊旅长向他报告：逃上鲁柏山的敌人被彻底围住了，插翅难飞；慈峪方向的援敌被牢牢地拦在陈庄大道旁的白头山下。收拾最后这批鬼子，只剩下时间问题了。父亲下达总攻命令，霎时间，鲁柏山枪炮齐鸣，杀声震天，我军官兵像潮水般涌向山顶。看见胜利在望，张旅长对我父亲说，贺师长，听说战斗剧社今晚在师部上演新剧目，你回去看戏吧。

这就有了30号夜晚女主角陈凯站在刘家沟的戏台上，每当幕间转换，都用那只纸糊的喇叭以激动的声音颤抖地念战报。战报刚念完，台下万众欢腾，山呼海啸。这时看戏倒成其次了，大家最关心的是还剩下多少鬼子，战斗将在什么时候结束。那情景就像我们今天济济一堂看春晚，等待敲响新年的钟声。我不知道这是不是中国抑或世界最早的战地实况转播，但我知道，这是伟大抗日战争中的战争奇观。

在父亲心花怒放地看戏这个晚上，七一六团五连官兵率先冲上鲁柏山主峰，后续部队漫山遍野地跟着冲上来，在最后的白刃战中，饿得两眼发绿的鬼子惊慌失措，走投无路，被杀得鬼哭狼嚎。十几个懵懵懂懂的鬼子钻进几条偏僻的山沟，也马上被我把守的游击队、民兵和山下的村民一一捕获，没有一个逃脱。有意思的是，山前王家峪村妇女赵凤妮半夜上茅房，发现一个只穿着一件背心的鬼子钻进她家屋檐下的锅灶旁，立刻叫醒母亲和弟妹，母女仨各持一根木棍，把这个鬼子活捉了，接着押到屋后的山坡上，交给了正在打扫战场的八路军。

陈庄歼灭战历时六天五夜，共歼灭日军水原旅团长以下一千二百八十人，俘日军十六人、伪军十三人，缴获迫击炮三门、战马五十多匹、轻重机枪二十三挺、步枪五百余支、手枪三十支、电台两部。我军在打扫战场的时候，无意中在山下的村子里发现两个大坑，掩埋着五十多具鬼子尸体。又在坡门口村捡到三只覆盖着日本军旗的麻袋，装得鼓鼓囊囊的，打开一看，全是从日军尸体上砍下来准备带回国超度的右臂。

几十年后，在中国人民解放军档案馆，我查阅到当年八路军随军记者余志平写于1939年10月4日的一篇战地通讯，题目为《鲁柏山——我们在这里打了胜仗》。文章以亲历者的视角，对震动中外和日本朝野的陈庄歼灭战，描写得分外生动和精彩，其中有这样一段文字："暴风雨过后的山野慢慢沉寂了，黑暗的角落里发出受伤的敌人的惨叫和呻吟，散失的受伤的战马悲切地长嘶着，血染红了整个山头，僵硬的敌尸和马尸直挺挺地摆着，阻碍了人们的去路，满坑满谷都是。在暗淡的月光下，遍山都铺满了发出闪光的弹壳和弹头类，后来我们发动老百姓来拾，单在这个山岭上就拾回二十多筐！……"

2014年2月16—28日于北京闵庄路寓所

闻鼙鼓而思良将

棋逢对手，将遇良才。翻阅波澜壮阔又浩如烟海的中国革命战争史，我对中国古典小说中常出现的这句话，算是略有心得。事实就是这样，一个统帅获得一员攻城拔寨的爱将，是一种机缘，也是一件幸事。反之亦然。奇迹诞生的过程，是做统帅的苦其心志、劳其筋骨、赋其重任，每当危难时刻都把爱将放在坚硬的铁砧上去锻打；当爱将的则疆场效命，忠心耿耿，百折不挠，珍惜每一次被锤炼和被锻造的机会。将帅间互相激励、互相依靠，最后的结果自然是互相造就。

引起我这番感叹的，是最近去参加贺炳炎上将的百年诞辰追思会，会上频频说到贺炳炎与我父亲贺龙元帅在战争年代建立的那种非常特殊的将帅关系，即我父亲始终器重他、厚爱他，每到险仗、恶仗，都把他用在刀刃上。但长期以来，人们却忽视了问题的另一面：一个统帅的驰骋疆场，其实正得益于爱将的出生入死。

都知道我父亲贺龙曾经是旧军人，他1916年带领十二个弟兄砍了清朝的芭茅溪盐局后，投身北伐战争，官至国民革命军中将军长。但是，当他作为总指挥发动南昌起义，在带领部队南下潮汕途中，却被打得七零八落，成了光杆司令。究其原因，很重要的一点，就是部队的兵员杂乱，手下的将领虽满腹经纶，差不多都是从讲武堂或这样那样的军官学校毕业，但基本上都出身于剥削阶级。当革命需要他们洗心革面、勠力前行的时候，都迷失了方向。1928年1月，周恩来同意我父亲回湘西重整旗鼓，再拉一支队伍。他赤手空拳，从上海溯流而上，经洪湖返桑植，在当年春节前夕发起的"年关暴动"中，前呼后拥，一时应者如云。这之后，他只用了五六年时间便带出了浩浩荡荡、后来成为中国工农红军三大主力之一的红二方面军的重要部分。而这支队伍之所以能如鱼得水，在极端艰难困苦中像滚雪球那样发展壮大，就在于聚集在我父亲这面大旗下的，都是受压迫受剥削的劳苦大众。他们投身革命，既不为升官，也不为发财，只为推翻压在自己头上的黑暗统治。少年贺炳炎就是在这个时候跟定了我父亲。

　　给地主放过牛，当脚夫挑过炭，还未成年便流落他乡以打铁度日的贺炳炎，1929在路过湖北松滋的红军队伍中，惊喜地看到了他失散多年的父亲，立刻扔下铁锤，自告奋勇地跟了上去。他父亲贺学文嫌他年纪小，用扁担撵他离开，他誓死不从，哭喊着对他父亲说，我不是跟你走，我是跟贺龙走。我父亲批准他参加红军后才知道，他原来的名字并不叫"贺炳炎"，而是叫"向明言"。他以冲天大火熊熊燃烧之意改名换姓，就是要浴火重生，改写自己的命运。我父亲一下喜欢上这个倔强的孩子，放他在自己身边，先派他去喂马，再派他去提小糨糊桶刷标语，然后再派他穿越火线去给部队传令。从此，他就像一块生铁被投进了熔炉，在连绵不断的战火中让自己熊熊燃烧。五六年过去，他从我父亲的警卫班长起步，火速提升，到红二方面军的前身红二、六军团在桑植刘家坪挥兵长征时，已是带领几千人当先锋打头阵的红五师师长，成了我父亲的左膀右臂。在无数个险仗恶仗中，他冲锋陷阵，他气吞山河，我父亲指向哪里他打到哪里。在长征攻打贵州瓦屋塘东山高地的战斗中，他的右臂被达姆弹齐肩打断了，方面军卫生部长贺彪在不截肢将危及生命、他又死活不让截的情况下，只得请我父亲做决断。我父亲当即拍马赶过去，命令他服从医生的意见。有我父亲一句话，他也二话不说，不打麻药就让医生把右臂截去了。

就这样，战斗到全国解放，贺炳炎带出的部队，在中国人民解放军的编制序列中被列为第一军。他自己也晋升为大军区司令员、开国上将。

通过二十多年血与火的战争历练，我父亲站在时间的两端，和贺炳炎共同把一个军长与士兵的故事，演变成了一个元帅和上将的故事。同时，贺炳炎也为我父亲和红二方面军赢得了无上荣耀。

按现代人来看，这个旧时代淳朴憨厚且蛮劲十足的农民，曾经的放牛娃和打铁匠，就像从那个年代走过来的许多将领一样，没什么文化。然而，什么是文化？仅仅因为上了多少年学，读了多少书，能做多么高深的学问，就算有文化吗？我认为，用这个标准来讨论我父亲贺龙和贺炳炎这一代将帅是否有文化，至少是一种误解、一种偏见，既不公正也不公道。谁都知道战争是流血的政治，是一种

给地主放过牛，当脚夫挑过炭，还未成年便流落他乡以打铁度日的贺炳炎，1929在路过湖北松滋的红军队伍中，惊喜地看到了他失散多年的父亲，立刻扔下铁锤，自告奋勇地跟了上去。

在长征攻打贵州瓦屋塘东山高地的战斗中，贺炳炎的右臂被达姆弹齐肩打断了。图为美国记者哈里森·福尔曼（右二）在延安采访时与贺龙（左二）、贺炳炎（左一）和彭绍辉（右一）合影。

需要把人的智能、体能和生命中的潜能发挥到极致的残酷较量，隐藏在战争内部的规律博大精深，有形而又无形。像我父亲这样的元帅和像贺炳炎这样的将军，他们所经历的战争，除去涉及高超的计谋与韬略，涉及无处不在的心理学、气象学、地理学等学科外，对人的精神境界中的忠勇和意志力，更提出了非常严酷的要求。一个肉身凡胎在战争中浸泡，如果没有出类拔萃的综合素质，是不可能从成千上万个士兵中脱颖而出的，甚至不可能在惨烈的搏杀中存活下来，更不可能成为横扫千军如卷席的元帅和上将。就说贺炳炎吧，假如他没有非凡的胆量和气魄，没有咬钢嚼铁的意志力，没有动如脱兔的机敏和绝地反击的能力，没有对民族、国家和我们这支军队的忠诚，怎么能在打断一条手臂的情况下，战斗到最后的胜利？怎么能在没有麻药的剧烈疼痛中被生生地截肢？怎么能拖着一截空空的袖管，用普通人无不感到僵硬的左手挥舞大刀，带领部队冲入敌阵，把凶恶的用钢铁武装到牙齿的日寇杀得魂飞魄散？正因为他有了这些素质，有了在战争中逢凶化吉、遇敌制胜的能力和魄力，这个在二十多年前哭着喊着要当红军的孩子，才能一往无前，屡建奇功。你这时还说他没有文化，说他鲁莽、粗暴、头脑简单，是不是有些幼稚可笑？结论应该是，经过战争的反复磨砺和筛选，贺炳炎和他那一代将军过关斩将，横空出世，成了这支伟大军队中罕见的精英，成了响当当的战略家、军事家，正所谓"人中吕布，马中赤兔"。而这种战争的锻造和修炼，是上多少年学，读多少书，拥有多少专家和教授头衔，都不能达到的。

我在这里重提我父亲和贺炳炎那一代将帅，是因为当下在我国的周边风波迭起，我们早有公论的南海和钓鱼岛竟莫名其妙地引起了所谓的领土争端。由此我想，我们的国家和人民，特别是我们的军队，应该从上一代将帅身上学到更多的东西，吸取更大的力量，诚如我们过去常说的一句话：闻鼙鼓而思良将。

去成都看红军哥哥

　　人老了珍惜亲情，犹如寒冬到来珍惜阳光。这种感觉在我进入垂暮之年，身体一天不如一天后，越来越强烈。

　　我想四哥也一样。父辈们健在的时候，有他们的荣耀和恩威庇护着，我们常有书信往来，见面时亲同手足，但那时并不觉得多了什么，或少了什么。后来不同了，父辈们陆续离世了，不知不觉中，我们自己也成了父辈。到这时才发现，做父辈并不像过去想象的那么美好、那么轻松。因为当你成为父辈，说明你也老了，生命开始枯萎和凋谢。伴随而来的是孤独、冷清，渐渐被人遗忘，身体也如洪水涌来时的堤坝，不断出现险情。时下流行"抱团取暖"一说，依我的看法，这种情况更多反映了老人的渴求。就像多年未曾出川的四哥，近些年就经常传来信息，说，捷妹，什么时候还能见到你？想不想回成都看看？有意思的是，他七岁参加红军，九岁参加长征，经历过枪林弹雨，虽然官没有当多大，但仍不失铁血情怀；到老了，如同变了一个人，把自己弄得儿女情长，文绉绉的，像个知识分子。

　　去年开春，四哥在电视台工作的儿子国荣来北京出差，特意到家里来看我。临别时，忽然认真地对我说，姑姑，是爸爸要我来看你的。他说他马上九十岁了，没多长时间好活了，这辈子还想见到你。

　　听见这话，我的心里一阵战栗：可不是吗？岁月无情，1935年11月跟随我父亲贺龙从故乡湖南桑植刘家坪长征，十四年后进军大西南时，又被他带到四川的那些亲人，比如跟父亲一起用两把菜刀闹革命和南昌起义的贺勋成爷爷，解放后担任省检察院检察长的贺文岱堂叔，还有在红二、六军团战斗剧社拉二胡的我小姑贺满姑的大儿子向楚生，在红二、六军团警卫连当警卫员的我二姑贺戊妹的儿子萧庆云等几个红军哥哥，都去世了。现在活着的，只剩下长征时只有九岁的四哥向轩了，可他也到了风雨飘摇的年龄。

说话间清明节到了，听说四哥住院了，刚好我要去成都看望一个身患重病的亲戚，同时给我父亲的爱将、成都军区第一任司令员贺炳炎上将扫墓，想到还能看看他，于是千里迢迢，我踏上了去蓉城的旅途。

到了成都，堂叔贺文岱的女儿贺南南、贺锦南、贺蓉南，贺炳炎的儿子贺雷生、贺陵生等"红二代"，还有许多我叫得出名字和叫不出名字的"红三代"，早聚在一起迎接我，个个笑逐颜开。

去军区总医院看四哥那天，我不宣而至，既没有通知他的家人，也没有跟医院打招呼，甚至忘了他正经使用的名字。因为在我们家族中，提起他，从来不用真名实姓，而是直呼他简陋粗糙得上不了台面的绰号。在护士站查阅他的病房，我描绘了半天，说来看望一个老红军，他姓向，向前进的向，值班护士才如梦初醒，说你们是来看望向轩老首长吧？他住在走廊最里面那个套间，刚看见他下楼遛弯去了。

快九十岁的人住院，还能下楼遛弯？我悬着的心放了下来。

从住院部大楼下的花坛边突然被叫回来，看见我坐在他的病房里，四哥有些懵，有些不知所措，喉咙里发出"咕噜咕噜"的声音。几年不见，我发现他老多了，圆溜溜的脑袋上长出一块块老年斑，油亮的额头上冒出一片细密的汗珠。坐下后，放在膝盖上的两只手在不停地抖。看得出，对我的到来，他是高兴的，脸上露出明媚的、心满意足的微笑。

我没有叫他四哥，他也没有叫我捷妹，当面我们没有这种习惯。相隔两三米远，因陪同我的人和陪护他的人都是转着弯的亲戚，见面相互喊喊喳喳地说着什么，我和他反倒被晾在一边。而且他耳朵背，别人说什么都当同他说话，不时含含糊糊地应和着。这期间，我看见他不时偏过头来看我，对着我笑，那意味深长的眼神，好像执意要从我的目光里、我的身上，找回我的过去和他的过去。

朋友们可能沉不住气了：我为什么叫他四哥？他为什么七岁参加红军，九岁参加长征？这诸多的疑问，我知道，我必须做交代了。

是这样：他是我父亲的亲妹妹——我壮烈牺牲的小姑贺满姑的儿子。相信湘西的人都听说过，当年在我们的故乡桑植洪家关，面对各种各样的黑势力、恶势力，不仅我父亲贺龙，而且在他之前和之后的整个贺氏家族，有一个算一个，都充满血性，疾恶如仇，与黑暗统治不共戴天，从不怕被赶尽杀绝，亡命天涯。比父亲小十二岁的贺满姑当然也是这样一个人。我父亲跟定共产党，在南昌发动八一起义后，为防止反动派疯狂报复，贺满姑跟着比她还强势的我大姑贺英，取出北伐时我父亲从武汉捎给她们的枪，上了桑植鱼鳞寨。我父亲1927年冬天又一次回到湘西拉队伍，她们帮着他征兵筹粮、看家护院，俨然把父亲创建的红四军当成贺家的子弟兵。可她是五个孩子的母亲，丈夫向生辉是个老实巴交的农民，凡事都由她出面并担当。她的两个大些的儿子向楚生、向楚明，早年被我父亲送到上海保护起来，后来回到湘西当了红军。家里还有三个较小的，三儿子向楚才只有五岁；四儿子向楚汉只有三岁；五女儿生下来八个月，名字还没有取，家人叫她"门丫头"。上了鱼鳞寨后，她把三个孩子变换着交给不同村落的亲友看管，时常下山来看他们，和他们同床共枕地住几天，尽一个母亲的职责。

1928年5月，我父亲率领部队在石首、监利一带作战。面对白军的猖狂反扑，贺满姑带着三个孩子转移到邻县永顺周家峪一个叫段家台的村子里，被桃子溪团防头子张恒如打听到了，立刻派兵包围他们藏身的地方。

经过激烈抵抗，双手挥枪的贺满姑子弹打光了，连同三个孩子一起被抓走了。团防把她和三个孩子押回桑植，交给了驻桑植省军处置。被我父亲和贺家人逼得急红了眼的敌人，不放过这个炫耀功绩的机会，一面大肆宣扬逮住了"共匪"头子贺龙的亲妹妹，一面用尽酷刑，逼迫贺满姑引诱大姐贺英带领队伍下山。满姑宁死不屈，在三个孩子被贺英通过堂嫂陈桂如用重金赎出去后，不惜上断头台。

贺满姑死得很惨，是被凌迟而死的，这种死法在民国早已绝迹了。那年9月19日，敌人在桑植城外的校场坪埋下一根木桩，横绑两道木杠，强行剥去贺满姑的衣服，分开四肢，将她赤身露体地绑在木桩上。刽子手用锋利的尖刀，先割下她的乳头，再一刀一刀剜她乳房上的肉。用了

2016年4月，我前往成都军区总医院看望马上要过九十岁生日的红军哥哥向轩。长征途中，我不足周岁，在襁褓里嗷嗷待哺，向轩哥哥说，他常常把我抱在怀里。但他自己也不过是个十岁出头的孩子。

贺家散落在成都的
后人兴旺发达。图
为向轩九十岁生
日，贺家儿女亲昵
地簇拥着他。

二百多刀，割掉她两个乳房。接着从她的脚脖处开始往上
割，一刀一刀把身上的肉割下来。腿部的肉割完了，剐她
胳膊上的肉，每处都露出白森森的骨头。再接着用最下流
的手段，将尖刀捅入她的下体，拉出她的内脏。受尽折磨

的满姑疼得嘴唇都咬烂了，到这时才咽气。最后，敌人砍下她的头颅，在城门上挂了三十天。

桑植县档案馆至今保存着贺满姑被凌迟的照片，其中一幅定格在她的双乳和大腿上的肌肉被割去后的瞬间，惨不忍睹。

贺满姑牺牲后，贺英接回她的三个孩子，把最结实又最淘气的向楚汉放在自己身边。贺英没有后代，三岁的向楚汉在失去母亲的怀抱后，投入大姨的怀抱，失声叫她妈妈，被贺英紧紧搂在怀里。

向楚汉就是几十年后坐在我面前的向轩。我没问过他什么时候改的名字，为什么改名字。可我知道，他还在满姑肚子里的时候，就随母亲打游击，餐风宿露，出生入死；三岁时，敢抽出母亲腰里装满弹的枪，由满姑手把着手射击。因为在满姑四个儿子中，他最小，所以我们叫他四哥；又因为他小时候胆大过人，调皮捣蛋，常有出格行为，湖南人又爱又恨地称这种孩子为"痞子"。几年后，他来到我父亲身边，我父亲觉得叫他的大名太生分了，随口叫他"四痞子"。

1933年，是湘鄂西斗争最残酷的年份。我父亲创建的红四军，在夏曦到来后的"肃反"中大伤元气，同时遭到敌人重重围困，被迫撤出湘鄂西，退到黔东南印江、沿河一带，重新开辟根据地。部队的番号也一改再改。父亲的部队离开后，大姑贺英的游击队也转移到湖北鹤峰太平镇一带的深山里。5月6日拂晓，在太平镇洞柏湾，因当地农会出了叛徒，游击队营地突然被敌人包围了，贺英和我二姑贺戊妹，贺戊妹的女儿萧盈盈、儿子萧庆云、女婿廖汉生，还有七岁的向轩等亲人，都被包围在其中。敌人发现贺英的身影，无数支枪对着她和向轩住着的屋子猛烈射击，子弹像瓢泼大雨，密不透风。贺英多年带兵，是名震湘西的神枪手，双手出枪比贺满姑还快。她以窗台为掩体，毅然掩护队员们突围，敌人久久攻不进那栋房子。战斗到弹尽粮绝，贺英腿部中一枪，腹部中两枪，因为其中一颗是炸子，把她的下腹部炸得血肉横飞，鲜血奔涌。贺英自知走到了生命的尽头，在敌人扑上来之前，忍痛把流出来的肠子塞回破烂的肚子里，然后解下长年系在腰里的小包袱，递给向轩，里面有两个戒指、五块银元、一把小手枪，让他翻过后窗，从后山的小路追赶廖汉生、萧庆云等游击队大哥哥大姐姐。七岁的孩子意识到失去了妈妈，又要失去大姨，边跑边哭。贺英冲着他的背影喊：四佬，莫哭，快去找红军，找你大舅……

这天大姑贺英牺牲了，二姑贺戊妹因打摆子，脚下无力，跑不动，也被敌人追上杀害了。然后敌人割下两姐妹的脑袋，挂在桑植城门示众。

现在的孩子不可想象，长到七岁的向轩，已经看到了如此血腥和惨烈的杀戮，经历了如此悲壮的生离死别。从洞柏湾血光迸溅中逃出来的那个日子，从此成了四哥履历上参加革命的日子。现在的孩子同样不可想象，一个七岁的孩子从枪林弹雨中跑出来，伤痕累累，连他自己也说不清是枪伤还是沿路跌跌爬爬的损伤，但最终，他真找到了他的大舅——我的父亲贺龙，而且是在贵州边地的大山里找到的，而且我父亲居无定所，不是在战斗就是在跋涉中。打开地图看看吧，从湖北鹤峰到黔东，中间隔着好几个县，那得翻过多少山，涉过多少水！

妹妹贺满姑的死让我父亲痛心疾首，现在大姐贺英、二姐贺戊妹又战死了，他只能仰天长叹。但他选择了共产党，并成了共产党领导下的一方红军的统帅，只能接受这个残酷的现实，咽下这枚难以下咽的苦果。此时，他唯一能做到的，就是把大姐贺英、二姐贺戊妹和妹妹贺满姑留下的向轩，一个又淘又倔、当时只有七岁的孩子，放在司令部警卫连，做身边的一个勤务兵。父亲想，他的亲人被反动派杀得太多了，决不能让他们对孩子斩草除根。当时还叫向楚汉的向轩不听话，又淘又倔，他决定亲自管教他，不然对不起三个牺牲的亲姐妹。

向轩最崇拜我父亲，也最怕我父亲。到了我父亲身边，加上部队纪律的约束，他开始慢慢学习做一个红军战士。1934年10月，我父亲率领几天后由红三军改编的红二军团，在贵州印江县的木黄镇与萧克率领的红六军团胜利会师；之后，带领这支由中央决定改番号为"红二、六军团"的部队，杀回湘西，展开中革军委在长征路上为他们命名的"湘西攻势"。就在这年冬天，红军在战斗中活捉了五年前围捕贺满姑和三个孩子的桃子溪团防队长张恒如，我父亲派日后成为人大副委员长的廖汉生，还有萧庆云和担任勤务兵的向轩，将其押回军部。三个人走到半途，想到张恒如是杀害向轩母亲贺满姑的第一凶手，说是报仇雪恨，把他推到路边，将他杀了。那年，向轩才八岁。

1935年11月19日，红二、六军团比中央红军整整晚一年，从桑植刘家坪开始长征，当时我生下来才十八天，尚在襁褓里，父母把我放在小骡马驮着的摇篮里，带着我走上这条伟大的征途。提到九岁的向轩，父亲对母亲说，把他继续放在警卫连，跟队伍一起走。还叮嘱母亲在照应我的同时，也照应他一下，得空教他识几个字。他虽然比较顽皮，但有一股蛮劲，过不了几年就是一个好兵。

母亲知道贺英三姐妹的死，是父亲心里永远的痛。他要带九岁的向轩去长征，是把三个姐妹给他留下的痛转移到这个孩子身上，于是对父亲说，应该把他带走，但能不能活下来，就看他的造化了。

毕竟还是个孩子，长征过澧水、沅水、赤水河，穿越乌蒙山，横渡金沙江……官兵们苦不堪言，他却一路蹦蹦跳跳，不觉得有多苦。当然沾了我父亲的光，部队为我准备了一匹小骡马，也给他弄来一匹。刚上路的时候，南方多田野和水洼地，他骑着那匹小骡马，随兴所至，时不时猛抽一鞭，马蹄踏起的泥水沿路溅了战士们一身。父亲得知此事，雷霆大怒，说那还了得，他小小年纪就忘记自己是谁了，把他的马收了。他拽着缰绳痛哭流涕，说，大舅，饶我一回，我再也不敢了。

长征翻山越岭，忍饥挨饿，日夜兼程，考验着每个人的耐力和生存能力。四哥凭着年龄小、故乡桑植的长辈多，经常游走在他们中间，蹭点吃的。当然，他打搅最多的，是我母亲。因为我那时太小了，许多叔叔阿姨都宁愿自己饿肚子，也要给我省一口。他来了，有我一口，就有他一口。到十分难走的路段，比如爬雪山、过草地，他累了或饿得走不动了，我母亲背上背着我这个出生才几个月的婴儿，手上牵着他，咬紧牙关，一步一步向前挪。三个人始终相依为命，不离不弃。

到了宿营地，母亲除去做宣传工作，还要及时把我换下的衣服和尿片洗好烘干，这时他来了，就让他搭把手，抱着我在屋子里转几圈。

1936年10月，由红二、六军团改编的红二方面军与红一方面军在甘肃会宁胜利会师，同年12月在山城堡与胡宗南的部队打完最后一仗，移驻陕西富平县庄里镇，等待改编成八路军第一二〇师。到达陕北后，我母亲留在红军总政治部工作，他也留在延安。但这时，他已经是个具有丰富人生阅历的小大人了，虽然还是一个小小的通讯员。

在延安，他还闹过一个笑话，那是去某机关送信，当地站岗放哨的儿童团拦住他，对他的身份表示怀疑。他蛮劲上来了，说，怎么着？不相信哥哥是队伍上的人？我不仅上过战场，还是红军出身呢！儿童团员们更不信了，说他吹牛，拦住刚好路过的毛泽东给他们评理。毛泽东饶有兴趣地问，你说你是红军，有什么证据？他说他参加了长征，爬过雪山，过过草地。毛泽东非常惊奇，说，你这么小就参加了长征？如果真是这样，当然是红军，但谁能证明呢？他理直气壮地说，我大舅和舅妈。毛泽东说，噢？你大舅是谁呀？他说，贺龙！毛泽东这时笑了，说，你这犟伢子，是贺胡子家的人啊，现在我信了。

时间一晃过了八十年！当年跟随红军长征的我们这两个孩子，不知不觉，我年至八旬，他将过九十岁生日，都到了朝不保夕的时候。在我父亲带到四川的亲人中，别说比我父亲还高一辈，在红二、六军团以最大年龄参加长征的贺勋成爷爷，还有我堂叔贺文岱，就连比我大不了多少的几个哥哥，也只剩下四哥向轩还活着。我很庆幸在他的九十岁生日到来前夕，来成都看望他，很庆幸他即使患病住院也无大碍。人间重晚晴，说什么他也是我哥哥，我仅剩的红军哥哥啊！

　　回到北京几个月后，他寄来了孩子们给他过九十岁生日的照片。那是一场别出心裁的聚会，赶来庆贺他生日的人，都穿着灰色的红军服，唱红军歌，跳红军舞，其乐陶陶。同样也穿着红军服的他，头戴随生日蛋糕送来的那种纸皇冠，笑得像一个鸿蒙初开的孩子。

2016年6月15日—7月27日　北京寓所

父亲的军刀

　　打开如同二胡琴盒那样的一只精美的樟木匣子，红布裹着的一柄修长的硬物静静地卧在橙色的绸缎中；再一层层掀开红布，一把两指宽，近一米长的指挥刀，蓦然出现在眼前。刀呈弧形，作为刀的部分从由铜条环护的龙头刀柄处伸出，长长的像一条带鱼那样微微翘起来。刀身是黑的，不是人为涂上去的黑，而是被渐渐生长出来的锈覆盖了原有的光芒。换个角度说，那斑斑锈迹，是南方慢慢的，年复一年，日复一日，在刀身和刀刃上凝固的漫长、潮湿而又沉寂的时间。

　　漫山遍野盛开红杜鹃的五月，上述画面出现在湖南沅陵县人民政府特地为我举行的捐赠仪式上。未几，县委钦代寿书记小心翼翼地捧起这把刀，郑重地交给我。大厅里响起一阵热烈的掌声，像一阵暴风雨穿过悠长的时光。我有点迷离，又有点晕眩。但我知道我不会倒下，因为此时此刻我正被突然降临的一阵巨大的惊喜轻轻托举着；因为此时此刻，我成了一个幸福的人；还因为此时此刻，我从祖国的首都北京回到父辈的故乡，代表一族血脉，在承受历史授予我的荣耀。

　　一把典型的龙头柄清末新军指挥刀，我觉得好像在哪儿见过。在记忆里反复搜索，感觉应该在童年或长大后收集到的父亲的某张照片中。进一步想，童年虽有可能，但不会留下如此深刻的印象，因为那时我来到这个世界尚未足月，除了本能地感到饥饿，对万事万物没有任何感觉。剩下

在不知是父亲自己保存的，还是来自敌人的档案，抑或由图书馆的报刊资料保存下来的几张老照片中，确有一张他穿戴着帽子和上衣垂着许多穗穗的戎装，呆板地坐在那里，双手扶着这样的一把指挥刀。

我捧过指挥刀仔细打量起来：此刀长90.5厘米，宽12.8厘米，重1.42公斤。刀身为青铜加钢锻造。

的，就是父亲的某张老照片了。没错，在不知是父亲自己保存的，还是来自敌人的档案，抑或由图书馆的报刊资料保存下来的几张老照片中，确有一张他穿戴着帽子和上衣垂着许多穗穗的戎装，呆板地坐在那里，双手扶着这样的一把指挥刀。记得父亲还曾说起过这张照片，他说他不喜欢那种军服，觉得太奢靡了，穿在身上滴里当啷的，很不方便。因此，自己照过相后，还借给别人照。当时贺家跟着他的好几个堂弟、侄儿提出穿这套衣服照相，都满足了他们。也因此，这身军服和这把指挥刀，出现在几张不同面容的历史照片中。

我捧过指挥刀仔细打量起来，县委钦书记和县人大常委会张主任从两边贴上来，一人托着刀柄，一人托着刀尖，轮番告诉我，此刀长90.5厘米，宽12.8厘米，重1.42公斤。刀身为青铜加钢锻造。据考证，是1925年2月16日我父亲贺龙就任建国川军第一师师长的佩刀。由于流落民间八十二年了，与我年纪相当；而且有很长时间是埋藏在地下的，所以外面为铁皮、内里为樟木的刀鞘被朽蚀了大半，只剩下刀柄一端约尺把长的一截。所幸这截残存的刀鞘，并未被铁锈和埋藏时沾上的泥巴粘连，还能拔下来。一闻，一股浓郁的樟木香味扑鼻而来。让人惊叹的是，流落民间八十二年的这把刀，从未磨过，斑斑锈迹使刀身乌黑发暗，但刀尖和刀刃还非常锋利，颀长的刀刃星星点点地闪烁出昨日的光芒。握在手里轻轻一挥，依然听得见嗡嗡声。

我用比父亲小一圈的手握住刀的龙头柄，仍握不过来。我想到它在十年漫长的日子里与父亲形影不离，龙头柄的纹理被他那只粗大的手磨得光溜溜的。他手上冒出的油和汗水给长年把握的刀柄像镀铬般地镀上一层透明的保护层，这就是文物家们说的"包浆"了。这是整把刀唯一没有生锈的地方。握住龙头柄，仿佛还能触摸到父亲手里的余温。

问题来了，我父亲出任建国川军第一师师长后，跟随他十年的这把指挥刀，为什么会流落在沅陵？又为什么在八十多年后从当地民间出土？不过，想想八十多年前，在沅陵发生了什么事情，或我父亲与沅陵在八十多年前有着怎样的渊源和交集，这个问题就迎刃而解了。

历史记载，八十多年前沅陵发生的最大一件事，莫过于我父亲贺龙率领红二、六军团长征在此过境了。那是1935年11月19日，浩浩荡荡的红二、六军团从父亲的故乡桑植刘家坪出发。三天后的21日，两路行进的队伍分别从洞庭溪、小宴溪等处渡过沅水。其中红二军团经高坪、水田、善溪到达桥梓坪；红六军团从葡萄溪经毛垭到达桥梓坪。这就是沅陵的地盘了，过去叫桥梓坪，现在叫清浪乡。22日，部队在此举行了一个简短的欢庆仪式，庆祝顺利渡过沅水，突破国民党军的第一道封锁线。解放后听父母和好几个叔叔说过，国民党军发现红军的进军意图后，在沅水两岸布下重兵。当红军夺取渡口过河时，派来几架飞机狂轰滥炸。当时，我母亲蹇

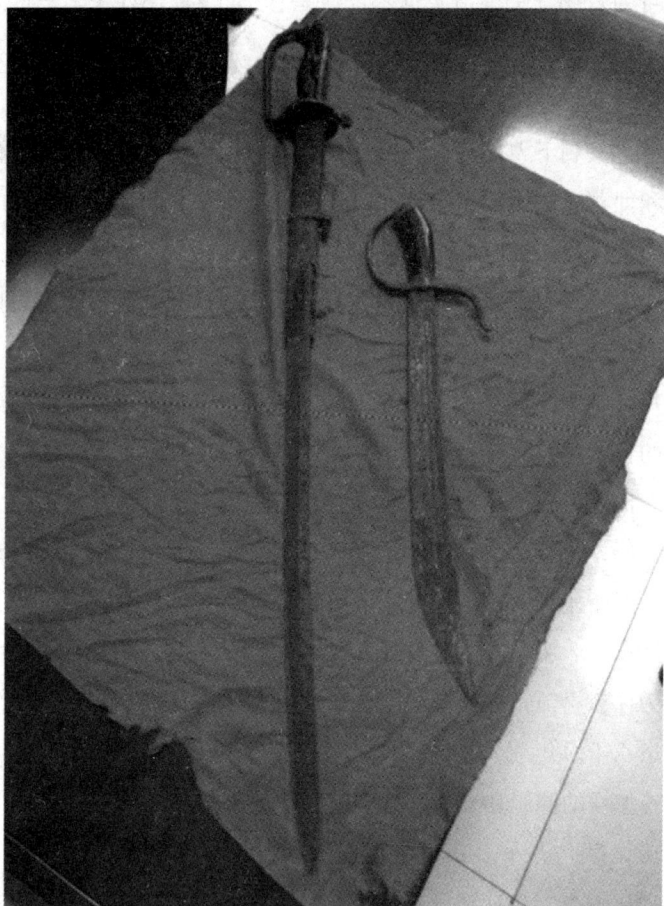

据考证，这把刀系1925年2月16日我父亲贺龙就任建国川军第一师师长的佩刀。由于流落民间八十二年了，与我年纪相当；而且有很长时间是埋藏在地下的。

先任把生下来二十天的我放在由一匹小骡马驮着的摇篮里，跟随红二军团卫生部前进。敌机扔下的炸弹把小骡马惊得两蹄腾空，差点把我从摇篮里抛了出来。我母亲死死拽住小骡马的缰绳却怎么也拽不住，这时红二军团卫生部长贺彪叔叔撑一只木船从对岸赶过来，救了我们母女两条命。

红二、六军团在桥梓坪住了四天，主要用于休整队伍，恢复体力，筹措给养。桥梓坪是个大村子，有好几个自然村，红二军团驻在当年叫岗柱岩、今天叫八方村的一个村子里。指挥部设在一个叫陈定祥的贫苦农民家。不用说，我和我母亲也跟随我父亲住在陈定祥家里。因为我父亲既是红二、六军团总指挥，又兼任红二军团军团长，在这四天中，红军打土豪，分田地，帮助当地群众建立红色政权，给群众送粮、送物、送医、送药，一切命令都是从陈定祥家这栋破旧而衰朽的老屋子里发出的，这里也便成了桥梓坪的老百姓衷心拥戴和敬仰的地方。而这时，我父亲把他珍藏了十年的那把在清末新军中佩带的指挥刀，赠送给房东陈定祥，说明在短短几天里，陈家与我父母留下了在他们心目中永难磨灭的记忆，或者发生了让彼此刻骨铭心的故事。

通过陈家八十多年来口口相传，按当地人对辈分的叫法，从太公（太爷爷）陈定祥，经老公（老爷爷）、公（爷爷）和爸爸之手，最终传到第五代孙陈飞手里的这把刀，故事的来龙去脉是这样的——

1935年11月21日，我父亲带领军团指挥部几十号人住进陈定祥家后，他经历了从战战兢兢，到笑脸相迎；又从笑脸相迎，到心悦诚服这样一个过程。刚开始，他看见我父亲一个命令就能把鱼肉百姓、无恶不作的恶霸杀了，吓得惊魂未定，走路脚都发软；后来，看见红军打开地主老财家的粮仓，将一袋袋粮往贫苦人家送，便信了红军是穷人的队伍，他们流血流汗，是为人民打江山。还有，他们的官兵穿着土布土衣，从前跟自己一样，也是普普通通的农民。尤其看到我母亲还是个产妇，生下我没有满月，就背着我跋山涉水，餐风宿露，和大家穿一样的单衣，吃一样的

133

糙米。她因没有奶水，常常把我饿得哇哇大哭，有时通宵达旦止不住。在我们湖南乡间，对坐月子的女人是要格外照顾的，再穷的人家也要把仅有的一口饭留给她；还不能让产妇吹风、下水、生气，不能做任何体力活，以免累着饿着，亏欠了身体，留下终身疾病。就因为想到这些，他千方百计找来一只下蛋的老母鸡，炖了，送给我母亲下奶。我父亲知道，送一只炖汤的老母鸡没什么了不得，但对老实巴交的房东来说，是他能想到和做到的最大一件事。因此，我父亲给他一笔钱，可他无论如何不收，最后便想到了送他那把刀。我猜想，当时父亲搜遍随身带的东西，也就这把刀能换点钱，因此，他对陈定祥说，老陈，你要好好收着这把刀，红军会回来的。

这个故事留有强烈的悬念，但未免简单，俗套，不怎么令人信服。可我是相信的，因为时间、地点、事件，包括我父母和我在内的几个人物，都是真实的，找不出一点漏洞。唯一不能说服今天这些读者的，是一只炖汤的老母鸡与伴随我父亲十年的将军指挥刀，构不成互相赠予的分量和理由。我要指出的是，就我父亲在这十年中从一个清末将领成为红军领袖的过程来说，这把刀当时既是他的爱物，也成了他的负担。因为在他出任建国川军第一师师长的第二年，也即1926年，他就回师铜仁，以国民革命军师长的名义挥师北伐。1927年北伐打到河南开封，因蒋介石和汪精卫先后叛变革命，他带领扩编为国民革命军第二十军的部队，作为总指挥发动了共产党人领导下的南昌起义。南昌起义的部队在南下途中被打散后，他经香港，只身前往党中央所在地上海，然后与周逸群、卢冬生等经洪湖回到故乡桑植，发起年关暴动，重新拉起一支队伍。也就是说，作为军事指挥权的象征，这把清末新军的佩刀对我父亲而言，已经属于另一个时代了。以至在我父亲发动南昌起义和回湘西组建红军的年代，很可能被寄存在什么地方，或请某位熟人或朋友代为保管。而红军长征是一次战略转移、一次大搬家，自然把能带的东西都带上了。然而，当我父亲率领红二、六军团这样一支庞大的队伍，还有我父亲的贺家、母亲的蹇家十几个亲人上路时，很快就发现带着旧军队的这把指挥刀，是一件不合时宜的事。毕竟这是一件只能用于格斗的冷兵器，像我父亲这样最高级别的指挥员，用这样的武器战斗或者防身，都没有多大的实际意义了。所以，在红军长征渡过沅水，准备从桥梓坪继续上路时，他把这把刀赠给房东陈定祥，作为对方对我母亲体贴入微的一种报答，是合情合理的。何况，我父亲还对陈定祥说了，红军会回来的，让他好好保管这把刀，其潜台词是，红军不拿群众一针一线，而你给我夫人炖了一只下奶的老母鸡，但死不收钱，那么我把这把刀赠给你，等哪一天我们凯旋，再"亲兄弟明算账"。

1935年11月24日，红二、六军团兵分三路离开桥梓坪，向云贵高原移动。右路由我父亲贺龙率领，经半溪、大庄坪、驮子口、茶溪坪，往沅陵县城方向直插辰溪；中路由任弼时率领，经茅坪、楠木铺、芙蓉关、马底驿，沿怡溪而上，进入溆浦；左路由萧克、王震率领，取道金子溪、辰州坪、官庄，越过湘黔公路，进入安化。

红军走了，黑暗势力卷土重来，陈定祥挖地三尺，把我父亲赠给他的这把指挥刀，悄悄埋了起来，不敢向任何人走漏风声，更不敢示人。因为在那四天，他家作为贺龙指挥部，是路人皆知的，这就是一大罪过，如果再让人知道贺龙还赠给他一把清末新军的指挥刀，不仅会招来杀身之祸，还将遭到强盗、歹徒和三教九流的人惦记和骚扰。然后，藏到全国解放，我父亲当了共和国的元帅，一家喜出望外，这才把刀挖出来，视为传家宝。当老人过世，都要郑重地交给下一代：这是贺龙贺元帅赠给我们家的无价之宝，要一代代传下去，家里再困难再穷，也不能打它的主意。如此，经过一个家族八十多年的传承，最后传到了地名改为清浪乡八方村的陈家第五代孙陈飞的手里。

2015年10月22日，红军长征八十周年纪念日来临，县里有关部门在对红军长征路线的调查核实中，来到清浪乡八方村党支部负责人陈飞家。得知县里干部的来意，虽是一个普通农民，但具有相当政治觉悟的陈飞试探说，不知你们信不信，当年我家就是贺龙的司令部，有贺龙元帅赠给我太公陈定祥的一把指挥刀为证。县里的干部吓了一跳，说，真的？不妨拿出来看一看。一见陈飞捧出锈迹斑斑、寻常人家根本不可能有的实物，大家的眼睛都瞪圆了。陈飞说，他太公（太爷爷）陈定祥和老公（老爷爷），解放前就去世了，他没见过。但他出生时，公（爷爷）陈延相还在，常给他讲祖上传下来的贺龙元帅的故事。后来，他在玩耍中无意看到了这把刀，爸爸陈万祥如天机不可泄露般叮嘱他，崽啊，莫乱动哟，这是贺龙元帅当年作为礼物送给你太公的。2012年7月，父亲身患癌症，无钱医治，有亲戚暗示把这把刀卖了，但父亲死不松口。临终前，他像上辈人那样郑重交代儿子，要把贺龙元帅的这把指挥刀收藏好，一代代传下去。

县史志办和文物部门经过广泛调查研究和询问有关专家，觉得这把刀的来龙去脉清晰，传承有序，认定就是我父亲贺龙1925年出任建国川军第一师师长佩带过的那把指挥刀，提出政府征用。陈飞慷慨应允，说他家五代人珍藏这把刀，就是出于对红军和贺龙元帅的崇敬之情。把刀捐给政府，让更多的人领会革命的艰辛、革命前辈的舍身忘我、革命事业的代代相传，是他们陈家的幸运，也是这把刀的幸运。他提出的唯一要求，是他作为太公陈定祥的后代，希望县里有机会的话，帮助他见到贺龙元帅的后人，当面陈述这把刀的最后归宿。

沅陵县人民政府征集到我父亲的这把指挥刀后，请县里手艺最好的艺人配上精致的樟木匣子，决定转赠与我。理由是，我是元帅夫妇当年带着去长征的那个孩子，虽然当时尚未满月，还在父母的怀里嗷嗷待哺，但如今已是唯一的亲历者和见证者了，这算得上物归原主。

2017年5月下旬，我以八十二岁高龄从北京飞到张家界，先到我母亲的故乡慈利祭奠我两个为革命牺牲的舅舅，然后由沅陵的县领导接到县里，出席他们专门为我召开的捐赠仪式。幸运的是，在捐赠仪式上，我终

让父亲的这把军刀在我家待几天，然后我会郑重地捐赠给革命文物博物馆。

于见到了同样被县里接来并等候在捐赠大厅的陈家第五代传人陈飞。两人相见的那一刻，都热泪盈眶，我把二十六岁的陈飞紧紧拥在怀里说："孩子，我衷心感谢你们一家，衷心感谢沅陵人民！"

因不便带上飞机，当我回到北京一周，由沅陵分管文化的一位领导同志亲自押车，驱车十九个小时，将指挥刀送到我北京的家里。客人们刚离开，我立刻把刀恭恭敬敬地供在父亲的遗像前。我对父亲说，父亲，这是您佩带过但离开您整整八十二年的指挥刀，您还记得它吗？

末了，我想说，沅陵政府代表沅陵人民的诚挚心意，将我父亲的这把刀赠给我，可我怎么承受得起？怎么有资格收藏它呢？我知道它最好的去处，是陈列在国家的某个博物馆里。因此，我向沅陵政府表示，我将选一个适当的时候，一家适当的国家博物馆，再把它捐出去。

但请原谅，我暂时留下这把刀并把它供在父亲的遗像前，是想让父亲多享受几天对这把刀失而复得的惊喜和快乐。至于再捐赠的事，再捐赠的单位，就像姜文那部电影中的台词，"我得让子弹飞一会儿"。

2017年6月15—25日　北京寓所

圣洁的乳汁

　　来到我们这个世界，一睁开眼睛，第一个反应，就是寻找母亲的乳房。这是一种天性、一种本能。不管你是影响世界的大人物，还是碌碌无为的小角色，或者走上歧途，成为人们痛恨的败类，都不能否认，你也曾有过像小狗那样，在母亲的怀里拱啊拱啊，然后握着她硕大或干瘪的乳房，"咕嘟咕嘟"喝奶的经历。如果家境贫困，偏偏母亲又没有奶，孩子的父亲或者母亲就会抱着孩子去讨奶吃。所谓"百家奶"，指的就是这种情况。幸运的孩子，是家族或亲属中正好有喂奶的母亲，又碰巧奶水充足，这时，没有奶的母亲就会求奶水好的母亲，把自己的孩子也喂了。奶水好的母亲于是成了最慷慨的人，通常都是当着众人的面，敞开胸怀，一个乳房喂一个。民间流传"有奶便是娘"，说的是有的人没有骨气，蝇营狗苟，为了一点私利什么事都做得出来。然而，去掉卖身投靠，从纯粹的人伦上说，这句话还是说得通的。因为，如果哪个孩子喝着另一个母亲的乳汁长大，那么这个喂奶的女人，就是他或她的乳娘。而乳娘也是娘啊，这是没有疑问的。

　　我父亲贺龙小时候，就有自己的乳娘，喝着另一个母亲的奶水长大。老爷子生前给我们说过，他的父亲，也就是我爷爷，是个穷裁缝，手无缚鸡之力，家里繁重的农活和家务事都落在我奶奶身上。而作为女人，我奶奶除去为贺家当牛做马，干各种重活累活外，还必须像旧中国所有

贺龙的堂嫂陈桂英

的妇女一样，为他们生儿育女。而且是不加节制地生，生到没有生育能力为止。至于孩子生下来有没有奶水，能不能养活，那就要看孩子自己的造化了。就像我父亲，他出生的时候，我奶奶年纪不小了，身体也弱，两只乳房空荡荡的，根本没有奶水喂他。巧的是，父亲可怜巴巴地饿了一年，眼看做不成人了，年轻的堂嫂陈桂英生下儿子贺桂如，在喂饱儿子后，鼓胀的乳房还在汩汩地往下滴，这让我父亲绝处逢生，从此有了奶吃。几年下来，堂嫂既喂大了自己的儿子，也喂大了小叔子。据说著名的包拯就是喝嫂子的奶长大的，我父亲后来当了共和国元帅，官不比包拯小，因此他小时候喝嫂子的奶这段往事，在我们的老家湖南桑植洪家关，被经久不衰地传为美谈。

有了吃奶这层关系，我父亲与堂嫂陈桂英及堂侄贺桂如的情感，就非同一般了。就说他与后来在自己手下当团长的侄子贺桂如，两人虽为叔侄，明显的两代人，但就因为是喝同一个母亲的奶长大，叔侄情加上兄弟情，从此让他们心心相印，不是一奶同胞而胜似一奶同胞。

无情未必真丈夫。我父亲重情重义，是一个知恩图报的人，堂嫂敞开怀抱喂养了他，让他之后几十年把她视如母亲而铭记在心里。

堂嫂命苦，但性格倔强，从不向命运低头。在她生下儿子贺桂如的第二年，我父亲的堂兄，她那身为盐商驮工的丈夫贺文清，因长年负重而行，积劳成疾，年仅二十八岁便撒手人寰。这对于一个还有四张嘴要填的家庭，无异于天塌了，地陷了。可是，在厄运降临时，堂嫂咬紧牙关，以一个乡村农妇少见的魄力挑起抚养全家的重担。当时她想，在这个世界上，唯有她是没有资格逃避的，连悲伤和叹息也不能没完没了。因为这时她不仅要供养一家四口，还要以身上的奶水喂养儿子和小叔子。如果她软弱，悲伤，沉湎在自怜自叹中不能自拔，不知哪一天奶水枯干了，两个嗷嗷待哺的孩子，都得活活饿死。

家里无田少地，生计艰难，从二十七岁开始守寡的堂嫂先是以炸油粑粑和给别人打小工度日。渐渐的，她发现为人磨米是个好营生，能让一家人过得更体面一些，便毫不犹豫放下炸油粑粑的担子，选择做磨米生意。但磨米生意，说到底，就是赚为稻谷去壳的辛苦钱，要求头天晚上把稻谷买回来，连夜舂成米，第二天一早挑到镇子上去卖。

一个没有男人的家庭主妇，每天起早贪黑，累死累活，心里唯一的安慰，是儿子在一天天长大。到了儿子十岁那年，她狠心地把他送出去，寄养在舅父家拜师学裁缝。儿子懂事早，苦学三年顺利出师，终于成了家里的顶梁柱；而这时，我的父亲，吃她的奶长大的小叔子，也成了马帮里的一把好手。在洪家关当街一站，没有一个人敢小看他。

看见贺家叔侄膀大腰圆，威风凛凛，人们才明白：当年面对丈夫早逝，贺家的这个嫂子那么镇定、那么坚忍，原来她的心早被母性的光芒照亮了。因为她爱着搂在怀里的两个孩子，他们一个是她的儿子，她男人留给她的一滴最珍贵的血；另一个是比她儿子仅仅只大一岁的小叔子，虽说他比儿子大一辈，但毕竟还是需要喂养和保护的稚子。她的了不起，是甘愿为这两个孩子付出，把希望寄予未来。

1916年，我父亲贺龙领着洪家关的二十一个弟兄端了芭茅溪盐局，夺了十二支九子毛瑟枪，走出了他未来五十三年轰轰烈烈革命生涯的第一步。在跟着他的二十一个弟兄中，就有堂侄贺桂如。那时候谁也没有料到，在湖南与湖北交界的这个蒙昧、偏僻、蛮野，居住着二十多个少数民族的湘西桑植县，将在十一年后出现一个新型人民军队的创始人，和三十三年后新中国的开国元帅。当时他们看到的，是政府军一次次来"清剿"，我父亲几起几落。而在政府军的一次次"清剿"和我父亲的起起落落中，是一颗颗人头落地，是洪家关贺氏家族的房屋被一遍遍焚烧，祖坟被一次次刨开，是无休无止的杀戮、无休无止的反抗。

贺家满门忠烈，从不曾屈服，这决定了堂嫂陈桂英在儿子贺桂如跟着我父亲起事后，从容不迫，宠辱不惊。她那时已经四十七岁了，守寡守了二十年。看到牵头对官府动刀枪的，是喝过自己奶水的小叔子，而且站在小叔子身后的，有自己的儿子，她顿时有一股扬眉吐气的快感，丝毫不像普通乡村女人那般胆小怕事，更没有大难临头的那种惶惶不可终日。她对乡亲们说，男人就该敢作敢为，天不怕地不怕。手上有了刀把子、枪杆子，当街一站，看谁敢欺负和压迫我们？

刀劈芭茅溪税警之后，我父亲在桑植开天辟地地拉起一支讨袁护国农军，正式宣告与反动统治势不两立。伴随血雨腥风扑面而来，桂英嫂与贺氏族人同甘苦、共进退。队伍回到洪家关，她为他们生火做饭，缝补浆洗；队伍离开，她为他们看家护院，照顾老小。儿子跟着小叔子的队伍走了，帮不了她养家护家，甚至有性命之忧，我父亲问她怕不怕，

1916年3月，贺桂如随贺龙等二十一位青年农民刀劈芭茅溪盐局，拉起一支队伍，从此走上武装斗争生涯。图为芭茅溪盐局旧址。

舍不舍得。她说，这不是怕不怕、舍不舍得的事。贺家军户出身，过去为朝廷卖命都不计生死，现在为自己挣一条活路，就该豁出去。你怕，舍不得这条命，官家正好可以把你逮了，像猪狗那样把你杀了。然后她叮嘱我父亲说，文常叔，我把桂如交给你了。他是你的大侄子，怎么说都是自家人，对你没有二心。还说，你们两个都是喝我的奶水长大的，就希望你们相依为命，个个好好的。想想又说，桂如小时候受人欺负，左手落下了残疾，眼睛也有点近视，你带他出去，要紧的时候提醒他小心一些，机灵一些，不能冒冒失失。

我父亲不断点头，全部答应下来。他说，桂英嫂子，你放心，桂如是我亲侄子，但我把他看成自己的亲兄弟，我该怎么待他，心里有数。

芭茅溪起义后，我父亲凭借二十一个弟兄起家，在军阀林立的旧中国惨淡经营，逐渐发展壮大，在讨袁护国和护法战争中屡建战功。到1926年夏天，我父亲担任国民革命军第九军第一师师长，成为北伐军中著名的左派将领。当年6月，在北伐途中，与友军共同夺取中原重镇开封，升任国民革命军第二十军军长。两个月后，站在南昌起义总指挥的位置上，下令打响了以革命武装反抗国民党黑暗统治的第一枪……

在十年征战中，我父亲从信仰三民主义转为信仰共产主义。他创立的这支队伍，也发生了脱胎换骨的裂变。可以说，这十年于我父亲和他这支队伍，是风起云涌的十年，革故鼎新的十年。当十年过去，他从桑植带出来的人，成了最勇敢、最可依靠和最值得信赖的力量。这时包括侄子贺桂如在内的二十一名参加芭茅溪起义的弟兄，只要还活着，还在这支队伍中，无不成了我父亲的爱将，与他肝胆相照、血肉与共。

贺桂如赢得我父亲的信任，逐渐得到重用，不仅仅因为他是我父亲的侄子，也不仅仅因为他是芭茅溪起义的元老；而是在过去的十年中，伴随我父亲信仰的变化和这支部队性质的变化，我父亲和他逐渐接受了新思想、新观念。开始懂得，要让这支队伍发展壮大，必须走出军阀和家族管理的旧模式，以严明的纪律治军。1925年，我父亲出任澧州镇守使，洪家关的许多人，尤其贺姓家族的人，都奔我父亲而来，希望谋个一官半职，最不济，也要混碗饭吃。这使我父亲带的这支队伍多少有些"打秋风、吃大户"的味道，背地里有人称他们为"贺家军"。我父亲需要贺氏家族的人为他出力，不能生硬地拒绝他们；但也意识到不能对他们放任自流，必须立下规矩：凡贺氏家族的子弟，绝不按家中的尊卑长幼排位，人人从当兵开始，按战功能力晋职。

这时候，担任步兵营营长的贺桂如遇到一个问题：在我父亲作为最高军事长官的这支队伍里，与我父亲同辈的贺家子弟有十多人，但他们有的是连长，有的还在当大头兵，每天早晚要向侄儿辈当营长的他喊报告，行军礼。他们觉得这样有失脸面，故意行动迟缓，甚至公然顶撞他。贺桂如觉得这样下去会毁了这支队伍，突然脸色大变，开始以铁腕治军。对触犯军纪的人，该关禁闭的关禁闭，该打屁股的打屁股。个别人受到惩治，心里不服，跑到我父亲面前去告状。我父亲坚决站在他一边，说，古人说养兵千日，用兵一时。我们出门带兵，国有国法，家有家规，军有军纪。以后谁不服从命令，就该六亲不认！

南昌起义时，贺桂如已是我父亲手下一名忠心耿耿的团长。在激烈的巷战中，桑植三千儿郎冲锋陷阵，许多人血洒疆场，就因为我父亲从芭茅溪带来的这支部队，渐渐成了主要由共产党员和共青团员组成的铁旅。当我父亲还拿着国民革命军的俸禄，他的部队还属于国民党军编制时，他就网开一面，同意著名的共产党人周逸群带领宣传队员进驻他的部队，在他的部队宣传马列主义，发展共产党员和共青团员。因此，在1926年，贺桂如比我父亲还早一年加入中国共产党。

1927年冬天，我父亲带领周逸群、贺锦斋、卢冬生几个人，从上海经洪湖回湘西，筹划"年关暴动"和湘西起义，再一次开始了拉队伍的历程。人们有所不知的是，还在南昌起义后的南下途中，我父亲便发现势头不对，命令贺桂如率领一干乡亲携带枪支返回湘西，为日后东山再起保存革命火种。贺桂如率队回到桑植，兵不卸甲，直接上了洪家关地势险要的张家坪和垭子口打游击，等待我父亲归来。

那是个北风呼啸的冬日，我父亲一行到达张家坪，天完全黑了。隔着一条哗哗流淌的河，凭着人声、狗吠声和脚步声，正在吃晚饭的贺桂如便听出我父亲回来了，他当即放下筷子，说，走，去接常大叔！

把我父亲他们迎进门，立刻搬出一坛酒，围着四方桌兴高采烈地喝起来。那种生死重逢的情谊，豪气干云的气魄，仿佛他们的腰是压不弯的，血也流不干。那边南昌起义败就败了，这边我们卷土重来。

喝下三碗酒，我父亲忽然想起什么，站起来说，让我看看，我们参加南昌起义的弟兄还剩下多少人？大家闻言纷纷围过来，争先恐后举手报告说：常大叔，我是几师几团几营几连的；或者八一暴动那天，我部夺的哪座高楼，守的哪条街道，什么时候解决战斗等等。然后，贺桂如正规向我父亲报告人数，说他从广东带回的，加上陆陆续续回到桑植请求归队的，共九十一人、七十二条枪。父亲"嘿嘿"笑了，说，人还不少嘛，是我们端芭茅溪盐局时的几倍，走出去又是一支革命军。

当天深夜，贺桂如带四支短枪护送我父亲一行回到洪家关。听说我父亲回来了，月下的一扇扇门"吱吱哟哟"地推开了，亲人和旧部贺英、贺学传、贺佩卿、王炳南、贺炳南纷纷找上门来。这个说，胡子，你回来就好，你回来我们就有主心骨了！那个说，胡子，我们的人还在，枪还在，就盼你回桑植领着我们接着干。

父亲就希望看到这样一个场面。他十二年苦苦求索，百折不挠，虽然到头来两手空空，成了一个光杆司令，但此时，他已经成了一个坚定的共产党人，心里有组织，有方向，有目标。回到生他养他的故乡，就像鱼儿回到水里，鸟儿回到山林。

1928年春，凭着我父亲领导下的荆江两岸的"年关暴动"和湘西起义相继成功，一支拥有三千人的工农革命军宣告诞生。由我父亲任军长，周逸群任党代表，黄鳌任参谋长。在南昌起义中率部打得最顽强、最惨烈的贺锦斋和王炳南，分别担任第一师、第二师师长。贺桂如任第一师第一团团长。同年6月，工农革命军响应中央的号召，正式打出中国工农红军的旗帜，定编为中国工农红军第四军。

初创时期的红四军，架子大而身子小，武器非常简陋，大部分官兵使用大刀、长矛、鸟铳，也没有统一的服装，逮着什么穿什么。连担任军长的我父亲，也是长年身背斗笠，脚穿草鞋，衣服破了自己补。

最频繁的是战斗，最常见的是流血牺牲。面对湖南军阀何键和湘西地方势力的双重围攻和夹击，红四军以桑植为落脚点，利用湖南与湖北毗邻的桑鹤边界，来回穿梭，在反动势力的夹缝中求生存。官兵们在残酷的拉锯战中，一次次咬牙坚持，亡命出击。许多人昨天还在一个窝棚里避雨，今天却阴阳两隔，成了躺在泥土里的一具冰冷的尸体。而且，越是高级指挥员，在战斗中越是身先士卒，冲锋在前，因而也越容易为国捐躯。军参谋长黄鳌，父亲的两个在军中任职最高的亲人——担任红四军第一师师长的堂弟贺锦斋和担任红一师第一团团长的堂侄贺桂如，就是在这个时期牺牲的。其中，贺锦斋于1928年9月8日牺牲在石门泥沙镇，贺桂如1929年10月11日牺牲在桑植庄耳坪。

1929年9月，我父亲的老对头——湘西王陈渠珍率领敌独立十九师偕桑植团防达两万人，在桑植境内对红四军展开合围。湘西前委决定避其锋芒，将主力转移到桑鹤边界坚持游击战争，开辟新的革命根据地。9月9日，部队在张家坪集合，经沙塔坪、芭茅溪向北转移至桑鹤边界的庄耳坪、内半坡一带驻营。9月11日，庄耳坪云雾缭绕，从黎明开始一直下着淅淅沥沥的小雨。天亮时分，敌人策动红四军五团团长伍勤普率部叛变，我父亲急令红二师师长王炳南率部追击。趁红军兵力空虚，敌人迅速抢占四周的山头，对我仓促应战的部队展开居高临下的疯狂扫射。我父亲率领警卫团争夺主山梁，命令其余四个团从左右两翼展开包抄。可惜敌人有备而来，在山岭布下重兵，红军反包围失败，被压迫在山下的一片树林和草丛里。

在这危急时刻，父亲决定保存实力，率部向湖北宣恩的摸溪河、偏塔溪和野鸡沟方向转移；由贺桂如率领红一师第一团坚决堵住敌人的追击，掩护主力行动。贺桂如振臂一呼，带领部队像潮水般迎敌而上，但冲到半山腰一个叫接家台的地方，敌人调集几挺机枪密集拦截，冲在最前面的二十几个官兵应声仆倒，其中就有冲在最前面的团长贺桂如。他身中七弹，胸膛被威力巨大的机枪子弹打得血肉模糊。在另一个方向发起进攻的陈宗瑜团也严重受挫，团长陈宗瑜壮烈牺牲。

这一仗打得分外惨烈，分外悲壮。从凌晨到下午，红军伤亡五百多人。这在红四军的历史上是少有的。所幸我父亲带领红军主力和包括堂嫂陈桂英在内的众多红军亲属，顺利转移到了鹤峰一侧。

傍晚，雨过天晴，残阳如血，一阵马蹄声从山路上"哒哒"地传来，原来是卫兵用战马把团长贺桂如的尸体驮了回来。在堂嫂扑上去的一刻，我父亲单腿跪在她面前，泣泪说，桂英嫂子，我对不起你！你把好端端的桂如侄儿交给我，我没有看好他！堂嫂忍住悲伤，沉痛地对我父亲说，文常叔，我不能怪你，谁的命都是命。桂如和你虽是叔侄，但亲如兄弟，他跟着你打天下，我就想到了有这么一天。

那年堂嫂六十岁，她的孙子贺兴仁年仅七岁。她中年丧夫，晚年丧子，岁满花甲还要把儿子留下的后代抚养成人，人生的不幸和艰难都被她赶上了。但站在我父亲面前，她没有哭，也没有流露过重的哀伤和悲痛。在她心目中，她已清醒地意识到，眼前这个喝过自己的奶水，像亲生儿子一样看着长大的小叔子，现在是这片土地上的一棵参天大树。只有这棵大树不倒，才能挡住更大的风雨，让更多的穷人翻身做主，直起腰来。至于那些跟着他冲锋陷阵的人，哪怕是自己的亲骨肉，谁都有可能倒下，流尽最后的一滴血。因此，任何人都没有理由对他抱恨叫屈，更不该给他提什么要求，拖他的后腿。

贺氏是一个大家族，我父亲只能把有限的几个亲人带在身边；剩下的人，只能托付给贺英和贺五姑等几个姐妹。幸亏她们也是人中豪杰，有自己的人马和地盘。在侄儿贺桂如牺牲的1929年，我父亲比谁都更清醒地知道，他追求的革命才刚刚起步，离他能隐约意识到的无比坎坷的战斗历程，还差十万八千里。今后的形势将更艰险、更残酷，将付出更大的牺牲。因此，他只能把他洪家关的贺氏大家族，把他的亲人，甚至把自己的生命置之度外。直到六年后，他带领在湘西发展壮大的红二、六军团，从故乡桑植刘家坪出发，浩浩荡荡地踏上二万五千里长征路；直到1937年东渡黄河，率领八路军第一二〇师投入烽火连天的抗日战场；直到1949年把蒋介石赶到台湾孤岛，实现祖国大陆的完全解放，他也当之无愧地成为共和国的开国元帅。

那是1952年初，坐镇西南，身上仍未拍尽和平解放西藏和修筑康藏公路征尘的父亲，突然接到堂嫂陈桂英的一封来信和随信寄来的一张照片。与家里久无联系的父亲，这时才知道，这个倔强的苦命女人，因为儿子贺桂如的牺牲，几十年躲在无人的黑夜痛哭流泪，双眼已经失明了。此时，她已是八十三岁高龄，到了真正的风烛残年。她预感到自己将不久于人世，比任何时候都更强烈地思念吃过她奶的我父亲。也许，在她看来，从儿子和小叔子当年一左一右吃她的奶开始，她的生命就通过她分泌的乳汁，一点一滴地融会在他们的生命中了。

父亲想到亲人们为他做出那么大的牺牲，自责加愧疚，心里久久不能平静，然后他把自己关在屋子里，给堂嫂回了一封情真意切的信，同时也寄去了自己的一张照片。信是这样写的：

桂英嫂：

你的信我收到了，看看你的相片，你确实老多了。你这一生可以说完全是在辛勤劳苦中过日子，这正是你的美德。桂如侄儿虽为革命牺牲了，但他的血没有白流，而换取了今天中国革命的胜利，你是很光荣的。

我已经写信告桑植县政府，证明你是烈属。兹逢楚才回家之便，特函致候，并寄我的照片一张给你留念。祝你健康！

收到我父亲这封信的第二天，他这个堂嫂破天荒地说想吃牛肉。那是

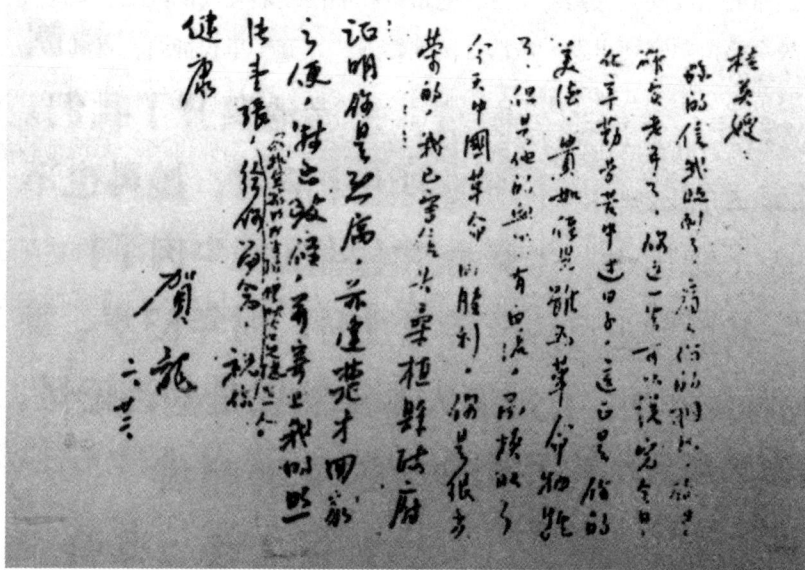

父亲想到亲人们为他做出那么大的牺牲，自责加愧疚，心里久久不能平静，然后他把自己关在屋子里，给堂嫂回了一封情真意切的信。

物资极度匮乏的年代，当亲人们四处想办法为她弄来牛肉的时候，她握着父亲的那张身穿黄军装的照片，静静地，像一片黄透的秋叶那样从生命的枝头飘落了下来……

（陈桂英重孙女贺邦靖为本文提供了部分史料，在此表示衷心感谢！）

2017年6月28日—7月23日

国魂在上

　　回到母亲的故乡张家界慈利县，热心的父母官和朋友们想我所想，在修葺一新的烈士陵园帮我举办了一个庄重而又简朴的祭奠仪式，祭奠八十年前牺牲的我们两个亲舅舅蹇先为和蹇先超。实话说，我此行最大的动力和愿望，正是虔诚地站在两个舅舅的墓碑前，向他们深深地鞠三个躬，再亲手给他们敬献一个花环。

　　过了八十岁，我越来越感到生命在一天天衰竭和枯萎。春节期间因肺部出现阴影，大年初二就住进了医院。四十九天后出院，医生反复叮嘱要好好静养。谁想到我足不出户，在自己的卧室里还摔了一跤。这一跤摔得有多重呢？我住四楼，连住在三楼的人都听见了我的脑袋"嘭咚"一声磕在地板上。从此我说话经常卡壳，一些关键词，话到嘴边怎么也想不起来，说不出来。保健医生摸着我后脑勺留下的一个大肿块，心有余悸地说，老年人最怕摔跤了，许多人都是一跤摔下去再也起不来了。近期哪儿也不能去，更不能出远门。但是，就在这个时候，母亲的故乡慈利来人了，说他们重修了烈士陵园，特地为我的两个舅舅蹇先为和蹇先超烈士各立了一面大理石墓碑，希望我回去看一看。再就是，省里在慈利溪口镇我写文章（《人民日报》2012年9月5日《去看一棵大树》）说过的那棵千年古樟下，举办"走红军走过的路，徒步穿越大湘西"启动仪式，希望我前去为徒步健儿们授旗。

回到母亲的故乡张家界慈利县，祭奠我在八十年前牺牲的两个亲舅舅蹇先为和蹇先超。

听见这话，我坐不住了。八十年前，离开我外公蹇承宴和故乡出去革命的儿女，共四个，他们是他的二女儿、我的母亲蹇先任，他的大儿子、我的大舅蹇先为，他的三女儿、我的幺姨蹇先佛，他最小的儿子、我的二舅蹇先超。不幸的是，我的大舅和二舅全都牺牲了，一个牺牲在残酷的湘鄂西斗争时期，一个牺牲在长征途中；而分别嫁给原来的红二、六军团，后来的红二方面军，再后来的八路军一二〇师总指挥贺龙、副总指挥萧克的我母亲蹇先任和我幺姨蹇先佛，这对著名的"红军姊妹花"，却不仅盼熬到了革命胜利的那一天，而且双双进了北京，并活了很大岁数。如今，活到九十六岁的我母亲已不在人世了，但我幺姨塞先佛依然活得好好的，足足一百零三岁了。可惜她最近病了，她的独生子、我的表弟萧星华必须守在家里照顾她。这样，能抽身去慈利参加两个舅舅的祭奠活动的，就只有我这个八十二岁的老太太了。因此，我对母亲的故乡人说，我去，谁让我是慈利的外孙女呢！

慈利县烈士陵园坐落在零阳镇南部的一座山冈上，由白帆一样两根修长的水泥柱组成的烈士纪念碑，像一支耀眼的箭射向苍穹。县委书记邱初开亲笔题写了"慈利县烈士纪念碑"八个大字。纪念碑左面的山坡上，三百一十座仰天而卧的黑色大理石墓碑，整整齐齐、层层叠叠地从山脚铺上山腰。远远看上去，一排排按统一规格的长廊和墓碑修筑的墓园，就像一排排书架，陈列着一部部浩气长存、肃穆而又厚重的典籍。莽莽苍苍，浓郁得好像随时能滴出绿汁来的树木，从左右和上方三面簇拥着墓园，突出"青山着意埋忠骨"这样一个深邃的主题。

因为唇齿相依，同我父亲的故乡桑植一样，我母亲的故乡慈利，也是一片峥嵘的大地、光辉的大地。我父亲贺龙在湘鄂西和湘鄂川黔从事革命斗争长达八年，无数次出没这片土地，在它的村村寨寨穿梭、战斗、隐藏，一批批征集兵员和粮食，先后建立了广福桥、溪口、国太桥、三官寺等革命根据地，和江垭、三合口、杉木桥、龙潭河、高桥等大片游击区，使其成为湘鄂西、湘鄂川黔两个革命根据地的中心地盘，红色区域达百分之六十三。县第五区官地坪，长期成为红军休养生息的秘密营地。1934年10月，红二、六军团在黔东木黄会师后，发动"湘西攻势"，部队直插作为湘西腹地的慈利溪口镇，建立了著名的大庸革命根据地和湘鄂川黔省委溪口苏维埃政权。在溪口镇澧水河边的那棵千年大树下，我父亲一次就收编了当地民间武装李吉儒部上千人，在群众中被传为佳话。我父亲带领长征的红二军团，就是由桑植和慈利为主的湘西子弟组成的。《慈利县志》记载，在大革命和土地革命时期艰苦卓绝的斗争中，慈利有六万人参加革命，五千多人参加红军，上万人献出了宝贵的生命，有名有姓的烈士达一千四百六十名，其中在湘鄂西、湘鄂川黔斗争和长征途中牺牲的烈士占一千零九十一名。让我骄傲的是，在这一千零九十一名烈士中，就包括我的大舅褰先为、小舅褰先超。

面对烈士纪念碑的祭奠仪式举行完毕，一路搀扶我的慈利县委书记邱初开昂起头，指着半山腰一排排烈士墓碑上方竖着的两幅分别写着"缅怀先烈爱国魂""幸福不忘英雄史"的巨大标语牌，对我说，将军大姐，认得清那两幅巨大标语牌上的字迹吗？您两个舅舅的墓碑就立在"国魂"二字下面最高一层碑林里。不过，从我们脚下攀到他们的墓碑前，有一百多个台阶，您那么大年纪，要上去吗？

我说，当然，我就是奔着两个舅舅来的，哪有来了不往上爬的道理呢？那天阳光灿烂，是入夏以来最热的一天。陡峭的被雨水洗得发黑的水泥台阶被晒得滚烫滚烫。我在众人的簇拥下爬了十几个台阶，汗水像雨滴那样落下来。虽然我是被人们架着走，推着走的，两腿也止不住发软，发颤。细心的邱书记早让人为我准备了塑料凳子，只要我累了想歇口气，凳子就塞在我的屁股底下。记得我坐下来休息了三次，才终于攀到我的两个舅舅静静斜卧着的两块黑色的大理石墓碑前。

大舅褰先为是慈利县较早投身革命的共产党人。1926年春，只有十五岁的他被外公送去长沙兑泽中学读书，受到比他年长十一岁，也曾在兑泽中学读过书的溪口镇同乡张一鸣的影响，踊跃加入青年团，第二年转为共产党员。当他有了自己的信仰，抑制不住心里的激动，立刻给在县里读书的二姐、我的母亲褰先任写信，鼓励她参加革命。接到信后，我母亲也离开家乡，到长沙兑泽中学读书，大舅成了她入团入党的当然介绍人。1927年春，大舅少年老成，组织上放心大胆地派他去湖南工人运动讲习所学习。5月21日晚，长沙发生"马日事变"，笼罩在一片白色恐怖之中，他亲眼看到反动军队血洗省工运讲习所等革命机关。鉴于许多党团员对事变措手不及，兑泽中学党组织负责人周惕让凌晨跑回学校的大舅担任交通员，走街串巷传递情报。不想他的身份也暴露了，党组织通知他带领我母亲回乡暂避。

那时，我外公的生意做得有模有样了，在街上开了两个作坊和两家铺子，回到慈利的大舅理所当然做了家里的账房先生。实际上，大舅是利用家在城关镇的特殊条件，密切联络失散的党员，积极进行组织活动；同时以帮助外公经商为名，趁外公和外婆不注意，从他们的钱柜里筹措经费，上交给党组织。1927年10月，中共湖南省委派津市特支书记李立新夫妇来慈利恢复党组织活动，他一次从柜台提走一百块大洋，作为党组织活动经费交给这对夫妇。外公开的作坊和铺子毕竟是小本经营，发现上百块大洋不知去向，严厉追问大

张家界的领导同志送给我一份特殊礼物——我母亲蹇先任担任慈利县第一任县委书记时的手书批文仿真件。

155

舅钱的去处。大舅不回避，不躲闪，坦然对外公说，父亲，你从小看着自己的儿子长大，难道会相信我拿出钱去做坏事？你老人家不是天天反对苛捐杂税、盘剥压榨吗？儿子从长沙回来，做的事就是和那些人过不去。

外公算是一个有胆有识的人，听完大舅的话，还是吓了一跳。他默默地望着大舅，知道这个从长沙回来的儿子参加了刚刚血流成河的被国民党镇压的那个政党，然后拍拍他瘦弱的肩膀说，先为啊，你做的事既然于国有益，那就大胆去做吧，爹不拦你。但是，你应该知道，做这种事是要掉脑袋的，应该处处小心，步步小心。大舅点点头说，父亲放心，儿子会保护自己的。但我既然认定了这条路，就会走到底。

1928年春节前后，大舅和我母亲在险恶的秘密斗争中，认清了国民党政府的无耻、残暴和无可救药，从一介文弱书生，彻底变成了拥护并热情参与武装斗争的战斗者。在这个严寒的冬天，姐弟两人不辞而别，毅然投入到石门南乡"年关暴动"的行列，公开举起了"打土豪，杀劣绅"的旗帜，声势涉及慈利县境。但驻防常德的国民党军迅速开到了石门，包围了农民和进步学生占据的石门中学、石门女校和第一完小，逮捕并杀害了十七名共产党员，制造了震惊省内外的"石门惨案"。与此同时，国民党军还开到慈利，到处抓人杀人。在这种情况下，大舅和我母亲在家中无法待下去了，不得不分开逃离县城。大舅逃到了大浮山，参加了慈利著名的共产党人袁任远等人领导的暴动队。这支队伍过了数月，遭到国民党军队反复"围剿"，只好化整为零。大舅接着到了桑鹤边界，参加了我父亲贺龙创建的红四军；我母亲则隐藏在相对平静的杉木桥镇舅舅家，继续发动群众，积蓄革命力量。

大舅参加红军后欣喜地发现，他在长沙兑泽中学投身革命的引路人，慈利早期的共产党人张一鸣，正出任红四军第一师党代表，已成了我父亲贺龙的左右手。大舅有文化，脑子灵活，又有地下斗争经验，自然受到张一鸣的器重，很快被提拔为书记官，两个人从此形影不离。

1929年8月，我父亲和张一鸣率领红四军主力由桑植出发，向大庸、慈利推进。8月25日，红军占领慈利江垭，27日进驻杉木桥。在欢迎的人群中，大舅与藏身在杉木桥的我母亲意外相逢，姐弟俩喜出望外，久久拥抱在一起。张一鸣在地下斗争中与我母亲多有接触，知道她是远近闻名的女才子，又是湘西难得一见的女英雄，提议把我母亲吸收到红军队伍中来。我母亲学不上了，家不回了，立志做一个职业革命家，此时有了直接当红军的机会，可以真刀真枪地同反动势力在战场上见，自然求之不得。因此，从这个时候开始，她从地方转入部队，在湘鄂边红军前敌委员会担任秘书，成了湘西的第一个女红军。红军指战员们包括我父亲贺龙在内，亲切地称她"蹇先生"。

不过，从此来到我父亲贺龙身边的我母亲蹇先任，绝没有想到，就因为她在长沙读过书，见过革命斗争大世面，人又长得漂亮，在当年红军打下慈利县城后，便成了贺龙的夫人。

大舅参加红军后，亦文亦武，英勇善战，在几年革命斗争中发现、培养和提拔他的张一鸣，对他呵护有加，行军打仗总把他带在身边。大舅也对这位兄长般的领导心悦诚服，甘愿在我父亲和张一鸣的指挥下冲锋陷阵，赴汤蹈火。1930年7月4日，红四军与红六军在湖北公安会师，组成中国工农红军第二军团。我父亲为总指挥，张一鸣被任命为红二军团第四师第十团团长。这年的9月，红二军团攻打沙市，敌人依据坚固的堡垒和城墙坚守不出，死死顽抗。红军打进沙市东街又被猛烈的弹火挡回来。我父亲命令张一鸣率红十团从后街发起突袭，但敌人的增援部队从天上和地面赶到了。从天上飞来的两架飞机在一阵狂轰滥炸后，对从后街发起冲锋的红十团展开低空扫射，致攻城战斗陷入僵局。9月5日，张一鸣到前线视察，一串子弹飞过来，他应声倒下。大舅冒着枪林弹雨发疯般地冲上去，把他背下来。让大舅痛心的是，一颗子弹击中了张一鸣的头部，他再也没有醒来。

1931年春夏之交，已是湘鄂边红军第一纵队参谋长的大舅，调任鹤峰特委巡视员，转入地方工作。次年6月，国民党军对苏区发动凶猛的第四次"围剿"，川军重兵向湘鄂边进攻，驻鹤峰的红军独立团战斗失利，鹤峰县城落入敌人手里。大舅和中共鹤峰县委书记伍伯显带领县委、县苏维埃机关三十多人，向祥台转移，那里与县城仅一山之隔。在转移途中，不巧与一营敌军遭遇，队伍被冲散。此后，他隐蔽在一个叫曹家沟的村子里，但没几天，因叛徒出卖而被捕。第二天，被团防杨卓堂杀害于鹤峰赤树坪枇杷树台，时年二十一岁。

　　新中国成立后，大舅的遗骸被找到，迁葬于鹤峰县烈士陵园。

　　写到这里，我不禁悲从心来：大舅蹇先为虽然早在1932年就献出了年轻的生命，而且牺牲在湖北鹤峰的异地他乡，但他毕竟还有掩埋尸骨的一个坟茔，一个供亲人和后辈前来吊唁的地方；而我牺牲在长征途中的小舅蹇先超，却连一个土丘、一块墓碑都没有。

　　小舅蹇先超与幺姨蹇先佛一块参加红军。那是1934年12月26日，父亲贺龙率领红二军团与萧克、任弼时和王震率领的红六军团胜利会师两个月后，第二次攻克慈利县城。父亲进城的第一件事，就是去拜访我外公蹇承宴，同去的还有萧克、任弼时、关向应等红军领袖。

　　当天中午，父亲在一家餐馆宴请岳丈，也就是我外公蹇承宴及其家人，由萧克、任弼时、关向应和任弼时的夫人陈琮英阿姨作陪。父亲问起家中境况，外公忍不住笑道，女婿啊，先任、先为姐弟二人都跟你当了红军，丢下老四、老五两个，在家也待不住了。意思是，我幺姨蹇先佛、小舅蹇先超也想参加红军。我父亲和几个红军将领忙不迭地点头，陈琮英阿姨这时还跟我外公套起了近乎，她说，陈老倌，你这话当真？可不能反悔啊！后来人们才知道，几个红军将领欢迎我幺姨和小舅当红军，是红军急需扩大队伍，每天都在招兵买马。再说，我幺姨和小舅都是读过书的人；我幺姨还上过长沙衡粹女子艺术学校，能写会画，是红军紧缺的宣传鼓动人才。至于陈琼英阿姨和我外公套近乎，是想到我幺姨与素有红军才子之称的萧克将军天造地设，想给他们牵线搭桥。虽然这是后话，但不出几天便成了事实。

嫁给我父亲贺龙五年，跟着他从血里火里走来的我母亲，听着外公又要把幺姨和小舅往红军队伍里送，忍不住躲出去哭了一场。因为我母亲知道国民党反动势力太强大了，参加红军无异于以命夺命。而且，她的大弟、我的大舅蹇先为，此时已经牺牲两年了，连尸骨都不知道埋在哪里。母亲不晓得外公是否得到了大儿子的死讯，但听见他又把幺姨和小舅送去当红军，她太为外公感到骄傲和心痛了。

小舅蹇先超只有十五岁，还是一个小孩子，他是看见哥哥姐姐当了红军，哭着喊着也要去当红军。到了部队后，经过短期医护常识培训，被分配到红二军团医院当护士。长征出发前，为充实和加强一线部队的医护工作，他被调到卢冬生任师长的红二军团第四师野战医疗队任战地救护员。部队出湘西，穿云贵高原，一路喋血前行，他单薄的身影无数次在弹火纷飞中匍匐和穿梭，越来越成熟。

1935年11月19日从桑植刘家坪开始长征的红二、六军团，从某种意义上说，是一支与慈利蹇家的命运休戚与共的队伍。因为这支队伍的总指挥、我的父亲贺龙，是蹇家的二女婿；这支队伍的副总指挥、我的姨父萧克，是蹇家的幺女婿。跟随着这支队伍跋山涉水前进的，不仅有蹇家同胞三兄妹蹇先任、蹇先佛、蹇先超，还有蹇家刚出生和未面世的外孙女和外孙子。都知道，当时我作为蹇家的外孙女，生下来才十八天，就被父母放在背篓里，背着去长征；而我的表弟萧堡生，此时仅仅作为一个小小的胚胎，孕育在我幺姨蹇先佛的肚子里。

长征有多么艰难困苦，我没有必要再形容了。有必要强调的是，我外公的蹇家，加上我父亲的贺家，我们两家参加长征的亲人，合起来达十几口，但即使都在同一支队伍里，走在同一条路上，也难得见一面，更谈不上受到特殊保护和照顾了。具体地说，我父亲贺龙和姨父萧克，他们两人重任在肩，分别带领红二军团和红六军团斩关夺隘；我母亲边做宣传鼓动工作，边背着我，跟着红二军团赶路；我幺姨挺着一天比一天大的肚子，运用她写得一手好字的特长，沿路写标语，艰难行走在红六军团的队伍中；担任战地救护员的小舅蹇先超，与红二军团四师的战友们形影不离。母亲三姐弟之间的交往和联系，只能在遇到熟人时，相互捎个口信，或者写一张便条辗转带给对方。

1936年4月25日，红二军团以我小舅所在的红四师为先锋，从石鼓胜利渡过金沙江。连续奋战三昼夜，红二、六军团近两万人全部到达江对岸。接下来，就要翻越海拔五千三百九十六米的中甸雪山了。虽然部队及时进行了思

大舅蹇先为上世纪30年代牺牲在与桑植毗邻的湖北鹤峰县，左图为鹤峰人民为他修筑的陵墓。右图：我整理挽幛，向两个舅舅默哀。

想动员和物资准备，但从长江以南的湘西走来的部队，谁也没有翻越西南大雪山的经历，还以为打个冲锋，哈几口寒气，就能爬过去。许多人在抢渡金沙江时，把随身背着的棉衣棉裤和毯子泡湿了，长途奔袭时又大汗淋漓，索性穿着单衣轻装前进。想不到担负在雪中开路任务的红四师，在雪山上遇到了始料未及的寒冷，行进中不少官兵因为疲倦、劳累和饥寒交迫，一坐下来就被冻僵了。

我母亲背着我于4月30日翻过中甸雪山。5月初，红二军团到达得荣县县城，先期抵达的红四师师长卢冬生向军团参谋长李达报告部队减员的情况后，专程找到我母亲，向她检讨说，先任同志，我对不起你，对不起你的弟弟。我身为师长没有尽到职责，在过雪山时全师减员一百余人……我向李参谋长表示，愿接受军团首长的处分。

卢冬生是我父亲南昌起义后一直带在身边的少数几个人之一，与我父亲母亲情同手足。听说红四师过雪山时减员严重，母亲心里一沉，不由得颤声问卢冬生，卢师长，你就直说吧！是不是我弟弟也牺牲了？卢冬生哽咽道，是的，先超同志虽然年纪小，但他身为战地救护员，在雪山上跑前跑后救护战友，最后因体力不支，冻死在雪山顶上。

听到这个结果，母亲久久无语，两眼泪水夺眶而出。许多年后她对我说，我外公把幺姨和小舅交给红军，当然希望她这个当姐姐的怎么把他们带出去，再怎么带回来。而她作为这支军队总指挥的妻子，也有能力保护年幼的弟弟妹妹。但红军是共产党领导的军队，如果在艰难时刻护着自己的亲人，怎么把来自天南海北的官兵团结起来，带领他们去冲锋陷阵，向死而生？因此，对于小舅的死，母亲虽然感到痛心、内疚，心里想，将来怎么向外公交代？但她知道红军不分亲疏，必须冷静接受这一事实。她最大的遗憾是，小舅太小了，而且牺牲在红军一去不返的雪山顶上，尸骨无存，连一抔土、一块碑石都没有！

许多年后，我以父母亲背着我长征的亲身经历，为解放军出版社写了以《远去的马蹄声》为题的大型绘本文字，特意请著名画家沈伊尧先生为我小舅画了一个坟墓：在苍凉的雪山上，小舅被埋在一个突兀的雪堆里，雪堆上压着一顶红军八角帽；我父亲牵着马，我母亲用背篓背着我，在猎猎雪风中，低着头，恋恋不舍地向小舅告别。画面表达了我对小舅蹇先超的深切寄托，希望八十年前牺牲在长征途中的小舅，有一个温暖的雪堆安息，有一顶红军八角帽作为他埋葬在雪山的标志。雪堆上那顶有着红五星的八角帽，也算是他的墓碑吧。

大舅蹇先为和小舅蹇先超牺牲八十多年后，得知故乡慈利在新修烈士陵园的时候，为他们双双立了碑，让两兄弟的英灵穿过八十年风雨沧桑，重新相聚，毗邻而居，读者能想到我有多么激动和欣慰吗！更让我感动的是，县里的有关部门别具匠心，不仅把大舅和小舅的墓碑立在一起，让他们从此能日日夜夜回顾和诉说兄弟情谊，而且把他们的墓碑立在陵园的最高处，让他们从此每天高高地俯视着故乡一天天走向繁荣和富足，走向他们在生命的最后一息曾经苦苦憧憬的未来。巧的是，兄弟俩的黑色大理石墓碑，正好顶着"缅怀先烈爱国魂"那块巨幅标语牌的"国魂"二字。我觉得这应该是革命烈士们在冥冥之中，对我们的一种昭示，一种启迪，一种期待。

是啊，国魂在上！我们这支军队诞生九十年了，新中国诞生也近七十年了，当我们在实现中华民族伟大复兴的中国梦时高歌猛进，谁都没有任何理由忘记初心，忘记那些为了今天而英勇牺牲的烈士们！

所以，当我拖着八十多岁衰竭和枯萎的躯体，千里迢迢回到母亲的故乡；当我在烈日下来到有我大舅和小舅陵墓的烈士陵园，再辛苦，再疲倦，我也要自己走，再高、再陡的阶梯，我也要自己往上攀。

2017年5月下旬—6月18日 从慈利归来

像黄金那样纯粹

　　我奔涌不息的思绪，是由他的儿子从海外归来引起的。小伙子长得壮硕，魁伟，英气逼人，给人一种故人重逢的惊异；因他从小随我的孩子叫我妈妈，见面就说，妈妈，二十多年了，还记得我父亲的样子吗？我说你父亲这么好的一个人，我怎么会忘记呢？我不仅熟悉他的音容笑貌，他的意志和品质，而且熟悉他留在茫茫林海和浩浩荒漠中的那一串串脚印。翻阅他当年和我们的合影，还有他转战山林和荒漠那些照片，我仿佛能触摸到他的心和祖国的心在一起跳动，听见灼烫的汗珠从他的额头上簌簌地滑落。

　　他叫齐锐新，一个让许多人感到陌生的名字，一个曾经与我们的国家逐渐充盈的财富连在一起的名字。但是，他只活了六十年，刚刚满一个甲子，在国家、部队和我们这个时代都需要他的时候，倒在了他痴迷的工作岗位上；让我们这些尊敬和亲近他的人，痛心不已。

　　我记不清在哪里第一次见到他，但我敢肯定，我第一次见到他的地方，不是在祖国远天远地的深山密林里，就是在某条荒凉河流的采金船上。不过，这已经是三十多年前的事了，那时我还在基建工程兵报社工作，当编辑也当记者，而他在国家黄金总公司任党委副书记。但当年的黄金总公司、黄金指挥部和黄金局，是三块牌子一个单位，其中的黄金指挥部又隶属基建工程兵编制序列，这使我有机会在翻山越岭的采访中遇到他，认识他；也使我有机会坐在洒满细碎阳光的铁皮屋子里采访他，听他

163

作为武警黄金指挥部队曾经的政委和党委书记，齐锐新同志足以成为今天的一面镜子。他是一个值得我们怀念的人、敬重的人，也值得我们以他为荣。

讲述在祖国的天南海北炼钢和淘金的故事。

在我的印象中，他是个任重道远的人，勇往直前的人，讷于言而敏于行，什么时候在工地上见到他都头戴一顶安全帽，裤腿上溅满泥浆，嗓子因在粗重机械的轰鸣声中不时呐喊而显得有些嘶哑。那张饱经风霜的脸，和长年战斗在大山莽林里的部属一样的黑，一样的粗糙。可能他早就听说过我的身世，每次见到我都非常热情，问我需要提供什么帮助。后来，我也知道了他的身世，知道我们的父兄当年曾经离得非常近，这时再见到他，就有一种见到兄长的感觉。

实际上，他不仅在年龄上是我的兄长，我们这代人的兄长，而且是共和国建设者队伍中的兄长。早在1941年，当他还是个十四岁的孩子时，就跟着骑在毛驴上的母亲越过日本鬼子的刺刀，上了太行山抗日根据地。那时，他们家族有好几个人为国牺牲了；他毅然投身抗日救亡的大姐齐云、二姐齐心，先后从延安到了太行山，虽然身处战火纷飞的前线，但依然牵挂老母亲和他这个陪伴着老母亲的小弟弟；他与我的父母有过许多亲密交往的大姐夫魏震五、二姐夫习仲勋，都是著名的共产党人，同样也关注留在敌占区的老岳母和小舅子，想尽办法把他们接到根据地来。此后，他们一家有六七个人聚集在抗日队伍里，舍生忘死，留下了许多动人的佳话。全国解放后，姐姐和姐夫们进了大城市，身居高位，他却从东北土改工作队悄然转身，加入了祖国的社会主义建设大军。上世纪50年代初期和中期，在东北鞍山、西北酒泉的钢铁公司，他与后来成为中共中央政治局常委、全国人大委员长的乔石同志都搞建筑工程，是非常融洽的上下级关系；因为同是党委委员，在公司送审和下发的文件中，两个人经常在前后位置共同签名。除此外，他的履历，是用去中国人民大学、苏联马格尼托戈尔斯克钢铁公司学习深造，用在包钢、天津铁厂、宝钢和武钢的开发建设，用担任基建工程兵黄金指挥部、冶金部黄金局、黄金总公司和中国人民武装警察部队黄金指挥部指挥员的资历填满的。这么说吧，他几十年风尘仆仆走过的路，既是那一代奋发图强的建设者们走过的路，也是我们这个励精图治的国家走过的路。

有意思的是，我再次见到他，是1985年，在北京木樨地24号楼我自己的家里。那一年，在百万大裁军的剧烈震荡中，经他向中央领导和国务院多方呼吁，其麾下的黄金指挥部得以从正在撤销的基建工程兵脱离出来，正式纳入武警部队的编制序列。已经五十八岁的他，忽然穿上了他从此再没有脱下的军装，以政治委员和党委书记的名义向武警总部报到。刚好我参与创建武警部队的老伴李振军同志正担任武警部队的第一任政委，他到我家来登门拜访，是来向作为武警总部政委的振军同志汇报工作和请教带兵经验的。

振军同志和他一见如故，非要留他在家里吃饭。那天，我自己下厨，用振军同志和我共同故乡的湘西腊肉和湘泉酒招待他。他非常激动，但又有些

齐锐新的二姐夫习
仲勋和二姐齐心

拘谨，自觉地把自己放在部属的位置。振军同志邀他对饮，他连连退让，口口声声说自己是个新兵，只象征性地喝了一小杯酒。然而，说到从此要用部队的方式管理他那支散落在各边远地带和深山老林的队伍，他既不回避问题和矛盾，又充满信心。他说，国家的经济正在腾飞，需要大量黄金储备，他知道自己重任在肩，即使肝脑涂地，也要如期如数地把黄金找出来，挖出来，因为这关系到国计民生，关系到我们国家在国际上的金融地位。

那天留给我最深的记忆，是他主动提出向武警总部上交两台车。原来，在他被任命为武警黄金指挥部政委和党委书记之前，还是三位一体的黄金总公司、黄金局和黄金指挥部担心他们归属武警后经费紧张，用公司相对宽松的

大姐齐云

外汇，为未来的两位黄金部队的主官定购了两台新车，两台奔驰2.80，给他们当专车用。现在车提回来了，但那两辆车太豪华了，他和司令员都不敢坐，也不该坐。他说，既然黄金指挥部从此归武警指挥，就应该按照武警部队的规定，把车上交给武警总部处理。振军同志和我听后大为惊讶，也非常感动，对这个正军职老同志的清廉之举深怀敬意。振军同志当场表态说，武警总部尊重他们的意见，但也不能亏待他们，同样按规定批给他们两辆新车。

送他走的时候，望着他坐上从地方带来的那辆旧车绝尘而去，振军同志感叹说：老一辈共产党人家风纯正啊！他像习老一样，对党和人民忠心耿耿，廉洁自律；国家把黄金部队交给他带，是用对人了。

这之后，振军同志不时对我提起他，说他如何深入部队，如何带领官兵钻山沟，穿林海，真抓实干，不惜拼了老命。但说得最多的，还是他艰苦朴素，两袖清风，下部队从来都轻车简从，决不允许额外接待，更不收任何土特产。我至今还记得这样几件事：一件是他老伴张凤春在黄金总公司工作，但在转制时，他在有关部门拟好的名单中亲手划去了她的名字，没有让她穿军装；一件是黄金指挥部的驻地在靠近北京北五环的城边，他进城办事，从不让在城里上班的孩子坐他的顺风车；再一件是，他的儿媳妇第一次从上海到北京来看望公公婆婆，返回那天大雪纷飞，他亲自用自行车送儿子和儿媳到公交车站，然后陪他们一起坐公共汽车去火车站。他这样做，既倾注了一个父亲对儿女的厚爱，又不失做人和做官的原则。

想不到两年过去，他在突击完成国务院下达的在"七五"期间生产八十吨黄金的任务中，因用力太狠，身体被过度透支，突然垮了下来。这是1987年4月，他在成都参加完四川省黄金工作会议之后，深入四川安昌河金矿、白水金矿、陕西山阳县黄金十四支队和河南三门峡黄金第九支队考察，人还在半途，突然一夜夜地失眠和咳嗽，痰中可见淋淋漓漓的鲜血。回到北京上三〇一医院一查，确诊为中晚期肺癌，而且已经向肝脏及骨骼多处转移。让人痛心的是，由于病情发现得太晚，又发展得太凶，虽然有习仲勋和乔石同志亲自出面，把他破例送进条件优越的三〇五医院抢救，也没有挽回他的生命。半年后的10月24日，他不幸去世的消息传来，振军同志和我当场震惊了，泪水不禁夺眶而出。

在齐锐新同志去世二十六年后，我在有关方面提供的纸页发黄的会议记录、发言提纲、工作报告与总结、党组织的鉴定与评议，和齐锐新同志在历次政治运动及人生重要转折阶段亲手写下的自传、自述、思想汇报、对照检查、干部履历表履历中，重新辨认他走过的路，回顾他为国家和民族的振兴筚路蓝缕的一生，寻寻觅觅的一生，真真切切地感到，齐锐新走进他六十年灿烂人生的漫漫历程，其实也是一步步走进我们心里的历程。

这些珍贵的来自历史深处的文字，原汁原味，不遮掩，不粉饰，最大限度地接近真实，从中可见齐锐新同志诚实地为自己画出的一条生活轨迹和心理轨迹。沿时间顺序读下来，就像看一部电影回放，让我们既能清清楚楚地看到他人生的路到底是怎么走过来的，又能听见他走在这条路上沿途发出的呼吸声，心跳声，还有在迷惘和郁闷中偶尔发出的叹息声。

读着包括齐锐新同志的大姐齐云、二姐齐心留在历史档案中的那些自传、自述、思想汇报和填在干部履历表上的履历，那些仿佛还带着他们当年体温的文字，最让我感动的，是他始终表里如一，心地坦荡，苦乐自知，在任何时候的任何工作岗位上，都兢兢业业，勤勤恳恳；从不偷奸耍滑，溜须拍马，曲意逢迎；遇到大事小情，总是默默地扛在自己肩上；即使被复杂的政治斗争和人际关系误解，也能反躬自问，不断在自己的身上查原因，找问题。都知道，我们曾经走过的那些时代，说真话，把自己的内心完全敞开，是要付出代价的，而他不惜把这些话和这些隐秘的心理活动，用白纸黑字写出来，交给党组织存入档案，这充分显示出他对党和革命事业的襟怀坦白，光明磊落。举个例子说吧，在1949年3月4日，他在交给党组织的一份思想汇报中，就有这样一段文字："我的思想大体可分三个过程：一、在到根据地以前幻想升官发财，光耀祖宗，但又因受日本人的气，所以当时的主要思想是要求抗日。二、到根据地之后抗日的思想更加坚定了，同时对升官发财、光耀祖宗的思想逐渐认识到是一种剥削腐败思想，因此也就逐渐厌恶了这种东西。又因自己对家庭不满，同时在乡下又体验了穷人的痛苦，在认识到这种社会问题之后，也就对旧社会憎恨起来。三、建立了革命的人生观。"再如，对1958年受极左倾向影响而出现的大炼钢铁，由于他身在钢铁战线，所以比大多数人对这件事看得更清楚，这时他在思想汇报中以自我批评的方式向党组织袒露心迹："对土法炼钢质量，（我）认为土钢不如洋钢好。洋钢国家缺，目前生产量不能满足需要，（对）土钢是否能够完全适应这种不足的需要有疑问，土钢大量

共产党员的本色，就像齐锐新同志带领他那支部队生产的黄金，在脱胎换骨的陶冶和提炼中，不断地去其杂质，让自己的生命，也变得像黄金那样纯粹。

生产之后，主要用在哪些方面？在思想上模模糊糊……如听说有的人把正在使用的锅也拿出来砸了，有些想不通，认为这是完全不必要的。"

目睹这些文字，我的心忍不住在颤抖，为这代人的纯真，为锐新同志对党组织的心无芥蒂。是的，我也是从那个年代过来的，我知道，当年我们在写下这些自传、自述、对照检查和干部履历时，尽管不可避免地带着某种历史狂热，说一些过头的话、违心的话，有时还会故意贬低自己，但态度是非常认真和严肃的，甚至是非常神圣的，连脑子里偶尔掠过的杂念也不放过。换句话说，在写下这些文字的过程中，我们其实是在扪心自问，在反求诸己，对自己哪怕不值一提的一点小错误，小过失，穷追猛打，自觉地抖落身上的灰尘，清除灵魂里的污垢。经过无数次这样的自述、自省和自纠，这一代人从青年走到了中年，又从中年进入了晚年，人也渐渐地变得淡泊宁静，不以物喜，不以己悲，渐渐变得高尚和纯粹起来。再往大里说，我承认，我们的党也走过许多弯路，犯过严重如"文化大革命"这样的错误，但直到今天为什么还能成为这个国家的核心，成为不可撼动的执政党？其奥秘，就在于组成我们这个党的大多数成员，都拥有这种自我反省、自我纠错和自我纯洁的能力。那些令人痛恨的腐败分子，之所以败坏党的声誉，让自己陷入不可自拔的泥潭，问题就出在他们忘乎所以，在不知不觉中丧失了这种反躬自问和独善其身的能力。

从这个意义上说，作为中国黄金部队曾经的掌门人，我认为齐锐新同志足以成为今天的一面镜子。虽然他的官不算大，也没有被树为时代的什么典型和楷模，并在二十多年前就离开了我们，但他是一个值得我们怀念的人、敬重的人，也值得我们以他为荣。诚如乔石同志对他的评价："他给我们留下了一笔极为宝贵的精神财富，这笔精神财富表现在方方面面，而集中在一点，就是一个共产党员的本色。"

那么，共产党员的本色是什么呢？要我说，共产党员的本色，就像齐锐新同志带领他那支部队生产的黄金，在脱胎换骨的陶冶和提炼中，不断地去其杂质，让自己的生命，也变得像黄金那样纯粹。

父辈是一首歌

　　父辈和他们创立的光荣，就像一首歌，萦绕在我们的生命中，慰藉着我们越来越焦灼和饥渴的灵魂，这是两年前我回成都探亲和扫墓的一段经历，给我留下的最真切的感受和永难磨灭的记忆。

　　我是湖南桑植人，为什么回成都探亲和扫墓？说来是有原因的。都知道1949年，中央命令刘伯承、邓小平和我父亲贺龙三巨头率部进军大西南，我父亲把他在洪湖和湘鄂川黔创建的红二方面军的老部队带到大西南的同时，也把自己的家，把贺家众多的亲人带了过去。当年我母亲从沈阳穿过大半个中国，回到湘西把我从民间找回来，送到北京我姨父萧克家；萧克又托往来北京办事的西南局有关领导找了一架便机，把我送到西南局所在地重庆我父亲的身边。我在重庆的家里没有待多长时间，恰逢父亲去北京开会，突然被通知穿上军装，去重庆西南军医大学野战外科学习。这是为抗美援朝培养战地救护员而举办的一个速成班，招的都是干部子弟，号召他们带头上前线。当时我还不满十五岁，个子矮矮小小的，像一个发育不良的中学生。

　　这是我生命中一段最黯淡又最恐怖的时光：刚成立的西南军医大学为适应全国形势发展，大量开办速成班，需要许多尸体供教学解剖用，但仓促开学的学校没有尸体，便把搜集尸体的任务交给我们野战外科。我们野战外科别无他法，只好去"偷"。去哪儿偷呢？去法场偷。1950年是新中

国诞生的第二年，为巩固新生政权，正发动一场轰轰烈烈的镇反运动。各种被清查出来的历史反革命，在宣布罪状后，背后插一块生死牌，被拉去刑场枪毙。人死了，有些人家放弃收尸。我们说是去"偷"尸体，其实就是去抬这些无人认领的尸体。因为我们是军队的人，负责镇压反革命的军管会和我们穿一样的军装，对我们睁一只眼，闭一只眼。苦的是我们都是女孩子，就像我，个子小，力气也小，胆子更小，走进刑场腿先软了，看见被枪毙的尸体，吓得胆战心惊，每抬一具尸体都像过一道鬼门关。吃饭的时候，一看见饭菜便条件反射，哇哇呕吐，连胆汁都呕出

我们的父辈虽然远去了，然而，他们经历的峥嵘岁月，他们因赴汤蹈火而光芒灿烂的生命，就是一首歌。

来了。到了晚上噩梦连连，醒来后连树影摇动的窗户都不敢看，总感到窗外的月光下鬼影幢幢。

父亲开会回到重庆，听说刚找回来的女儿当兵去了军医大学野战外科，干的工作却是去"偷"尸体，气得大发雷霆，当即打电话训斥军医大学的领导，说你们乱弹琴，没有尸体教学可以通过正当途径解决嘛，怎么能去"偷"尸体？而且还让女孩子去"偷"？父亲这样一出面，加上抗美援朝已临近尾声，不再迫切需要往战场上派野战医务人员，"偷"尸体的事就这样停了下来，野战外科的女兵们也陆陆续续地被调开了。

我是被成都军区第一任司令员贺炳炎叔叔接走的。以"独臂将军"著称的贺司令员，是我父亲贺龙的第一爱将。我父亲回湘鄂西创建根据地的时候，他父亲贺学文先在我父亲的队伍中当炊事员。1929年，年仅十五岁、独自在外打了几年铁的贺炳炎辗转千里来到湘鄂西，找到他父亲，提出和他一起当红军。他父亲说，不行，你刚刚结婚，不能丢下妻子不管，害了人家。贺炳炎不依不饶，他父亲火冒三丈，抄起扁担赶他走。我父亲刚好撞见这一幕，夺下他父亲的扁担，破例把他留在身边当警卫员。几十年过去，我父亲成了共和国元帅，进北京担任国务院副总理兼任国家体委主任；正担任第一军军长的贺炳炎，从甘肃调往成都，转任镇守大西南的成都军区司令员，继续带我父亲从洪湖和湘鄂川黔带出来的红二方面军老部队。1955年，他被授予上将军衔，我父亲代表毛主席和中央军委专程回成都，为他授衔授勋。

我在《钢铁将军贺炳炎》和《闻鼙鼓而思良将》两篇作品中写过贺司令员，讲了他为中国革命立下的赫赫战功，分别发表在《人民日报》和《光明日报》。在这里，我只说他对我父亲忠心耿耿，在战场视我父亲为统帅，在日常生活中视我父亲为最亲最敬重的人。有人见贺炳炎也姓贺，想当然，说他是我父亲的亲儿子，叫贺小龙。但传说归传说，他对我父亲言听计从，情同手足，却是千真万确，以至爱屋及乌，对我母亲和我也无微不至。在长征途中，他对嗷嗷待哺的我，绝对做到了从喉咙里抠出最后一把粮食。1937年，我父亲带领八路军一二〇师东渡黄河，去与日本鬼子决一死战，临行前托两个南昌起义的老部下把我抱回湘西。路过西安的时候，正在八路军驻西安办事处养病的他忽然听见窗外传来我的哭声，感到非常纳闷，转身听说是我父亲把我送给别人抚养，他立刻策马狂奔，试图拦住我父亲的那两个老部下，把我抱回延安去。得知把我带回湘西是我父亲的本意，他才没有轻举妄动。不久他见了我父亲，竟敢责骂他，你什么人啊，亲生女儿都不带在身边。

贺司令员把我带到成都，放在军区办的一个俄语补习班补习俄语。我就在这个补习班把耽误了的文化课点点滴滴地补了回来。1955年，我作为工农兵速成班的一员参加大学考试，被北京大学历史系录取。

在成都四五年，贺炳炎司令员和姜萍阿姨的家，还有四川省委书记李井泉和肖里阿姨的家，也成了我的家。在这两个家的卧室里，有我的一张床；在他们的饭桌上，有我的一副碗筷。每当星期天，两家都会指派比我小的孩子骑车来接我。如果这些弟弟妹妹们没有接到我，两家的叔叔阿姨就会把电话打到军区俄语补习班，问我去哪了、是否出了什么事情，弄得值班员们很紧张。

成都的叔叔阿姨对我如此关照，追根溯源，大概因为我在红二方面军从湖南桑植刘家坪长征前的十八天出生，是这支队伍跟随父辈长征的四个孩子中最大的一个。另外三个，一个是任弼时同志的女儿任远征，一个是保卫部长吴德峰的女儿吴岷生，再一个就是红二方面军副总指挥、我姨父萧克与我么姨蹇先佛生的儿子萧堡生了。和我的名字贺捷生取自长征前红军连续打了几个大胜仗一样，这三个名字明显带着长征印记的孩子，都比我小，是我们这代人论资排辈中的弟弟妹妹。在最艰难的长征途中，我们四个孩子得到了整整一支队伍的呵护。而我作为总指挥贺龙的女儿，受到的关照和呵护，是最多的。

其他红二方面军的子女们，陆续生在延安、太行山和解放战争中星火燎原的天南海北，是论资排辈中比我更小的弟弟妹妹。换句话说，随着长征的胜利、抗战的胜利、解放战争的胜利，中国革命战争的烽火燃烧得多么辽阔，我的这些弟弟妹妹的出生地就有多么辽阔。当然，他们大部分都是后来常说的"生在新中国，长在红旗下"。也就是说，当中国革命战争年代宣告结束，部队进入驻守状态，我的这些弟弟妹妹就像雨后春笋那样，在大西南的大小城市和成都平原茁壮成长。

解放初期，毫不夸张地说，只要我敲开成都军区大院

早在成都大街小巷安家落户的红二方面军的后代们同我一起为贺炳炎司令员扫墓。

或所属省军区、军分区、卫戍区和县市人民武装部家属区的任何一道门，看见年长的叫叔叔阿姨，看见年幼的叫弟弟妹妹，是绝不会错的。今天回头看，这种现象已经成了中国军队的一种特殊现象、一种文化。

至于我父亲从故乡洪家关带出来、解放后散落在大西南各地的那些贺家血亲，对我更是呵护有加。其中有1916年跟随父亲一起用两把菜刀闹革命的贺勋成爷爷，有解放后担任省检察院检察长的贺文岱堂叔。他们都是比我大一辈甚至两辈的人。还有当年在红二、六军团战斗剧社拉二胡的我小姑贺满姑的大儿子向楚生，在红二、六军团警卫连当警卫员的我二姑贺戊妹的儿子萧庆云等几个哥哥，他们虽与我同辈，但小小年纪，有的只有八九岁，就以战士的名义在战场上冲锋陷阵，刺刀见红；在长征路上，同样背着枪或大铁锅，背着干粮袋，与成人一样爬雪山，过草地。这些人活到今天的，只剩下正在成都军区总医院住着、年近九十岁高龄的我小姑贺满姑的四儿子向轩。所有这些亲戚家的子女，比如堂叔贺文岱家里的五朵金花，向轩哥哥的几个儿子，我们相互间始终保持密切的联系。我说我回成都探亲，探望的就是作为战斗者硕果仅存并正在住院的向轩哥哥，还有作为"红二代""红三代"，甚至"红四代"的弟弟妹妹们、侄儿侄女们。

我回成都扫墓，首先祭奠的人，就是亲爱的贺炳炎贺司令员。因为在战争年代出生入死，积劳成疾，贺炳炎叔叔不幸在1960年7月1日党的生日那天病逝，享年四十七岁，他是第一个去世的共和国上将。消息传开，举国震惊。我父亲含着泪水赶回成都参加他的葬礼。我那时刚大学毕业，在青海民族大学支教，上课走不开，只能以泪洗面。

贺司令员逝世后，他那同样经历过战争考验的妻子姜萍阿姨和几个年幼的孩子，得到了毛主席、周总理、陈毅元帅和我父亲的格外关照。毛主席亲自批条子，让他们全家迁到北京。几十年来，他们家的孩子和我亲如一家。今天我们虽然都老了，但依然以兄弟姐妹相称和相待。

这是2015年清明节的前一天，我决定去为贺司令员扫墓。具有特殊意义的是，正值世界反法西斯和中国抗日战争胜利七十周年，我也整整八十岁了，这个时候去悼念在抗日战争中以"独臂刀王"别号名震太行山的贺司令员，让人感慨万端。因为环顾左右，我成了跟随他们这一代人长征的最年轻的一个人，同时又成了红二方面军第二代、第三代子女中最年长的一个人。

贺司令员的墓坐落在成都郊外的革命烈士公墓中最突出的位置，近两米见方的墓碑敦敦实实，从碑林中拔地而起，气贯长虹，如同他在战争年代叱咤风云，登高一呼，迅速成为我父亲的左臂右膀。

我到达墓地时，贺司令员的墓前黑压压地站满了人，

正奔七的贺炳炎大儿子贺雷生弟弟牵着我在主桌正中落座。他弯下腰轻轻对我说，大姐，大家准备好了，先唱一首歌。唱一首歌？我一阵愕然，唱哪首歌？贺雷生说：《洪湖水浪打浪》。

墓碑四周层层叠叠地簇拥着黄艳艳的菊花。一挂挂用红纸封着的鞭炮左右环绕，看上去像一道道燃烧的霞光。先到墓地，口口声声喊我"捷生姐"的贺司令员的大儿子贺雷生、二儿子贺陵生告诉我，早在成都大街小巷安家落户的红二方面军的后代们，听说我回成都为贺司令员扫墓，一传十，十传百，纷纷带着妻子或丈夫，还有儿子女儿、孙子孙女，开着私家车，源源不断地向公墓涌来。有的父辈根本不属于红二方面军，也赶来了。他们说，我们的爸爸妈妈不管在哪个序列，都是我们的光荣和骄傲。亲自来为贺炳炎司令员鞠个躬，来看看从小走过长征路、从北京赶来扫墓的贺捷生大姐，是一件荣耀的事、幸福的事。

我出现在墓地，掌声四起，大家踊跃围上来，向我问好，跟我合影留念。年纪大的叫我大姐；年纪小的叫我姑姑；更小的叫我奶奶，叫我姥姥。我同每一只主动伸过来的手紧紧相握，轻轻抚摸每一张昂起来的洒满阳光的小脸蛋。我不需要问他们的父辈是谁、爷辈是谁、他们是第几代，但我知道在我们的血管里，流淌着同样炽热的血。

最让我感动并刻骨铭心的一幕，出现在一个普通的餐厅里。

举行完简朴而隆重的祭奠仪式，大家井然有序地离开墓地。回到城里，我被送到一个小公园的餐馆里。有十几张圆桌的餐馆被他们包了下来，男男女女像有组织那样围桌而坐。看见我进来，齐刷刷站起来，昂起葵盘般的笑脸，向我行注目礼。让我惊叹的是，仿佛经过挑选，他们每个人都两鬓斑白，孩子们在半路上被送走或接走了。凭他们站立的姿势和脸色，我知道他们大多数当过兵：这也是一种传统、一种文化，经历过战争的父母都愿意把儿女送进部队，从小就崇拜父母的儿女们，也以当兵为荣。比我小的那批40年代、50年代出生的部队大院子弟，都是这样走过来的。那种看上去动如脱兔、静如处子的举止，还有雷霆起于侧而不惊、泰山崩于前而不动的气质，让我这个一生穿着军装走过来的人，精神一振，情不自禁地挺直了腰。

哦，他们既把我当大姐，也把我当将军。

当年也当过兵，正奔七的贺雷生弟弟牵着我在主桌正中落座。我刚喘口气，他弯下腰轻轻对我说，大姐，大家准备好了，先唱一首歌。

唱一首歌？我一阵愕然，唱哪首歌？

《洪湖水浪打浪》。贺雷生答。

仿佛电光石火，我的思绪在一瞬间被照亮了。对啊，唱《洪湖水浪打浪》！在这个场合，对我们这群人，没有什么比唱这首歌更合适了。你想啊，洪湖水，湘鄂西，跟着贺龙闹革命，这是我们心中共同的画面，共同的渊源，共同的情结和骄傲！这么想着的时候，我不由自主站了起来。我说，唱吧，唱吧，我们一起唱《洪湖水浪打浪》。

我的话音刚落，大家面向我，深情，专注，脸上泛出神圣的光，款款的歌声像江水奔涌，像红日普照，像阳光喷薄——

> 洪湖水呀浪呀嘛浪打浪啊
>
> 洪湖岸边是呀嘛是家乡啊
>
> 清早船儿去呀去撒网
>
> 晚上回来鱼满舱啊，啊——
>
> 四处野鸭和菱藕，秋收满帆稻谷香
>
> 人人都说天堂美
>
> 怎比我洪湖鱼米乡啊，啊……

听着如同从血液里流淌出来的旋律，我们每个置身其中的人，都好像一堆干柴被点燃，一片云彩被提升，一片土地被照耀。在歌声里，我们看得见自己的父辈在江汉平原浩渺的波浪中撒网捕鱼，在洪湖岸边的田野上挥汗躬耕，在西秀黔彭的崇山峻岭日夜奔走和跋涉，在雪山草地踉踉跄跄地追赶前面的队伍。那面鲜艳的用鲜血染红的大旗，被战火穿出一个个弹洞，被风雨撕扯得<u>丝丝缕缕</u>。我们的父辈们一个个倒下了，一批批倒下了，这面旗帜却始终没有倒下，始终在山顶上飘，在血色残阳中飘，在幸存者漫长而悲壮的记忆中飘。

"洪湖水呀浪呀嘛浪打浪，洪湖岸边是呀嘛是家乡啊⋯⋯"百转千回的歌声里，有我们故乡那片土地特有的美丽和坦荡、富足和丰饶；有生活在这片土地上的人们，曾经是如何的勤劳与善良、热情和朴素，以后又如何被逼得揭竿而起，然后锲而不舍，前赴后继，不屈不挠，把生命像枕木那样一根根铺在革命的道路上。因而，这歌声洪亮、绚丽、灿烂，有火苗，有雷霆，有闪电，有鲜花，有长路漫漫、铁骨铮铮，有万死不辞，也有柔肠寸断，还有春蚕到死丝方尽，十年生死两茫茫⋯⋯

只要你是个能够洞察生活的人，你就会发现，当我们把一支军队撒在一片土地上，随着时间的流逝，这支军队的老兵会渐渐地消失，老兵们的儿女饮用这片土地上的水，将慢慢融入当地的百姓之中、习俗之中。就像从洪湖，从湘鄂川黔经过二万五千里长征，再经过抗日战争、解放战争，走入大西南的红二方面军，当他们的第一代人走完生命的旅途，他们的子孙就像树木一样，被永远地栽种在祖国的大西南。慢慢地，这里的人说话抑扬顿挫，他们说话也抑扬顿挫；这里的人喜欢麻辣，他们也喜欢麻辣；这里的生活节奏从容不迫，多少有些悠闲和懒散，他们的生活节奏也变得从容不迫，多少有些悠闲和懒散。但是，当那片回荡着洪湖和湘鄂川黔生命韵律的歌声响起来，神使鬼差，一支军队便在这歌声里重新聚合了，你甚至能听见他们声震云天的口号声、嘁嘁嚓嚓的脚步声。因为这首歌有自己的气韵、自己的灵魂。

因为，我们的父辈虽然远去了，然而，他们经历的峥嵘岁月，他们因赴汤蹈火而光芒灿烂的生命，就是一首歌。

2017年9月10日—28日

卷二　　情与歌

用半个世纪追随一场风暴

 看过张家口戏曲艺术研究院在北京剧院演出的现代口梆子戏《八一风暴》，对这个院团的年轻人和他们的前辈在过去漫长岁月中的坚守和传承，我必须从心底发出由衷的赞美：他们初心不改，用半个世纪追随一场风暴，太不容易了，太了不起了。

 我说张家口戏曲艺术研究院用半个世纪追随一场风暴，是指他们用自己挚爱的戏曲艺术，在五十八年前，把话剧《八一风暴》改编为同名京剧，演遍大江南北；五十八年后，又把当年的京剧移植改编为同名口梆子戏，在最近的"喜迎十九大，同唱盛世曲"京津冀优秀剧目展演中，让首都观众大饱眼福。让我倍感荣耀的是，作为与这段历史和这个戏有着深厚情缘的人，我既有幸成为当年京剧版《八一风暴》的特邀观众，又有幸成为今日口梆子戏版《八一风暴》的特邀观众。

 1927年打响以革命武装反对反革命武装第一枪的八一南昌起义，是中国近代史上具有划时代意义的大事件，我们这支万众拥戴的人民军队就是在这一天宣告诞生的。像张家口戏曲艺术研究院这样一个地市级中小院团，在过去长达半个多世纪的岁月中，反复打磨和锤炼，用一部戏将这一伟大历史事件在舞台上激情澎湃地呈现出来，那种境界和情怀，还有创作和演出中的苦辣酸甜，只有他们自己清楚。

 戏剧界流传一句话：任何一部戏都是有缘分的。五十八年前的1959

年，当刘云、余凡、雪草、张刚和江西省话剧团共同创作的现代话剧《八一风暴》传到张家口，不禁让这座城市的京剧艺术家们心驰神往，耿耿难眠。张家口与同在河北大地的北京和天津，甚至与曾为省会的保定比起来，不算一个大地方，也称不上文化中心。他们的京剧团与北京和天津简直没法比，也不能比。但看过话剧《八一风暴》后，不知谁提出改编成京剧，立即得到热烈响应。当时他们想，中国革命的峰回路转，狂飙突起，正源于党领导下的八一南昌起义和一个多月后爆发的秋收起义。八一起义不仅造就了一支新型人民军队，而且为中国革命的胜利召集了一大批英姿勃发的将帅之才。1955年共和国在北京中南海怀仁堂第一次授衔授勋，十大元帅中有七个元帅直接或者间接参加了八一起义。被授予大将和上将的将领就更多了。偏偏张家口又是当年晋察冀革命根据地的中心，对人民军队有着特殊感情，对革命做出过特殊贡献。用现代京剧再现风雷激荡的八一起义，故事跌宕起伏，人物光芒闪耀，事件惊天动地；最重要的是，通过塑造老一辈革命家和军事家的英雄群像，将激发老区人民对我们的党，我们这支军队的无比热爱和怀念；与此同时，借助这个剧目，他们这个默默无闻的北方小院团也能树立自己的牌子，培养自己的演员，扩大自己的影响。因此，当京剧团把这个想法汇报到市委宣传部和文化局，受到极大赞赏，立即批准立项。接着他们趁热打铁，群策群力，分头创作剧本、唱腔和进行舞台设计。奇迹就这样诞生了：只用了短短九天，他们就在舞台上把这台京剧大戏像模像样地搭起来了。

首场在本市演出，引起巨大轰动。出于对老一辈革命家和军事家周恩来、朱德、刘伯承、叶剑英和担任起义总指挥的我父亲贺龙的敬仰，剧中的人物和情节有口皆碑，被无数观众津津乐道。此后四年，京剧《八一风暴》作为张家口京剧团的保留剧目，边演出边修改，日益完善和成熟。终于有一天，一个大胆又激动人心的想法从他们心里冒了出来：到北京去，为文化品位更高的首都人民，为中央领导和参加过八一起义的革命家和军事家们演出，认真听取他们的意见和反映！

1963年3月，春风拂面，北京敞开怀抱迎来这群来自河北的特殊客人。但他们虚怀若谷，谦逊地选择地处城乡接合部的朝阳区群众剧场向首都做汇报演出。为达到拜师学艺的目的，诚恳地聘请袁世海等京剧大家和名家前来指导。大幕一拉开，无论主角和配角，人人精神倍增，情绪饱满，百分之百地融入角色和剧情之中。那是个崇尚英雄又需要谨慎地规避个人崇拜的年代，当舞台上以方大来、朱楷、杜震山的化名出现周恩来、朱德和我父亲贺龙的形象时，台下群情激昂，欢声雷动。3月26日，喜讯降临，中国戏剧家协会邀请剧组至中国文联礼堂演出，这意味着国家的最高艺术殿堂向他们打开了大门，更多的戏曲家和表演艺术家将成为他们的观众。出乎他们意料的是，国务院邓子恢副总理、解放军罗瑞卿总参谋长以及国务院秘书长周荣鑫、中宣部副部长周扬等等，也坐在了观众席上。

从朝阳群众剧场到中国文联礼堂，只过去半个月，张家口京剧团和京剧《八一风暴》，就成了首都文化生活中的两个热词。文艺界领导和京剧界的专家一致认为，地方的艺术工作者为首都，也为中国文化艺术界带来了一台好戏。京剧《八一风暴》好就好在推陈出新，用人们喜闻乐见的形式，热情讴歌党指挥枪的光荣历程，为文学艺术表现新时代，塑造新人物，做出了有益尝试。为让难得一见的新剧目更上一层楼，有关方面派出著名京剧导演、剧作家和戏曲家深入剧组，给予具体帮助和指导。之后他们返回张家口，突击修改、润色和提高。

7月13日，剧组信心满满，二度进京。这次是河北省政府及省文化厅与北京市文化局的一次圆满配合。在北京市文化局的安排下，剧组享受到地方院团从未有过的殊荣，第一轮先后在吉祥剧院、长安戏院、民主剧场、劳动文化宫、中山公园音乐堂、重型机械厂演出，第二轮安排在人民大会堂小礼堂、解放军总后勤部礼堂、北京军区礼堂、政协大礼堂隆重上演。中宣部、文化部、解放军总政治部和中国文联等单位的领导及机关同

张家口戏曲艺术研究院的现代口梆子戏《八一
风暴》剧组在北京剧院演出。演出结束后，我
到台上与剧组合影。贾占生 摄

志纷纷涌进了剧院。这期间，从内部传来国务院、政协等有关方面对剧目的高度赞赏："张家口京剧团只是中等城市的一般剧团，但他们能够演出这样一个历史大戏，有这样的政治觉悟和境界，是值得肯定和学习的。"

1963年8月20日傍晚，天下着淅淅沥沥的小雨，剧组在政协礼堂进行演出前的化妆。离演还有十几分钟，一辆小汽车披着渐渐浓重的夜色向政协礼堂驶来。车停在靠近贵宾室的位置，车门打开，身穿普通灰色制服的周恩来总理从车上下来，快步登上楼梯。

周总理要来看演出的消息早已在剧组领导和主要演职员中间传开，因为这个晚上总理既是舞台上的主角，又是舞台下的主角，这让首次享受这么高规格和待遇的地方院团倍感荣耀，每颗心兴奋和紧张得嘭嘭乱跳。周总理首先在礼堂休息室接见了带队的张家口市副市长靳玉民和剧团党支部书记方华涛。他亲切、朴素，一如拉家常般地问道：张家口的工农业生产情况怎么样？蔚县下雨没有？接着又问起剧团情况：什么时候到的北京？剧团是在什么时候成立的？都演过什么戏？方华涛书记早有准备，总理问什么他答什么，干脆利落。总理还问方华涛：你们剧团有多少人？业务情况怎么样？演员是原来的还是新培养的？方华涛又如实回答。就在这时，秘书进来低声对总理说，该看戏了。周总理说，那好，我们看戏吧，边看边谈。

一台戏演下来，周总理对一左一右坐在身边的靳玉民副市长和方华涛书记，说了许多话，提供了许多珍贵史料。当看到戏中暗喻张国焘的副师长陈佑民对起义持消极态度，他说，这个人很像张国焘，张国焘就那个样儿。演出结束时，他走上舞台，不分主要演员和次要角色，也不管涌上来的是乐手，还是普通工作人员，热情同每个人握手，以温润而慈爱的目光给每个真诚还原历史的演职人员送去感激和赞许，并主动提议说，先照个相吧。

当时照相机是稀罕物，但剧组的每个人都想留住这个瞬间，只好请新闻记者帮忙，由此留下了一段流传了几十年的佳话：听到周总理提出照相，不顾领导和主要演员站中间的惯例，许多人争先恐后往显要位置上靠，不知不觉把周总理挤到了前排右边靠侧幕的地方。原来，在总理的左手边站着演我父亲贺龙的主要演员张少昆，他不小心被挤出了中间的位置，捎带着把总理也挤向一边。领导们觉得不合适，请总理站最中间，总理大声对张少昆说，我介绍你入的党，我就挨着你。就在这时，闪光灯咔嚓咔嚓地响了，留下了一张不寻常的影像。

照完相，大家不愿周总理离开，把他围在舞台中央，希望他能对剧组说点什么。年轻时在南开演过话剧、对舞台很熟悉的周总理，理解每个人的心情，满面春风地说，你们演出的《八一风暴》为京剧表现现代生活，开了一个路子。京剧演现代戏不容易，你们在艺术上有自己的创造，方向是对的。又说，这个戏我还是第一次看，觉得你们的表演很自然。说到这，他看见演宣传队长刘群的女演员就站在自己身边，炯炯目光像火一样在燃烧，便举例说，我看你这个宣传队长就演得不错，比杜近芳演的小白鸽（《林海雪原》中的角色）演得好，演得自然。其他的，还有师长、连长、特派员、卫戍司令，都演得不错，比如演副师长陈佑民的这位同志，有些动作演得很像张国焘，演得很好，他是什么行当？（演员们答：是小花脸。）周总理若有所思，是小花脸？从表演上看不出是什么行当，哦……你们改编成了现代戏，突破了行当了。接着指出，这个戏在剪裁上还可以研究一下的，前面松了一些，后面紧凑，总的演出是成功的。还可以剪裁，时间能压缩到两个半小时才好。又建议说，今后你们在说白上还可以多注意一下，你们的道白总的说还可以，但有的地方还像话剧。你们能不能多用京白？节奏上讲究一些，一定会更好，艺术上的创造应不断地研究、尝试。总理还询问剧组除了《八一风暴》还演过其他什么戏、演不演传统戏。得到肯定答复后，他挥舞手臂，热情鼓励说，你们演现代戏，也要演传统戏，两类戏都要演，可以互相借鉴。今后一定要坚持方向，用戏曲来教育人民，为社会主义服务。

京剧《八一风暴》在北京的成功演出，特别是继周恩来总理之后，参

189

加八一起义的朱德、刘伯承、聂荣臻、陈毅、叶剑英，还有我父亲贺龙等老帅，及其他中央首长先后亲临现场观看，在国内引起巨大反响。自7月13日到8月22日，剧组在北京共演出三十九场，观众达三万多人次；包括《人民日报》《光明日报》在内的首都十五家报刊发表了五十多篇评论文章，十二家广播电台录音播放，三家电视台实况转播。之后，国家文化部安排剧组前往全国巡演，至1966年"文革"开始，在上海、天津、成都、南京等十二个城市共演出八百九十八场。另有三百多家剧团赶来观摩和移植。不夸张地说，当时在京剧界和戏曲爱好者中，没有谁不知道《八一风暴》，也没有谁不知道张家口京剧团。

遗憾的是，当我看到京剧《八一风暴》，已是1976年的12月。此时，我们的国家和人民刚刚经历了另一场长达十年的所谓"革命风暴"。因为当年张家口京剧团把这个戏轰轰烈烈地演到北京时，我已经从北大毕业至遥远的青海支边，在青海民族学院担任教员。

1976年12月的某一天，虽然还未走出政治阴影，但人们仍然沉浸在两个月前粉碎"四人帮"的巨大喜悦中，这时传来张家口京剧团复排京剧《八一风暴》的消息，而且张家口文化局和京剧团还通过多方联系找到我们这些参加过八一起义的将帅子女前去观看。听说我与许多文艺界的名人是朋友，他们还特意找到我，希望我把郑律成、乔羽、郭兰英、苏里等等艺术家也请去看戏，帮助他们把戏改得更好，演得更精彩。我被他们在特殊时期表现出来的政治勇气打动了，四处游说，像赶集那样陪同十几个朋友去张家口看演出。当时国家百废待兴，在意识形态方面还有许多禁忌不容突破，因此当周总理、朱老总和我父亲贺龙的形象出现在舞台上时，台下的观众热血沸腾，热泪盈眶。1977年1月18日的《人民日报》发表新华社消息：被"四人帮"打入冷宫十年之久的革命现代京剧《八一风暴》，最近在张家口市重新上演。著名艺术家周巍峙、郑律成、乔羽、苏里等闻讯赶到张家口为京剧《八一风暴》复排上演助阵，给予具体指导，云云。

看戏期间发生了两件事，我在此不得不提：一是去张家口看戏那天，我和好朋友郭兰英正准备从我家出发去火车站，我大女儿贺来毅突然发高烧，必须马上送医院。我没有办法，提出让郭兰英先走。但郭兰英却坚持留了下来，帮我照料女儿。她说贺老总是八一起义的总指挥，人家最希望他女儿去看戏，因此缺谁也不能缺你贺捷生。我一走，郭兰英因为找不到车，背着我已经上高中的女儿，呼哧呼哧上医院。郭兰英是大名鼎鼎的歌唱家，医生护士看到她背着别人的孩子来看病，感动极了。另一件事，是12月7日，去张家口看戏的第二天，写过中国人民解放军军歌的大音乐家郑律成，带着侄孙女银珠和六岁的外孙剑锋去昌平京城大运河捕鱼，突患脑溢血，栽倒在河边。偏僻的运河边根本找不到车，连一辆过路车也没有，两个年幼的孩子边哭边艰难地把他弄到岸上，拦了一辆三轮车，往昌平城里送。但是，终因耽搁得太久了，我们的大音乐家再也没有醒来。得到消息，头天还和他一起看戏的好朋友乔羽极度悲伤。几年后，他亲自为郑律成写了如下墓志铭："郑律成同志是一位将自己的生命与中国人民革命事业结为一体的革命家。人民是不朽的，律成同志的歌曲也是不朽的。"

四十一年过去，我第一次坐在北京的剧院观看张家口的戏曲艺术家们演出《八一风暴》。让我久久不能平静的是，1976年我第一次在张家口看这出戏，刚满四十一岁；现在整整翻了一倍，成了一个八十二岁的老人。再就是，因为种种原因，当年的张家口京剧团已经不复存在，现在他们用当地人民喜闻乐见的晋剧口梆子戏进行第二次改编，把前辈创作的京剧《八一风暴》传承下来。至于我再次成为他们的特邀观众，是因为我前不久到宣化办事，受到由原来的宣化区和宣化县合并而成的张家口宣化区区委书记张聪同志的热情接待。我问张书记我能为他们做什么，他说我到宣化来，他向张家口市委书记回建同志做了汇报。回书记听到我的名字，非常高兴，托张聪书记转告我说，他们的戏曲艺术研究院把当年的京剧《八一风暴》，改编为同名晋剧口梆子戏，马上去北京参加京津冀优秀剧目展演。捷生大姐是贺龙元帅的女儿，又是著名作家、鲁迅文学奖获得者，如果她能为我们小地方的小剧种说说话，写篇文章，我们将不胜感激。我说没问题，我甘愿为这个戏点灯熬油，摇旗呐喊。刚回到家，张家口戏曲艺术研究院院长左艳林的电话就打来了，第二天便派人送来一沓门票，邀请我一家看演出。

听着舞台上高亢、激昂、如火如荼，但却多少有些陌生的唱腔，我强烈感到了一种薪火相传的力量。都知道京剧和口梆子戏完全是两个不同的概念，唱腔不能照搬照套，必须另起炉灶，从头创作。还有就是演员，过去的京剧团解散了，即使能找回来也都老了，有的甚至已谢世。现在活跃在舞台上的口梆子戏演员，不仅属于另一个剧种，而且都是"80后""90后"，最老的也不过"60后""70后"，几乎没有人看过京剧《八一风暴》。也就是说，他们既没有榜样可学，也没有偶像可追。但口梆子戏有口梆子戏的魅力，这代人有这代人的风采。看完演出，我像当年看完京剧一样，完全被激烈冲突的剧情和演员们的精彩表演震撼了，征服了，泪水不知不觉地流了下来，打湿衣襟。

就是这样，张家口戏曲艺术研究院的新老艺术家们生生不息，代代相传，对讴歌老一辈革命家和军事家的八一起义情有独钟。他们以五十八年半个多世纪的努力，一脉相承地追随、诠释和弘扬这场红色风暴，其可歌可泣的思想境界、可赞可叹的艺术追求，让我充满敬意。

2017年8月 北京寓所

梵净山不会忘记

在黔东革命根据地创建暨红二、六军团木黄会师八十周年到来之际，由从这片土地走出去的曾经担任中国人民解放军第一军师政委的喻林祥上将领衔，我们这些红二、六军团主要将领的后代，开始了寻访父辈足迹、祭扫先烈英灵之旅。此时此刻，当我们回顾创建黔东革命根据地的艰难历程，探讨红二、六军团木黄会师对中国革命胜利的重要意义时，心情格外激动，都有一种穿过岁月的风雨、重新回到父亲怀抱的感觉。因为这片土地的山山岭岭、村村寨寨，留下了我们父辈的无数足迹，洒下过他们无数滚烫的热血和汗水。虽然岁月匆匆，我们也成了白发苍苍的老人，但父辈们对这片土地的深深感激、眷恋和怀想，通过他们给我们的生命，至今还流淌在我们的血液里，铭刻在我们的心灵中。

八十年前的我们这个国家，苦难深重，满目疮痍，在黑暗的天空下挣扎的黎民老百姓们，流离失所，啼饥号寒。与此同时，肩负着民族独立和人民解放重任的中国共产党人和它领导的中国工农红军，正在赣南闽西、湘鄂西和大别山等南方的山岳丛林里风餐露宿，浴血奋战。1933年10月，蒋介石出动五十万大军队对江西中央红军进行第五次"围剿"。由于王明"左"倾路线的错误领导，中央红军屡战失利。为了实行战略转移，中央命令红六军团从湘赣边界突围西征，转移到湖南中部发展新的苏区，并与战斗在湘鄂川边的红二军团取得联系，策应中央红军作战。而此时，由我父亲任军团长、关向应任政委的红二军团因遭受敌军的重重围困和夏曦"肃反"扩大化的双重打击，损失惨重，被迫转移到黔东开辟新的革命根据地，部队的番号也由红二军团改为红三军。1934年9月上旬，由任弼时任军政委员会主席、萧克任军团长、王震任政委、李达任参谋长，以共九千多人组成的红六军团，从湘桂边境进入贵州，遭到湘桂两省敌军和军阀王家烈二十四个团的疯狂阻击。在向黔北江口的进军途中，不幸在石阡甘溪陷入敌人的包围，战斗打得异常惨烈，九千多人在几天之内损失大半。军团参谋长李达率前卫部队两个团各一部冲出包围后，掉头向沿河、印江等地前进。我父亲贺龙在酉阳南腰界得知红六军团正奔红三军开辟的黔东革命根据地而来，亲自率领部队前往印江、沿河、松桃等地寻找和接应红六军团。10月23日，行程五千里，历经八十多天喋血转战的红六军团，搀扶着三百多名伤病员，终于在黔东印江县木黄镇，在我们打开门窗就能看见的那棵千年大柏树下，与红三军会师了。当时两支队伍欣喜若狂，官兵们情不自禁地拥抱在一起，个个热泪盈眶。我父亲生前说过，当伤痕累累又疲惫不堪的红六军团走到面前时，正生病躺在担架上的任弼时叔叔一见他的身影，立刻从担架上跳下来，两人同时扑上前紧紧握手。任弼时叔叔说，贺胡子，这下好了，我们两军终于会师了。一句话，饱含无尽沧桑，无限深情。25日在南腰界召开的两军会师大会上，经中央军委批准，红三军恢复红二军团番号，两军合编为红二、六军团。我父亲贺龙任红二、六军团总指挥兼红二军团军团长，萧克任红二、六军团副总指挥兼红六军团军团长。我父亲尊重中央红军，信赖中央红军，他的红二军团虽然是他在南昌起义失利后，奉党中央之命从上海回湘西重新创建的队伍，从未脱离中央军委的领导，但他依然拜中央红军为师。许多红二、六军团的老战士都记得，在会师大会上，我父亲说出了他的肺腑之言：会师，会师，会见老师，中央红军就是我们的老师！会师大会开过的第二天，部队马不停蹄，迅速插向湘西的永顺和大庸，开辟永顺、大庸革命根据地，

与敌人追踪而来的上百个团在三湘四水展开殊死搏斗，有力策应中央红军挥师北上，在艰苦卓绝的长征中保存党和中央红军的核心力量。 1936年7月，中央军委给一年后紧追中央红军长征的红二、六军团发来电文："红二、六军团改称为中国工农红军第二方面军。"从此，这支历经苦难又能征善战的部队，理所当然地成为红军的三大主力之一。

历史清楚地表明，创建黔东革命根据地与红二、六军团木黄会师，是因和果的关系。没有战斗在湘鄂西的红二军团，就没有红六军团从湘赣边界突围西征；没有红二军团改编的红三军在印江、沿河诸县创建黔东革命根据地，在石阡甘溪受到重创、由九千人锐减为三千三百人的红六军团，后果不堪设想！两军在木黄会师，红六军团进入红三军创建的黔东革命根据地，既得到了急需获得的休整机会，又从红三军的慷慨帮助中，及时得到了军事干部和武器弹药的补充，使它在短时间内迅速恢复了元气。而红六军团选拔大批政治干部到恢复番号的红二军团任职，也为在"肃反"中政治思想力量受到严重削弱的红二军团及时补充了新鲜血液。可以说，两支部队的会师，开创了中央红军和地方红军深层融合的先例，这不是简单的一加一等于二，而是一加一大于二。更重要的是，两军会师后形成了以任弼时、贺龙、关向应为核心的坚强领导集体；与中央红军失去两年多联系的红二军团，开始与中央红军步调一致，休戚与共。从此，横空出世的红二、六军团如虎添翼，迅速发起了勇猛的"湘西攻势"，成功地将"追剿"中央红军的敌军吸引到自己身上，使中央红军在湘江之战后的危急关头，及时转移到敌军力量相对薄弱的贵州。这之后，在1935年1月，党中央召开了扭转历史航向的遵义会议，翻开了中国革命崭新的一页。

中国革命的历史和中国工农红军的征战史，就是这样写成的。尽管由于种种原因，红二、六军团木黄会师并没有获得应有的宣传和地位，但我们没有理由忽视它为历史写下的这重重一笔，也没有理由不还原历史，把木黄会师放到中国革命的整个进程中去看待。

这就是我们这些红二、六军团主要将领的后代，在黔东革命根据地创建暨红二、六军团木黄会师八十周年之际，在我们父辈都已离去，连我们自己也垂垂老矣之时，仍然千里迢迢赶来寻访父辈的足迹，祭扫先烈英灵的原因和动力。虽然我们的力量有限，我们的呼声很微弱，但我们的心是热的，因为我们与这片土地心心相印，对它一往情深。

是的，梵净山不敢忘记，我们更不敢忘记八十年前红二、六军团牺牲在这片土地上的先烈。耸立在黔东的梵净山连绵纵横，河流环绕，在它的山山岭岭、沟沟壑壑，埋着多少红军战士的尸骨啊！别的不说，只说红六军团在石阡甘溪突围中打的那场遭遇战，顷刻间，五千多名官兵倒在了寂静的山林里、峡谷中，真是尸骨如山、血流成河。我认识解放后在兰州军区担任副司令员的郭鹏将军，当年带领一个团随军团参谋长李达从甘溪艰难突围。上世纪50年代总政为保存革命战争历史档案，号召老干部们撰写回忆录，组织出版《星火燎原》丛书。郭鹏叔叔就因为不忍回顾甘溪突围的惨烈，久久不愿动笔，后来经我父亲的动员甚至批评，才写出了气壮山河的《杀出重围》一文。文中写道："部队在梵净山中左奔右突，怎么也甩不掉如蝗虫一样扑面而来的敌人。在得知被敌人重重包围之后，部队被迫留下所有的伤员，突围的同志想到他们唯有一死，不免伤心落泪，可他们反过来安慰突围的同志：'你们放心地走吧，我们决不会在敌人面前屈服。'就这样，在敌人的包围圈里，他们突过了一道又一道山，牺牲的人在不断地增多。"其中，郭鹏叔叔写到他永生不忘的一个三连长，他早在鸡公山战斗中即负伤，右臂被打断了。战后他因右臂已碎，自己竟毅然忍痛用菜刀将断臂剁去。在连日转战行军中遇有断崖陡壁，便抱住伤口往下滚。在一次战斗中，"眼看挡不住敌人的冲击，正在危急之际，忽然从后面跑过来一个人，他迅速地冲至前卫连阵地，左手持枪高呼：'同志们，拼刺刀，跟我冲！'大家一见这血迹斑斑的空袖筒，就知道正是三连长"。"但是，因为我们根本没有医务人员和药品，三连长的伤口在连日苦战中恶化了，当我最后去看他时，他握着我的手说：'团长，我不能再和同志们一道战斗了！'不久他便牺牲了。"……想到像这位三连长一样牺牲在梵净山的无数红军烈士，想到他们中没有几个人留下了自己的名字，甚至没有留下一个长满青草的土堆，在黔东革命根据地暨红二、六军团木黄会师八十周年之际，我们这些红二、六军团的后代，怎么能不到这里的烈士纪念碑前，给他们虔诚地鞠一个躬，献一束花？因为他们远在家乡的亲人，他们的后代，谁都不知道，他们早在八十年前就长眠在这片土地上。

我们同样不敢忘记生活在这片土地上的父老乡亲，他们是那样纯朴，那样憨厚，那样勤劳和善良，而且直到今天，他们还那样落后和贫穷。但

我们不敢忘记生活在这片土地上的父老乡亲，他们是那样纯朴，那样憨厚，那样勤劳和善良。

当年他们对待红军，对待自己的子弟兵，却是那样慷慨，那样真诚和质朴。我知道，和我的故乡湖南桑植一样，在黔东偏僻的大山里居住的这些群众，许多是彝族、白族、土家族、苗族等少数民族，人口稀少，祖祖辈辈遭到反动势力的欺压，过着非常原始的贫困生活，有的还在刀耕火种，但他们宁愿自己缺吃少穿，也要把家里剩下的那点稻米、苞谷和瓜菜，送给红军。我听我父亲说过，他从湘西第一次到达黔东时，脚下穿着的草鞋被磨穿了，一个老乡看不下去了，当场脱下自己穿着的那双草鞋，送给我父亲穿。我父亲解放初期对我们提起这件事的时候，眼里泪光闪闪，他说，黔东那个地方穷啊，天无三日晴，地无三寸平，可那里的老百姓的心却是金子做的，他们在跟定你时，不仅家里的东西，而且连命都愿意拿给你。对此，我也感同身受。1975年，我在中国革命博物馆工作，曾两次来黔东调查和收集革命历史文物，已经去世的原印江县委书记瞿大国，时任印江县副县长张朝仙，曾热情接待并陪同我跋山涉水。木黄、毛坝、枫香溪、松桃、沙陀、猫猫山、南腰界……凡有革命旧居和旧址的地方，我差不多走遍了。让我感到惊奇和振奋的是，历经四十年风吹雨打，黔东所有的革命旧居和旧址都保存得非常好。这说明什么呢？说明当地群众像爱护自己的眼睛那样爱护它们，珍惜它们。记得在青陀红花园，在一个叫何瑞开的老赤卫员家里，我发现一幅写在木板墙上的巨大红军标语"反对川军拉夫送粮，保护神兵家属"，提出将它征集到中国革命博物馆去供人们参观。何瑞开老人毫不痛惜地把那一堵墙拆了下来，让我们把标语带回了北京。也就在那一年，印江县委节衣缩食，从牙缝里抠出紧巴巴的两万元，决定在木黄建一座革命烈士纪念碑。但区区两万元，怎么能建一座顶天立地的碑呢？简直是天方夜谭。然而消息传开，镇上的干部自觉去挖土方，正在读书的孩子停课去河边捞沙子。天堂乡村村寨寨的基干民兵，一头挑着铺盖、一头挑着铁锹锄头，你来我往，轮流上工地出劳力。不向国家要一分钱、一粒粮补贴。有个叫张羽鹏的老汉，在背篓里背上一包米、一包饭、一包蔬菜，挂着拐杖，主动来到艰辛的采石场采石料，县领导怕他出现意外，提出用车送他回家，但他死也不离开。老实说，我在中国革命根据地和革命旧址方面，是见过世面的，没有几个地方没去过，像这样的纪念碑可以说见过成千上万，但我没见过一座纪念碑是用一个镇、一个乡，甚至一个县的汗水建成的。后来，我把这件事写进了我的长篇散文《木黄，木黄，木色苍黄》里，凡读过这篇作品的人，都由衷地赞叹：贵州老区的人民太伟大了！

　　"二六军团，历尽艰险。木黄会师，三军欢颜。八千健儿，挥戈东向。沅澧汹涌，狂飙燎原。"这是萧克上将在1982年重访木黄时写下的诗词《题木黄会师》。雄壮的诗句和辉煌的画面，形象地再现了红二、六军

与任弼时女儿任
远征在黔东特委
革命委员会旧址前
合影。

团在八十年前走过的历程，讴歌了这支英雄部队为祖国和
人民建立的伟大功勋。今天，读着这首诗，当我们把目光
投向云雾缭绕的梵净山，好像还能看到无数的红军战士，
身背斗笠，脚穿草鞋，在高高的山冈上、深深的峡谷里，
雄赳赳、气昂昂地行进。是啊，光荣的历史是不会被人们
遗忘的，它们就像青铜，将越擦越亮。因为那些勇往直前
的脚步，冲锋陷阵的身影，已经与青山同在，与绿水长
流。

红色圣徒的创世纪

1981年，新中国已走过三十二年历程，正开启改革开放大门，一个美国前政要不远万里，带领全家来中国，重走长征路，引起一片惊叹。当美国前政要沿着红军长征的路，经贵阳、遵义、安顺场进入四川时，面对中国记者的采访，一言以蔽之：我是沿着长征路线来朝圣的！回到美国，他在一篇名为《寻访毛泽东的长征路》的文章中写道："对崭露头角的新中国来讲，长征的意义绝不只是一部无可匹敌的英雄主义史诗，它的意义要深刻得多。它是国家统一精神的提示，也是克服落后东西的必要因素。"又说："要是对于长征有了更多的了解，我们对这个民族及其领导人的内心世界也就会有更多的了解。"

这个美国前政要，叫布热津斯基，曾担任卡特政府的国家安全顾问、国家安全事务助理。他的另一个身份，是当代著名政治理论家、地缘政治学家、国际关系学者、国务活动家、外交家。风靡一时的政治学巨著《大棋局》《大抉择》和《大失败》，便出自他之手。

在布热津斯基看来，中国工农红军长征，隐藏着新中国执政党和它领导的人民军队，还有它稳步治理的这个东方大国，从胜利走向胜利的精神密码：这些不相信上帝的人，当年就像一群红色圣徒，用一次次突破人类生存禁忌的伟业和壮举，书写了自己的创世纪。

一

　　八十年前的红军长征，从1934至1936年，在敌人十倍于己的围追堵截下，历时一年半，长驱两万余里，纵横十一个省，翻越十八座雄浑苍茫的大山脉，渡过二十四条汹涌的河流，先后占领六十二个城镇。分别从江西、安徽、河南和湖南出发的诸路红军，平均日行军七十四华里，每天不少于一场战斗；平均每走三百六十五华里，才休整一次。至长征结束，总数超过二十万人的红军官兵，只剩下几万人。

　　事件的背景是，第五次反"围剿"失败了，敌人步步为营，大兵压境，中央苏区即将失守，红军匆乱上路，悲伤和茫然笼罩着沉沉行进的队伍。中央说，这叫战略转移。可是，向什么地方转移？落脚点在哪里？谁也说不出来。因为军事指挥权掌握在根本不懂中国国情、只在彼得堡参加过街垒战的德国人李德手里，党的最高领导博古在他面前根本没有说话的份。而没有目标，不知道落脚点在哪里，部队无所适从，盲目把沉重的印刷机、造币机、兵工厂造子弹和手榴弹的机器，都带上了，挑夫的队伍蜿蜒几里长；遇到敌人拦截，仓促应战，仗打到什么程度算什么程度。脚下的路，视敌人的布防和拦截情况随时更改，就像一条河，哪里被拦住或被堵住了，临时再改道。

　　积极的一面，是党在这支队伍中，党的领袖在这支队伍中，官兵们信赖的各级指挥员也在这支队伍中。因此，大家坚信，只要跟着队伍走，就是对的，就有希望和出路。因为他们信任党，信任党提出的战斗任务和革命目标。而他们参加红军，跟随党领导下的这支队伍冲锋陷阵，就是奔着党提出的革命目标，比如"消灭人剥削人的制度""实现耕者有其田"来的。如果需要理由，这就是他们初心不改的理由。就连邓小平这样一级党的领导干部和军事指挥员，也不知道向哪里走，需要走到什么时候。几十年后，他对自己的儿女说，在长征路上，唯一支撑自己坚持下去的，只有三个字："跟着走。"

　　这支开始走得仓促、走得茫然的队伍，以后越走越坚定，越走越辉煌，奥妙就在于无数官兵忠心耿耿、死心塌地地"跟着走"。而"跟着走"这三个字，看起来简单，实际上大有文章。因为它隐含着这支队伍最本质的诉求、最朴素的理想、最真诚的信仰。后来的事实证明，一支队伍只要有了理想和追求，有了信仰，就一定有破釜沉舟的勇气和力量，就能斩关夺隘，绝处逢生，创造从未有过的奇迹。

　　举个例子：1934年8月，从湘赣边界提前三个月启程的红六军团，担负为中央红军战略转移探路的任务。他们原定进入湖南，与我父亲贺龙在湘鄂西创立的红军会合，为中央红军开创新的根据地，但被湖南的军阀部队逼入贵

红二、六军团长征出发地湖南桑植刘家坪

州境内。当这支连一幅详细的贵州地图都没有的部队走到石阡甘溪镇时，遭到湘黔两省国民党军二十四个团的包围。经过几天激战，九千多人的队伍突围出来三千人。我父亲率领的红二军团在印江木黄镇与这支部队会师后，中央命令他们马不停蹄，立刻发起"湘西攻势"，把敌人"背"过去，掩护匆匆上路的中央红军沿湘桂和湘黔边界北上。我父亲在两军会师大会上，满怀歉意地对红六军团的三千将士说，你们经过几千里远征，来到黔东革命根据地，本来应该好好休息一下，可是蒋介石不批准啊！我必须告诉你们，我们没有现成的根据地，我们的根据地就是我们的两只脚板。只要向前走，我们才能要人有人，要家有家。第二天一早，部队就踏上了征程。

解放后担任新疆军区副司令员的郭鹏中将，是我熟悉的一位叔叔，当年带领一个团从甘溪突围。他回忆说，甘溪突围中，他的一个连长胳膊被打断了，为跟上队伍，不被伤病拖累，亲手挥刀把那支胳膊砍掉了。下山时，伤口的断面在流血，疼痛难忍，他一咬牙，血肉模糊地往下滚。滚到山下，人不行了，马上要咽气的时候，他欣慰地对郭团长说，团长，你们走吧，不要管我。只要你们继续往前走，我死也瞑目了。为什么部队向前走，这个同志死也瞑目？因为只要部队向前走，就有胜利的希望，他虽然看不到，但他的亲人看得到。

这就是理想和信仰的力量！正如歌里唱的：革命理想高于天。

二

从20世纪50年代过来的人，我们曾无数次被黑白电影中的这些画面感动得热泪盈眶：强渡大渡河，在飞蝗般密集的弹雨中，十七勇士用缴获的一只小木船，从波涛汹涌的急流中突向对岸；飞夺泸定桥，河水一泻千里，对岸碉堡里的机枪喷出一串串猩红的火舌，十三根高悬的铁索在剧烈摇晃，二十二名突击队员边铺桥板，边向前推进，一名战士中弹跌入河里，后面的战士迅速顶上来，无所畏惧。还有爬雪山，过草地，红军战士或被冻成一座冰雕，或被浮着一块块铁锈的沼泽渐渐吞没，在他们高举的手里，像高举火苗那样高举鲜红的党证。但是，活着的人，这时候没有犹豫，没有彷徨，继续脚步匆匆地向前走。

二万五千里万水千山，铁流滚滚，路是一步一步用脚板量出来的，仗是一个一个打出来的、拼出来的。无论遇到多么强大的敌人，经历多么严酷的环境，加上寒冷、饥饿、伤痛、疾病，这支队伍始终不松、不散，不死、不灭。官兵们不屈不挠，坚忍不拔，无坚不摧。追根溯源，是由红军的特殊意志、品质决定的，也是由工人、农民组成的这支穷人队伍，穷则思变的阶级本色使然。他们轰轰烈烈投入这场既改变国家命运，也改变个人命运的伟大斗争，自觉自愿，无怨无悔。

在微信朋友圈读到一篇解析长征的文章，角度新颖，名为《盘点1955年授衔时的九位独臂，三位独腿、独脚开国将军》，不禁心潮起伏。因为，在这九位独臂将军中，有我熟悉和敬仰的贺炳炎和余秋里将军。新中国成立后，他们一个担任成都军区第一任司令员，一个官至国务院副总理、解放军总政治部主任。巧的是，在长征路上，贺炳炎丢了右臂，余秋里丢了左臂；更巧的是，他们长期在一个红军师任职，一个当师长，一个当政委，因此这个红军师被戏称为"一把手"部队。发手套的时候，师长和政委只需要领一双，每人一只，各取所需。我父亲有一张与他们的合影，三个人，共四只手。

他们在长征路上断臂的过程，惊天地，泣鬼神。贺炳炎的右臂丢在湖南绥宁县瓦屋塘。当时贺炳炎率部担当红二方面军长征先锋队，在瓦屋塘遭到国民党陶广纵队的疯狂阻击。陶部训练有素，火力猛烈，红军就是过不去，贺炳炎亲自带领敢死队发起冲击，一颗达姆弹击中他的右膀，骨头炸碎了，那只手臂滴里当啷地挂在膀子上。卫生部长贺彪说，必须立即截肢，如

205

不立即截肢，势必感染，连命都保不住。贺炳炎是个脾气暴躁的人，誓死不从，说，我没有右手了，还怎么握枪打仗？贺彪反问，手重要还是命重要？命都保不住了，还谈什么握枪打仗！贺炳炎就是不答应，用另一只手拔出手枪说，谁敢截我的手臂，老子枪毙谁。我父亲贺龙快马赶到，听完卫生部长的汇报，命令贺炳炎必须服从医生的决定，他才不言语了。手术是在激烈的枪炮声中进行的。因为卫生部的医疗器械和药品在战斗中丢失了，只剩一把锯木头的板锯。我父亲问贺彪做手术要多长时间，贺彪说，至少三个小时。"让前线再打三个小时，为贺炳炎赢得做手术的时间。"我父亲当即下达命令。由于没有麻药，几个医生把贺炳炎捆在门板上，让他咬住一条毛巾。三个小时过去，断臂被截掉了，贺炳炎把嘴里的毛巾咬烂了。这时，我父亲命令前线部队停止攻击，绕道前进。大家抬上贺炳炎，火速撤退。几天后，贺炳炎从担架上下来，继续前进，并苦练左手握枪、挥刀。一年后，在太行山抗日战场威风八面，杀得鬼子谈虎色变。八一电影制片厂前些年拍的抗日电影《血战太行山》，里面有个独臂刀王，就是以贺炳炎为原型。

余秋里的左臂，是在乌蒙山回旋战中被子弹击中的，当时敌人追上来了，连做手术的时间都没有，战士们抬着他连续奔袭。后来，由于种种原因，他的手臂没有得到有效医治，直到翻过雪山，穿越草地，才躺在手术台上。他的伤本来没有那么重，可耽误了时间。医生解开绑带和夹板，只见伤口上翻滚着白白胖胖的蛆，肌肉已彻底坏死，手臂再也接不上了，必须截掉。战友们想起他拖着这样的一只手，在长征路上一路杀敌，不禁起一身鸡皮疙瘩。解放后，他一直奋战在石油战线。中国摘去贫油的帽子，他厥功至伟。"文革"中，江青列出十大罪状，试图抓出的电影《创业》后面的那个"走资派"，就是他！

三

幼年在襁褓里不算，1975年，在我三十九岁那年，沿着红军长征路收集革命文物，给我留下深刻印象的是每个地方都有烈士纪念碑。展开想象，把万里征程上的这一面面碑，像纸页那样叠起来，该是一部多么厚重的烈士名录！可惜，很多烈士连名字都没有留下。

数据显示，红一方面军长征时八万六千人，1935年到达延安约八千人；红四方面军长征时八万人，1936年到达陕北约三万人；红二方面军长征时一万七千人，1936年到达陕西富平庄里镇约一万人；红二十五军长征时二千九百八十一人，1935年到达延安约三千四百人。换句话说，长征初期超过二十万人（有的说三十万）的各路红军，到达陕北时，剩下大约五万人。那么，用长征时的人数减去到达陕北的人数，剩下的十几万人，到哪里去了？答案是：全部牺牲了。还有，红二十五军不降反升的数字说明什么？说明红军一路前行，一路流血牺牲，一路补充兵力。用长征时的人数减去到达陕北的人数，得出长征牺牲的人数，是不科学的。这个数字只会多，不会少。另一组数据显示，在长征途中有名有姓牺牲的营以上干部，达四百三十人，师职干部达八十人。其中著名的共产党人，有方志敏、夏曦、毛泽覃、钱壮飞等等。

说到红军长征的流血牺牲，前仆后继，绕不开中央红军遭遇的湘江之战。这是长征途中打得最惨烈的一仗，关系到中央红军的生死存亡。时间回到1934年11月27日至12月1日，踏上征途才四十天的中央红军，在湘江上游广西境内的兴安、全州和灌阳三县，与重兵聚集的国民党军苦战五个昼夜，从全州与兴安之间强渡湘江，突破国民党军的第四道封锁线，粉碎了蒋介石围歼中央红军于湘江以东的企图。不过，中央红军和军委两纵队为此付出了惨重的代价，出发时八万六千人的队伍，过江后锐减至三万余人。战后，当地群众流传一句话："三年不食湘江鱼，十年不饮湘江水！"

湘江之战伤亡最惨烈的，属红五军团第三十四师。该师作为中央红军的总后卫，承担中央纵队的殿后任务。主力红军渡江时，已经到达江边的红三十四师，奉命在水车一带阻击敌军。面对数倍于我的国民党军周浑元部，经过三天三夜苦战，打退了敌人的一次又一次冲锋。可是，红军主力渡过湘江，沿岸的各个渡口被敌人完全封锁了，红三十四师被截断在湘江东岸，孤立无援。敌人狼群般地围上来，血战数日，除团长韩伟带领十余人跳崖外，六千名清一色的闽西将士几乎全部阵亡。师长陈树湘在肚子被炸开、完全失去战斗力的情况下，不幸被俘。敌保安司令何汉命令部属抬着陈树湘去邀功请赏，他从担架上醒过来，趁敌不备，用手从腹部伤口处绞断肠子，壮烈牺牲。

参加了湘江之战的苏静将军，晚年回忆这场恶战，几近哽咽，双唇颤抖着反复念叨四个字：血流成河，血流成河……

过雪山草地时，冻死的、饿死的、精疲力竭累死的，也不计其数。王平将军讲过一个亲身经历的故事：中央红军过草地时，他率兵一营，急行军七十余里。刚过了一条河，彭德怀命令他立即率部回返，收容掉队的红军指战员。走到一条河边，远远看见对岸人影绰绰。过河一看，那些红军战士或坐或躺，或卧或跪，或搂或抱，或背靠背、肩挨肩，各种姿态都有。王平将军大声责问他们为什么磨磨蹭蹭，不抓紧赶路，对方没有一个应声。他突然意识到什么，走上前去摇晃他们，没有一个有动静。再仔细察看，数百人全部牺牲了。只有一个小红军尚有气息，他急忙抱起他往回赶，希望能把小红军救过来，至中途小红军也咽气了。几十年后，老将军言及此事，老泪纵横，哽咽不已。

四

　　纪律是执行路线的保证。红军长征途经十一个省六十多个城镇成千上万个村庄，每天免不了与群众打交道，离不开老百姓的支持。由于秋毫无犯，他们一路如鱼得水，畅通无阻，留下无数佳话。如果没有严明的纪律，沿路得不到群众的衷心拥戴，后果不堪设想。

　　我父亲对我说过，他率领的红二方面军比中央红军晚一年长征。进入广西、贵州和云南许多地方，随处可见中央红军留下的痕迹，并体会到中央红军建立的深厚群众基础。但是，中央红军经历了惨烈的湘江之战，走到西南的这些省份时，筚路蓝缕，物力和财力几近枯竭。当地群众慷慨地给他

到达陕北后，母亲蹇先任带着背着走过长征的我，幺姨蹇先佛带着在草地上出生的堡生弟弟在长征路上。不幸的是，抗日战争期间，被送回湖南慈利请外公外婆抚养的堡生弟弟死于日本侵略军的轰炸，这成为幺姨一生之痛。

长征到达陕北后的贺龙

们提供粮食、布匹等急需物资，但有的部队却没有支付能力，只能给他们打欠条，答应革命胜利后如数奉还。我父亲他们得知这一情况，责令财务部门偿还中央红军欠下的一切债务。只要拿得出红军的欠条，有多少还多少。在他们看来，天下红军是一家，谁欠账都要还。红二方面军虽然苦了自己，但在西南群众中圆满维护了整个红军的形象。毛泽东听说红二方面军的这些举动，大加赞扬，他的《七律·长征》，短短八句诗，有三句写到红二方面军的转战历程，即"五岭逶迤腾细浪，乌蒙磅礴走泥丸，金沙水拍云崖暖"。

我父亲还说过，长征途中，筹粮是件天大的事，没有粮食，部队寸步难行。而红军的粮食，主要来源于打土豪，既给群众开仓放粮，同时也留一部分作军粮。再就是没收土豪劣绅的财富，用来购买粮食。但打土豪有严格规定，不能谁家有钱有粮就打谁。区分的标准是，看这户人家是否存在雇工剥削，是否欺诈和压迫穷人。话到此，父亲讲了一个故事：红二方面军路过贵州毕节时，住了二十天，准备在这里开辟新的根据地。头几天，他们召开了一次规模很大的土豪劣绅批斗会，把十几个在当地抓获的土豪劣绅押上台。这样的批斗会，实际上是审判会，非常残酷。对罪大恶极的恶霸地主，群众说杀，当场拉出去枪毙。奇怪的是，当一个叫周素园的人被推上主席台时，台下鸦雀无声。主持批斗会的保卫干部问为什么，群众高呼，不能杀，他是个好人！开完批斗会，我父亲、任弼时、萧克和王震等军团首长把周素园送回家，想去他家看个究竟。一进门，发现书架上放满了马恩列斯著作。经过一番交谈，才知道周素园曾出任北洋政府高官，在贵州省政府秘书长的位置上，看见国民党欺压百姓，腐败无能，愤然辞职，回到老家专心研究马列主义，对共产主义革命寄予极大热忱。红二方面军几位将领对他的拜访，更让他看到这支队伍的希望，从此和我父亲他们成了肝胆相照的朋友。之后，他动员毕节的开明人士，为红军筹钱筹粮、发动青壮年踊跃参军，做了许多对革命有益的事。军团首长动员他出任当地抗日救国军司令员。本已厌倦做官的他,满口答应。部队接到中央继续北上的命令,他毫不犹豫跟随红军长征。那年他五十七岁了,长髯垂胸,是红二方面军近两万将士中年龄最大的人。

数十万将士长征,沿途如此艰苦卓绝,不出一点乱子是不可能的。每到关键时刻,铁一般严明的纪律,便能发挥出它的威力。具体地说,对任何违法乱纪的人,不管职务高低,有什么背景,都必须严惩。例如,红军到达藏区毛儿盖,粮食严重短缺,上级号召自行筹粮。担任司号员的小战士贺敏仁竟擅进喇嘛庙,拿走庙里作为贡品的十几个铜钱,这就犯下了不可原谅的大错。这个贺敏仁是什么人呢?是贺子珍的小弟弟、毛泽东的小舅子。偏偏当地藏民受到反动头人蛊惑,说红军杀人放火,抢老百姓的东西,致使群众工作开展不下去。在这个节骨眼上,为挽回对红军造成的不良影响,取信于民,师首长决定枪毙贺敏仁。这时有人提出异议,说贺敏仁只拿了十几个铜板,罪不该死,而且,他是毛泽东的妻弟,应该请示中央再做决定。师首长一听火冒三丈,在纪律面前人人平等,谁也不能违抗!难道他是毛泽东的小舅子,就可以徇私情、从轻发落吗?王子犯法,也要与庶民同罪!然后,下令立即执行。后来,毛泽东得知事情的全过程,赞同说,红军就应该有铁的纪律,我们都应该用红军铁的纪律来要求自己的亲人。

枪毙贺敏仁后,藏族群众对红军刮目相看,纷纷把藏起来的粮食送给红军,再也不相信任何反动宣传了。

五

从1934年10月17日中央红军从瑞金出发,至1936年10月22日,红一、二方面军在甘肃会宁胜利会师,历时两年零五天的红军长征,为什么人

数越来越少，却越战越勇，越战越有强大的战斗力和自信心？除了上面说到的红军具有坚定的政治信仰、坚忍不拔的毅力、前仆后继的牺牲精神和严明的纪律，还有一个重要原因，那便是党和红军的肌体越来越健康，各种建设越来越符合历史发展规律。这时候，我们不仅有了良好的自我纠错能力，而且胸怀开阔了，思想境界更加高远，军事指挥艺术更加纯熟。用现在的话说，是更加与时俱进了。

　　1935年1月15日至17日，中共中央在贵州遵义召开的政治局扩大会议，是中国共产党独立自主地解决中国

213

革命问题的一次极其重要的会议。会议回顾和总结了第五次反"围剿"失败和长征初期严重受挫的深刻教训,结束了王明"左"倾领导在政治和军事上的指挥权,确立了毛泽东对红军的军事指挥权,挽救了党,挽救了红军,挽救了革命。这次会议,是中国共产党历史上的一个生死攸关的转折点,标志着中国共产党和它领导的红军,在历经磨难,付出惨痛代价之后,开始从盲目走向主动,从幼稚走向成熟。遵义会议后,红军发起四渡赤水战役。在毛泽东、周恩来等红军领袖的指挥下,以机动灵活的战略战术,纵横驰骋于川黔滇边广大地区,积极寻找战机,有效调动和消灭敌人。至5月9日胜利渡过金沙江,共歼灭和击溃敌人四个师、两个旅另十个团,俘敌三千六百余人,取得了战略转移中具有决定意义的胜利。从此,中国革命转危为安,中国工农红军转危为安。

能说明红军与时俱进,在两年多的长征中越走越坚定,越走越强大和自信的,还有许多事例,如在草地粉碎张国焘另立中央的企图,过彝区时刘伯承与彝族首领小叶丹歃血结盟,等等。至于具体的战斗方略、部队管理、对敌手段、参谋业务等,更表现出积极的学习和进取精神。在此,我举一个例子:1935年6月,红二方面军的前身红二、六军团,在忠堡战役中活捉敌纵队司令、中将师长张振汉,不仅没有杀他,还聘请他担任红军学校的军事教员。萧克作为军团长和红军学校校长,亲自坐在台下听课。红军在桃子溪战斗中缴获敌人的两门山炮,不会使用,就是请张振汉教会的。几个月后,红军抬着这两门炮长征,一门因太重埋在了乌蒙山;一门在长征、抗日战争和解放战争中屡建奇功,最后被抬进了中国军事博物馆。许多人不知道的是,张振汉也跟着去长征了,成了国民党军参加长征的唯一一名将军。

到达陕北后,毛泽东比本文开头提到的美国前政要布热津斯基,还更早更清醒地意识到长征对中国共产党人,对党领导的人民军队,甚至对人类，将产生划时代的深刻影响。1935年12月17日，红二和红四方面军还在路上，他在子长县瓦窑堡召开的一次党的积极分子会议上说："讲到长征，请问有什么意义呢？我们说，长征是历史纪录上的第一次，长征是宣言书，长征是宣传队，长征是播种机。自从盘古开天地，三皇五帝到于今，历史上曾经有过我们这样的长征么？"

最灿烂耀眼的那束光芒

　　文化是民族的血脉，人民的精神家园，国家核心价值观的灵魂和精髓。在当今世界，国家与国家的竞争，说到底，就是文化的竞争。因为文化作为国家综合实力的重要组成部分，对于提高民族素质，增强民族自信，提升国家形象，是一种不可忽视的巨大正能量。西方的几个政治、经济、军事和科技强国发展的历史，如后起的美国，老牌的英国、法国和德国，都证明了这一点。正因为这样，党的十八大提出全面建设小康社会，实现中华民族伟大复兴，必须推动社会主义文化大发展大繁荣，兴起社会主义文化建设新高潮，提高国家文化软实力，发挥文化引领风尚、教育人民、服务社会、推动发展的作用。

　　中华民族的文化源远流长，博大精深。在这里，我们着重强调的中国共产党和它领导的人民军队，为捍卫民族尊严，争取民族独立，前仆后继，勇往直前，在创建中华人民共和国的同时创造的爱国主义和革命英雄主义精神，便足以让世界倾慕，让今天我们这些生活在和平阳光下的人们感到骄傲和自豪。而说到中国共产党人创造的爱国主义和革命英雄主义精神，我相信每个人都会想到，它最灿烂最耀眼的那束光芒，当属中国工农红军在1934至1936年进行的那场历时一年半，长驱两万余里，纵横十一个省，翻越十八座山脉，渡过二十四条汹涌河流，先后占领六十二个城镇的长征，和由此创造的长征精神。长征胜利后，中国共产党和它领导的人民

红二方面军长征途中翻越过的雪山、跨越过的草地

军队虽然满身创伤，仅偏居西北一隅，但因其经历了生死存亡的严峻考验，对夺取中国革命的胜利已成竹在胸，信心百倍。1935年12月，毛泽东在瓦窑堡的一次党的积极分子会议上说"长征是历史纪录上的第一次，长征是宣言书，长征是宣传队，长征是播种机"，正是从精神文化的层面揭示红军长征将对世界和中国的未来产生深远影响。后来的事实证明，长征精神对于中国共产党人，无异于历史赐予它的一件战无不胜的法宝，今后将从胜利走向胜利。

是的，红军长征太伟大了，太神奇了！红军将士在数不胜数的艰难困苦中，在无数次挑战生命极限的垂死搏斗中表现出来的那种坚定不移的理想信念，那种一往无前、不怕牺牲的英雄气概，可谓惊天地，泣鬼神，既为自己创立了不朽的光荣，又为人类书写了远胜于神话的奇迹。而这，也正是它的魅力之所在，它深藏的奥秘吸引无数学者和作家纷纷走近它的原因之所在。其实，不光是学者和作家，就连当年还在那条路上走着的人，也曾想到要把自己经历的这些苦难和创造的奇迹写出来。都知道解放后出任国务院文化部部长的黄镇同志，在长征路上，曾走一路画一路漫画；许多年后担任党的副主席的陈云同志，当队伍走在半途，就萌生了创作一部长篇小说的激情，后来他利用在白区从事地下斗争的东躲西藏经历，以一个随队医生的口吻，写了他一生中唯一的一部文学作品《随军西行见闻录》。至于听说长征胜利，漂洋过海，穿过国民党的一道道封锁线，从世界各地慕名赶到延安来采访和探秘的外国记者，就更多了。最著名的要数埃德加·斯诺，他当年写作的《西行漫记》，曾在西方世界引起轰动。还有一个外国人，本身就是奇迹，他是瑞士传教士薄沙特，从贵州跟随红二方面军长征十八个月，与我父亲贺龙和姨父萧克感情甚深，还亲手为襁褓中的我织过毛衣。在他离开红军队伍回国后，心绪浩茫，迅速写出了回忆录《舵手》，比斯诺的《西行漫记》还早一年。到今天，描述红军长征的作品可谓汗牛充栋，仅摆在我的书架上的书籍就不下百余种。

我看到和接触过的反映红军长征的作品，有纵览全貌的皇皇巨著，也有细部探微的精短之作；有长篇小说、长篇纪实文学、长篇电视连续剧、长篇政论和专题片，也有电影、戏剧、美术、音乐等其他文学艺术门类；有写一个方面军、一支部队的历程，也有个人回忆录。其中不乏有历史担当、有强烈的精神信仰追求，又尝试以新的角度和方法进入的好作品。但是，被美国著名历史作家索尔兹伯里定义为"闻所未闻"的红军长征，是一座堪与古今中外任何一段历史相媲美的精神文化富矿，它颠连纵横，深不可测，我们对它的开掘和提炼远未穷尽，即使已经开采和提炼的历史与文学作品，也还未达到世人期望的高度。至于作品的表现方式，也无非纪实和文学虚构两种。

大概与我的经历和情感有关吧，读这些书，看这方面的影视作品，实话说，我在受到不同程度震撼的同时，也有小小的遗憾，即感到纪实类作品往往拘泥于史实，都板着一副肃穆的面孔，使人阅读和观看的兴趣大打折扣；而小说、戏剧和影视类作品又亦真亦幻，意兴飞扬，难以满足我们追寻历史真相的愿望。有时我想，当我们对长征的历史和精神进行深度思考的时候，有没有可能把史实与文学有机地结合起来，一方面给读者以踏实的历史感，一方面又不失阅读和观看的愉悦？或者，干脆直说吧，在长征胜利近八十年的今天，我们能否在总结和吸收以往成功经验的基础上，寻找到新的突破口，让我们的作品以更别致的表现方式、更丰富的文化含量，给读者以新的惊喜？

在我对长征作品的新期待中，看到周承水先生的来信和他创作的《长征演义》，不禁眼睛一亮。周先生的信和他这部书是通过出版社转给我的，他在信中说："我平生爱读中国文史典籍，而对中共党史，特别是红军长征的历史情有独钟。1980年以来，我先后收集到红军长征的各种书籍达一百多种。我觉得……这些作品，虽然从不同角度宣传了长征精神，歌颂了红军将士艰苦卓绝的斗争，但全景式地叙述国共两党、两军的战斗

红二、六军团与红
四方面军在甘孜
会师。

乃至两党两军内部斗争的作品，似乎少见。此外，我觉得
长征历史是一个常读常新的课题，在新形势下，长征精神
应该发扬光大，艺术再现形式应有创新，让更多的国民了
解长征历史，传承长征精神，让长征这一红色基因成为社
会主义的核心价值观。鉴于此，我大胆地借鉴了文学名著
《三国演义》这一普通老百姓喜闻乐见的艺术形式，笔耕
六年，完成了近百万字的《长征演义》。"

　　看到这段敞开心扉的文字，我被他的诚挚和追求打
动了。

　　我赞赏周先生的创作态度。在这部全景式反映红军长
征的纪实小说中，他放下作家们通常端着的创作严肃文学
的高傲架子，以群众喜闻乐见为前提，采用中国传统章回

体小说的创作手法，把轰轰烈烈的红军长征纳入通俗易懂的侃侃而谈之中，首先给人一种如今的文学作品已经非常罕见的亲切感。有很长一段时间，章回体小说因其结构的古老和单纯、叙事手法的不断重复而被作家们摒弃，觉得那是给贩夫走卒、平头百姓看的，不上档次。问题是，贩夫走卒和平头百姓，恰恰是我们这个国家占绝大多数的劳动人民，他们的文化素质不高，没有能力也没有精力去捉摸作家们隐藏在繁复结构与文字中的深刻思想。而我们的许多作家正因为忽视这个群体，一门心思往深里走，结果导致与人民大众的距离越拉越大。回到久违的章回体，作者的姿态看似放低了，但在心理上却与读者走得更近了，这不能不说是周承水先生与时俱进的高明之处。实际上，找到群众喜闻乐见的表现方式，不论这种方式是古老的还是新鲜的，都应该成为文化大发展大繁荣的方向。一个最浅显的道理是，一个国家和社会，既需要精英文化，也需要大众文化；既需要雅文化，也需要俗文化。而反映红军长征的作品饱含中华民族不屈不挠的精神财富，本来就被许许多多的平民百姓和贩夫走卒津津乐道，我们有什么理由不能与他们共享呢？

其次，我感到，章回体小说条分缕析，删繁就简，对不同时期和不同区域发生的故事，既可单独成篇，又能连续分解，还能从点到面交叉叙述，相互照应，也比较适合表现红军长征这样一个背景错综复杂、人物盘根错节、党内外斗争异常激烈的重大历史事件。具体到《长征演义》，在我阅读过的有关长征的作品中，我觉得作者有意另辟蹊径，确实在进行一次大胆的文本尝试。与以往的长征文学相比，说它出其不意，推陈出新，应该不是什么溢美之词。我重点读了有关红二方面军的有关章节，发现它无论在气势上还是意境上，抑或在人物内心世界和思想感情的刻画上，都充分发挥了章回体小说的优势，把许多我所熟悉的事件和人物写得活灵活现，栩栩如生。比如红六军团和红二军团在木黄会师后，为把围困中央红军的几十万国民党大军吸引过来，从四川酉阳的南腰界一直插到湘西的永顺和大庸。当红二、六军团到达永顺县城时，担任军团长的我父亲贺龙在十万坪选好一条峡谷作为战场，决定狠狠地教训一下率领敌军尾随而来的湘西王陈渠珍。作品写到我父亲诱敌深入、准备烧掉连接永顺县城南北两岸的那座花桥时，特意安排了一个他去靠近花桥的河段钓鱼的细节，特别加深了我对这部章回体小说的深刻印象。作品写到我父亲摆开钓鱼的架势后，一边钓鱼，一边苦苦思索着该怎样把那座雕梁画栋的花桥烧掉，切断敌人的退路；待战斗胜利后，又该怎样帮助群众重建一座一模一样的桥。他当时想，重建这座桥需要多少大洋？军中是否能凑齐？当地乡绅和百姓对此抱什么态度？是否能找到重新造桥的能工巧匠？……就这样，作品对战争形势、战争环境和人物的心理活动描写丝丝入扣，写得惟妙惟肖。我不知道在十万坪战斗打响之前，我父亲是否真的到桥边钓过鱼，但我知道他确实喜欢钓鱼。读到这里，想到父亲在路过草地时，为给饿得嗷嗷直哭的我弄条鱼熬点鱼汤喝，曾亲自去噶曲河边把竿垂钓，我心里一热，情不自禁地流出了泪水。

《长征演义》以史为经，以人物事件为纬，主要写了四个方面的内容。一是描写中国工农红军艰苦卓绝北上。主要刻画红一、红二、红四方面军在敌我力量悬殊的情况下，机智勇敢地突破国民党军的围追堵截。二是描写中国共产党的党内斗争。主要刻画以毛泽东、周恩来、朱德为首的中共中央与张国焘分裂党、另立中央的行径作斗争。三是描写国民党的党内斗争。主要刻画蒋介石嫡系部队与地方军阀势力的明争暗斗。四是描写国共两军战争。主要刻画红军与国民党军在战场上风云变幻的历史画卷，几乎囊括了红军长征途中发生的所有重要历史事件，客观地揭示了蒋介石独裁政府在日寇侵略中国时，"攘外必先安内"，向自己的同胞举起屠刀的倒行逆施，赞颂了以毛泽东为首的中国共产党人的卓越功勋。在一百个章回的篇幅中，作者精心编织，大开大合，基本做到了繁简适宜，穿插巧妙，脉络清晰，前呼后应，人物丰满，语言流畅，显示了比较深厚的文学功底和诗词才能，读来引人入胜。如果给这部书下个基本判断，我觉得是一部描写红军铁血长征的成功之作，一部复活历史人物、宣传长征精神的普及读本。

因报道中国工农红军长征而受到美国总统罗斯福三次接见的斯诺，当年曾预言："总有一天会有人写出这一惊心动魄的远征的全部史诗。"放下我们面前的这部《长征演义》，尽管不能说就是这样的一部"惊心动魄的远征的全部史诗"，但说它的每个章回、每个段落，都散发着长征精神的灿烂光芒，我认为还是恰如其分的。

2014年6月16日—22日于北京

把泰山刻进灵魂

　　一群人在送葬。一群人，不是几十个人，几百个人，而是成千上万的人，是一支军队的人，一个阶级的人，一个民族的人。他们漫山遍野，他们排山倒海，他们义薄云天。人群中高高举起的花圈和挽带，像白浪翻卷，像惊涛拍岸，像大风劲吹。紧紧握在那些八路军战士手里的枪刺，雪亮，锋利，直指苍穹，仿佛一排排森严的栅栏，仿佛上升的光芒在突然间静止，突然间凝固。悲愤、坚毅、凛然、壮烈，没有一张脸上的表情是相同的，没有一双眼睛不酝酿沉雷和闪电。远处是逶迤起伏的山脉，但在逶迤起伏的山脉上，依然是人，依然是涌动的花圈和挽带，这让你想到那些山脉，那些山脉上历经风吹雨打的岩石，也是用人的身体，用连绵纵横的悲恸堆起来的。再远处就看不清了，能看清的是山的骨骼，山的头颅，山的意志，山的魂魄。

　　我在读一幅画。一幅名为《重于泰山》的版画。以往看到的版画，记得都是装饰性的、点缀性的，高雅，精致，大不过一尺见方，俗称斗方；通常悬挂在作家、艺术家和学者们的书房里，抑或印刷在出版物抬头和压轴的位置；画中的人物或景物，蜻蜓点水，愤世嫉俗，透出一股孤芳自赏的倨傲。而这幅版画不同，这幅版画顶天立地，摧枯拉朽，雕刻在近五米高的巨大画幅中。它的峭拔和浑厚，它只能镶嵌在大堂大厅那股泰山压顶的气势，让你抬头一看，忍不住要后退八步。这幅版画，当你敛声屏气地

代大权创作的版画《重于泰山》

看，凝神注目地看，你的呼吸肯定会逐渐急促，进而逐渐心潮澎湃，血脉贲张。而只有在这时，你才能看清那几个抬着沉重的棺木向你走来的，是谁；也只有在这时，你才能听见他们的脚步踩得那样坚定，那样从容，那样一往无前，势如破竹。

如同德拉克洛瓦反映1830年法国"七月革命"的著名油画《自由引导人民》，也如同徐悲鸿取材于春秋战国时期齐王田横兵败后带领五百将士在海岛愤然自杀的巨作《田横五百壮士》，代大权的这幅《重于泰山》，同样源自一个重大的历史事件，刻画的是1942年3月9日延安上万军民为一个老资格的共产党人送葬的情景。这位老资格的共产党人叫林育英，化名张浩，是中国革命史上闻名的林家三兄弟林育英、林育南和林育容中的长兄，也是后来改名为林彪的堂弟林育容的领路人。他1922年入党，是湖北党组织最早的党员，长期在上海白区工作，曾两次被捕，两次负命去苏联。1931年，他担任满洲省委书记，不幸被叛徒出卖，落入日军抚顺警察署监狱。穷凶极恶的敌人在数九寒天给他灌冷水，致使一股股血水从他的鼻子、口腔和肛门三处往外涌，但他始终守口如瓶。1933年经组织营救脱离虎口后，前往苏联出任中共驻共产国际代表，与季米特洛夫、斯大林面对面探讨过国际共运和中国革命问题。1935年，受共产国际派遣，回到陕北。张国焘在长征路上另立中央，就是经过他说服才继续长征的。后来他担任援西军政委、八路军一二九师政委。1938年初因体力不支，奉调离职，由邓小平接任。1940年4月30日，在与毛泽东、朱德等中央领导共同应邀到延安青年文化沟演讲时，突发脑溢血，从此卧床不起。1941年8月，在日军飞机对延安的轰炸中，他的大脑和心脏受到强烈震荡，病情恶化，送到延安中央医院抢救。经著名医生何穆检查，他的心脏比常人大了三倍，肝脏、脾脏和肾脏无一完好。1942年3月6日，林育英与世长辞，终年四十五岁。当时正值抗战紧要关头，他为自己不能与日寇血战到底而抱憾苍天，临死前请求把他埋在与党中央驻地杨家岭隔河相望的桃花岭上。3月9日上午，林育英的公祭大会在延安中央党校门前的广场上举行，上万人参加。会后，毛泽东、朱德、任弼时、刘少奇、陈云等中央领导亲自执绋，抬棺而行。

然而，由于种种原因，如今已经很少有人知道林育英这个人了，更不知道毛泽东为一个人抬棺，空前绝后，这是唯一的一次。

我完全能想象，当代大权决定用版画这种艺术形式来再现这一历史事件时，他的脑海里该爆发怎样的电闪雷鸣。我想，他感到振奋的，也许不止是领袖抬棺、万众同悲，而是那种排山倒海的场面，那种历史将发生天地翻覆之前的悸动和震颤。在那一刻，他一定被汇聚在历史背后的风雷惊呆了。隔着六十年的时空，在弥漫的黑暗中，他情不自禁地伸出手去抚摸那一张张脸，这时，他触到了岩石的坚硬和冰凉、火焰的灼烫，同时也触到了一支军队，一个年轻的正在危亡中困兽犹斗的政党，一个饱经忧患的民族那强劲的任何力量都无法遏制的脉动和心跳。在许多年后回味当年这个场面，他突然明白，自那以后的三年，被迫在伟大的中华民族面前屈膝投降的日寇的命运，其实早就在这场葬礼上分出胜负了。因为这支军队，这个政党，这个民族，不屈不挠，前仆后继，视死如归，就像泰山那样耸立在我们这片古老沧桑的大地上。假如前面是一片火海，他们会从火焰中蹚过去；假如脚下是一路刀丛，他们会在刀尖上踩过去。几乎在这一瞬间，我们的画家赴汤蹈火，就像拉响捆绑在身上的炸药包那样，把自己长期对革命、对历史、对民族和大众的认识，还有对版画诸多技艺的理解，连同囿见中狭小的画框，轰然炸裂了。他想，中华民族在连绵不绝的苦难中爆发的这种伟力，像山崩，像地裂，像天风浩荡，沧海横流。如果用一幅版画来表现，必须经天纬地，刀劈斧砍，入木三分。未来出现在世人眼前的画面，不仅要让你感到震撼，感到震惊，感到震悚，还要让你感到恐怖和惊慌。至于创作要付出多大的智力和体力，是否对版画的学术地位构成新的威胁和挑战，他不想，也管不了那么多了。接下来他要做的，就是运用手中的雕刀，一刀一刀，一天一天，一年一年，把成千上万张被他亲切地称为"祖父、伯父、父亲、姐姐"的脸，把由这成千上万个人用身体堆筑的"泰山"，刻进人们的灵魂。

我承认，我不懂画，更不懂技艺繁复以刀代笔的版画。但代大权历经三年雕刻的这幅《重于泰山》，却让我读得惊心动魄。不谦逊地说，我算是个有些经历的人，对代大权表现的那段历史，对画面中翻过刀刃向我们沉沉走来的这群人，我不仅见过他们，熟悉他们，而且亲身得到过他们的滋养和庇护。但我还是被画中的人撼动了，征服了，仿佛回到了当年那场在蒙昧中摇晃着我和托举着我的风暴中。我想弄明白的是，一幅画，为什么会有如此大的冲击力和感染力？细细想来，这恐怕与创作者非凡的艺术胆魄和担当密切相关。

确实如此，这从这幅画的作者始终与国家和民族的主流价值观契合同步，从他几十年不间断地深入井冈山、腊子口、遵义、延安、川藏高原体验生活，拍摄照片，积累成千上万张速写、素描，或者仅仅从他几十年画作的题目，如《顽强的希望》《百年之约》《变法之痛》《末路英雄》《永远的战士》《来自老百姓》《凉山老妪》《建设者》和《老艾的午餐》等等，就能看出来。《重于泰山》的问世，只不过把他一以贯之的坚守、追求和创作理念，推向了一个巅峰。

代大权用与其相依为命的版画关注民族、民生和时代，是否有些亦步亦趋，主题先行？看过他的大部分画作之后，至少我没有这样的印象。因为我知道，他不是一个保守的人，也不是个谨言慎行、像爱惜羽毛那样爱惜自己声誉的艺术家。熟悉他创作道路和追求的朋友，都说，他的政治态度、他的艺术观念，包括他的做人原则、处世境界，其实是非常新锐的；他主张艺术家对民族和国家应该勇于担承，但对图解和逢迎的姿态却不屑一顾；他认为，作为一个清醒的艺术家，既不能逃避自己的历史责任，也不能违背自己的艺术良心。在这二者之间，唯一能达成和解的，是深刻地揭示人性，从更宏观更博大的立场上去挖掘人类自身的光芒。他说，艺术的样式在任何时候都是名词，是手段，唯有通过艺术手段展现出来的人，才是动词，充满律动和变数；真伪艺术家正是在对人的理解、对人们精神世界的洞悉上，分出优劣高下的。因此，他憎恨浅薄，力避浮泛；他雕刀下的画面和人物，虽然都以光明为主导，积极向上，但又是庄严的、凝重的，像血珠一般粒粒饱满和滚烫。而且，越是感天动地的历史瞬间，越要显出人物内心的焦虑、紧张和颤动。看他的心血和灵肉之作《重于泰山》，注视画面中那些形态各异人物的内心流露，你几乎能听得见他们喉咙里的低吼，他们跪伏在大地上泪珠滴答，他们抬着沉重的棺椁齐心协力地向前迈进时发出的"咻咻"喘息声，进而感受到一个国家的人民在生死存亡之时那种与生俱来的强大心理共振。这时候作为观众，你只能虔诚地敬重他，佩服他，并在心里发出赞叹：啊，是的！我们伟大的中华民族，生，重于泰山；死，也重于泰山，那种生生不息绵绵不绝的凝聚力，任你怎样的野蛮，怎样的残暴，都无法扑灭。而你日本侵略者怎么样？你借助钢铁灭绝人性地烧杀掳掠又怎么样？我们从心里藐视你，睥睨你！要把你干净彻底地消灭，把你从我们祖祖辈辈生生不息的国土上永远赶出去！

品读代大权的版画作品，我在悲情难抑中不禁想到，面对我们这个从苦难中走来的民族，我们当下这个逐渐强盛却又让人日益空虚的时代，如何担当，谁应该站出来担当，是我们每个有良知的人，每个希望国家和民族更加强大、更有尊严的人，都必须回答的问题。对此，甚至我们国家年轻的领袖，我们政府的官员，我们军队基本上没有经历过战争的将军，也不能含糊。而我们的作家、诗人和艺术家，理应更加清醒，更加自觉。因为我们的作家、诗人、艺术家，充当着雕刻人类灵魂的事业，肩负着提高国家文化软实力的重任。如果你避重就轻，缺乏对国家、民族和时代的担当，漠视人民的呼唤和渴望，是注定难成大器的。莫言获得诺贝尔文学奖让国人异常振奋，觉得我们的文学艺术在世界上终于有一席之地了，但我们想过没有，莫言正是以反映中国农民在上百年的苦难和屈辱中挣扎、苦斗和奋起，才让世界看到中国到底是怎么走到今天的。历数莫言的长篇小说，从《檀香刑》《丰乳肥臀》《红高粱家族》，到《天堂蒜薹之歌》《生死疲劳》《蛙》，不说他怎样变换表现手法，只说他作品表达的内容，试问有哪一部不是中国农民的苦难史、中国社会的断代史？正因为这样，斯德哥尔摩才把他对人类文明的贡献，概括为"将魔幻与现实、历史和社会结合在一起"。

看了代大权的画，读着他通过这些作品向我们展示的民族和国家的强大精神内涵，我从心里为他的追求和成功感到高兴。我觉得有这样一些作品流存于世，他便无愧于从延安走来的那代革命者的后代，无愧于在以厚德载物为宗旨的清华大学当美术教授。我相信，他顽强地努力和奋斗，将给中国的版画带来一次革命。因为，从他的一系列作品中，特别是从他的《重于泰山》中，我已经听见了他吹响的号角。

铁马冰河入梦来

　　"铁马冰河入梦来！"在世界瞩目的9月3日上午，当我站在天安门城楼西侧纪念中国人民抗日战争暨世界反法西斯战争胜利七十周年阅兵观礼台上，看见我军铁流滚滚的五十六个受阅方队，从长安街由东向西铿锵而来，看见走在最前面的抗战英雄部队中迎风飘扬的那面"雁门关伏击战英雄部队"的鲜艳大旗时，我当时的感觉就是这样的。古诗说"十年一觉扬州梦"，而长眠在雁门关的先烈，还有在雁门关伏击战中幸存下来，在以后的战争与和平年代陆续离去的成千上万的前辈，他们盼民族的独立，盼祖国的强盛，盼我们这支军队披坚执锐、所向无敌，盼了何止十年？在抗战胜利七十年后的今天，如果他们地下有知，我相信，他们也会和我一样，"泪飞顿作倾盆雨"，都有一种在梦里做梦的感觉。

　　一个八十岁的人，看见"雁门关伏击战英雄部队"的旗帜，我为什么眼含泪水？为什么从坐着的椅子上蹦起来，想大声呐喊，想放声痛哭？是因为这支英雄部队生养了我，哺育了我，我的血脉里仍流淌着它鲜红又炽热的血液，是因为这支部队当年在抗日战场上气吞山河。

　　1937年10月，日军侵占大同后，继续向南进犯太原。为配合国民党军在忻口的防御作战，十几天前才带领八路军第一二〇师跨过黄河深入山西腹地抗战的我父亲贺龙，命令他的第三五八旅第七一六团深入日军侧后，在代县的广武、雁门关、太和岭间，破击大同经代县、忻口到太原

1937年10月，贺龙（右一）与关向应（左二）、周士第（右二）、甘泗淇（左一）在雁门关前线观察地形。

的公路，打击日军运输队，截断日军的补给线。作为一师之长，父亲在跨过黄河之前，继把我母亲送上去莫斯科的征途，又托两个老部下把不到两周岁、跟着长征走过来的我送回湘西，他和上万名将士喋血出征，发誓即使战死沙场，也要把日寇赶出去。当部队还未完全摆开，从群众嘴里得知敌人在雁门关地区有一条运输线，正源源不断地往忻口运送物资时，他火速把第七一六团团长贺炳炎、政治委员廖汉生召到师部，对他们说，忻口会战正在进行，敌人从大同经雁门关不断往忻口运输弹药和给养，他们自以为那一带已成为他们的后方，没有中国军队，因此警戒疏忽。你们到那里去要充分利用日军这个弱点，发动群众，给鬼子来个突然打击，把这条运输线切断。

贺炳炎和廖汉生是父亲的爱将，只要我父亲一声命令，两个人刀山敢上，火海敢闯。10月17日黄昏，他们率部到达雁门关西南的秦庄和王庄，带着各连干部到黑石头沟一段汽车路勘察地形，确定伏击部署。18日凌晨5时，部队在老乡的带领下，摸黑沿牧羊人走的山间小道向预伏地雁门关南山脚下的黑石头沟开进。上午9时许，一百多辆日军汽车进入伏击地域。战斗打响后，日寇利用武器精良、射击精准、单兵作战能力凶悍的优势，与我军展开殊死搏斗。战斗进行到僵持阶段，在长征路上失去一只手臂的贺炳炎挥舞大刀，率先冲入敌阵，一路劈杀。日寇抵挡不住，最后被压在山谷里，成了瓮中之鳖。

这次伏击，七一六团以伤五十三人、亡五十人的代价，击毁汽车二十多辆，毙伤敌军三百多人。两天后，七一六团在雁门关西边再次设伏，毙敌二百余人。事后，南京国民政府对七一六团进行传令嘉奖，国内民众和海内外报纸欢欣鼓舞，大力宣传雁门关伏击战，称之为"雁门关大捷"。这次战斗，因为熟悉地形和民情，跟随团长贺炳炎冲在最前面的，是该团特务连，那是由刘志丹、谢子长和习仲勋创立的陕北红军连队，红二方面军被改编为八路军时被纳入第一二〇师。雁门关伏击战后，特务连被授予"雁门关伏击战英雄连"荣誉称号。之后，薪火相传，连所在的部队发展成为屡建奇功的中国人民解放军第一军。

"雁门关伏击战英雄连"走过的光荣历程，其实就是我军走过的从小到大、由弱变强的光荣历程。当它在被授称号的七十八年后，意气风发地走在纪念中国人民抗日战争暨世界反法西斯战争胜利七十周年大阅兵的威武行列中，天安门上空响彻女播音员清脆的声音"正阔步走来的，是'雁门关伏击战英雄连'英模部队，他们是八路军一二〇师的代表"时，怎么不让我们这些八路军一二〇师的后代浮想联翩，热血奔涌！我们为自己的父辈而骄傲，也为我们站起来的民族感到骄傲！

2015年9月3日，我在天安门观礼台，观看纪念抗战胜利七十周年大阅兵。

中国人民抗日战争的胜利，是中华民族一洗受侵略、受压迫的耻辱，从此走向伟大复兴的起点。七十年后，我们的国家强大了，我们的军队强大了，我们纪念这个伟大的节日，正如习近平主席在大阅兵讲话中说的"就是要铭记历史、缅怀先烈、珍爱和平、开创未来"。

我在观礼台上观看过两次阅兵，还曾经三次在大阅兵的当晚，站在天安门城楼观看节日焰火。唯有这次纪念抗日战争胜利七十周年的大阅兵，让我久久不能平静。那是因为看见我们这支军队正在强军的路上高歌猛进，我已经有足够的理由告慰我们的先辈：我们这支军队过去不可战胜，将来更不可战胜。

梦回吹角连营

　　冯牧先生是我敬仰的老前辈、老朋友、老邻居。十几年中，我们在北京木樨地同住一栋楼，同走一条路，低头不见抬头见，建立了深厚的情谊。他宽厚仁慈的性格、虚怀若谷的胸怀，他为中国当代文学，特别是中国当代军事文学呕心沥血的精神风范，还有他对我的生活和文学创作的关心、爱护和殷切期望，给我留下了难以磨灭的记忆。他去世后，我很难接受这个事实，有很长一段时间，在楼道的拐角处，在上上下下的电梯里，总感到转过身来就能看到他，和他不期而遇。然后，我们就像往常一样，总是有说不完的话，交流不尽的见闻和话题。

　　许多年后，痛定思痛，我和许多人都意识到，冯牧先生的离世，是中国当代文学的重大损失，更是中国当代军事文学的重大损失。因为，长期以来，在军事文学领域，他是一面迎风招展的旗帜，甚至是一个教父级的导师和领军人物。在他去世以后，以他的名义设立的冯牧文学奖，有个重要内容，便是奖掖军事文学。

　　我认识冯牧先生，是半个多世纪以前的事了。那时，我还不知道他是个地地道道的北京人，出身望族，父亲冯承钧先生是北京师范大学的大教授、名教授，真正的学富五车，著作等身。因为家学深厚，冯牧从小受到熏陶，早在中学时代便熟读名著，多才多艺。他曾获得过北京中学生体育比赛的仰泳亚军，还对京剧艺术情有独钟，曾被著名的京剧表

那些年，我和冯牧同住北京木樨地24楼，在一个门洞同进同出，低头不见抬头见。

演艺术家程砚秋收为弟子。重要的是，他正义在胸，向往光明，激浊扬清，早在1935年便作为进步学生参加了著名的"一二·九"运动。我知道冯牧这个名字的时候，他正担任昆明军区文化部副部长，把昆明军区的文学创作搞得风生水起、轰轰烈烈，支撑着中国军事文学的半壁江山。他一手培养的作家和诗人，如白桦、公刘、周良沛、彭荆风、苏策、郭国圃等，不仅在军队，而且在地方声名大振。我是通过曾在我父亲身边工作的白桦，渐渐接触这些作家和诗人的。他们或是来北京开创作会，或是来修改电影文学剧本，或是来洽谈新书出版，一个个意气风发、才华横溢。从他们的嘴里，我发现他们说得最多最敬重的一个人，就是冯牧。在他们心里，冯牧几乎是一个点石成金的人，什么样的作品到了他手上，优劣立判。进而，他能给你指点迷津，把握方向，化腐朽为神奇。作品成熟了，他亲自出面向北京的大刊大报推荐，向巴金、丁玲、艾青这样的文坛巨匠推荐，为他们的成长不遗余力地摇旗呐喊。随着这些作家和诗人奉献的作品，比如电影《神秘的旅伴》《山村铃响马帮来》《孟珑沙》《阿诗玛》《五朵金花》，还有白桦、公刘的诗歌等，云南奇异的边疆生活，傣族和白族等少数民族的美丽风情，风靡全国。当时，我虽然还没有开始写作，但已经有了强烈的写作冲动，心里想，要是能进入昆明军区的作家和诗人圈子，成为冯牧手下的一个兵，经常得到他的指点，接受他的真传，是何等的幸福啊！

　　冯牧离开部队调到北京后，记得先是在《新观察》当主编，后来在《文艺报》当副主编、主编，再后来担任中国作家协会副主席和书记处常务副书记，再再后来，在《中国作家》当主编。我和他，也渐渐认识了，熟悉了，有了师生之谊，而且渐渐地成了朋友。不记得从哪一年开始，我们还做起了邻居。在我的印象中，他是个和蔼的人、热情的人，始终面带微笑，从不计较个人得失，也从不愿提及历次政治运动留在自己身上的伤痛，却把文学的繁荣视为生命。尤其在改革开放新时期，他挺立潮头，几乎每一部引起重大反响的作品，都有他推波助澜的身影。当然，他对军事文学，一如既往的情有独钟，对军事文学在新时期的蜕变、对部队新一代作家的成长，付出了大量心血。最能说明问题的，是他以惯常的勇气，推进了李存葆《高山下的花环》的问世。那是1982年，这部作品从部队的文学期刊转到了《十月》编辑部，编辑们在受到震撼的同时，也为作品中写到的部队干部在自卫反击战牺牲后，口袋里还装着欠条，感到担心，害怕作品发表后影响部队的声誉，有丑化社会主义农村之嫌。为获得支持，编辑部将手稿送给冯牧审阅，冯牧马上给予坚定肯定。他想到当时的一个军人在战斗中牺牲了，家里获得的抚恤金，只够买一头牛，像作品中的主人公梁三喜在遗书中嘱咐的用自己的抚恤金还债的事例，比比皆是。冯牧认为，《高山下的花环》冲破了军史题材的禁区，亲自写文章送到《人民日报》发表，对作品给予高度评价。《高山下的花环》发表后，经历过那个年代的人都知道，一时洛阳纸贵，取得了从来没有过的巨大轰动，创造了文学作品至今无人打破的出版发行纪录。更难得的是，推进了部队政治思想的改革，明显提高了军人，特别是战争烈士的待遇。而且，以这部作品为先导，从此弘扬爱国主义和革命英雄主义的中国军事文学，汹涌澎湃，势如破竹，创造了上世纪80年代的灿烂辉煌。今天成为影视金牌编剧的朱苏进、成为军事和国际政治专家的乔良、成为上将的刘亚洲，还有获得诺贝尔文学奖的莫言，当时就活跃在这支队伍中。而这些作家之所以有今天，没有一个不曾受到冯牧的关注。从这个意义说，冯牧对军事文学在新时期的蓬勃发展，居功至伟，功德无量。

"醉里挑灯看剑，梦回吹角连营。"在纪念冯牧先生逝世二十周年的时候，我想起辛弃疾的这两句诗，心里百感交集。因为，在冯牧逝世后的二十年中，军事文学从万众瞩目的巅峰，滑落到了"门前冷落鞍马稀"的低谷，这不能不让我们这些军旅作家感到痛心和惭愧。因此，在这个时候，我格外怀念冯牧这个军事文学曾经的举旗人、领军人，也格外怀念当年军事文学"梦回吹角连营"的盛况。

大家知道，就在昨天，9月11日，习近平主席亲自主持召开政治局会议，审议通过了《关于繁荣发展社会主义文艺的意见》。会议指出，文艺是民族精神的火炬，是时代前进的号角。实现中华民族伟大复兴，离不开中华文化繁荣兴盛，离不开文艺事业繁荣发展。举精神旗帜、立精神支柱、建精神家园，是当代中国文艺的崇高使命。弘扬中国精神、传播中国价值、凝结中国力量，是作家和所有文艺工作者的神圣职责。但愿与国家核心价值观靠得最近的军事文学，能尽快拿出办法来，重聚力量，重振雄风，为我们走强军之路、精兵之路，高唱赞歌。

想起他温润如玉

　　周克玉政委走了一年了，整整一年了。在这一年里，只要和熟悉他的朋友坐在一起，不论军界还是文学界，不论职位高低，每当谈起他，都对他的和蔼可亲，他温文尔雅的一脸笑容，记忆犹新。都说这样的好官，这样的好人，在这个喧嚣的物欲横流的时代，可遇而不可求。而且，此时此刻，大家的心里都有一种温润如玉的感觉。

　　我认识周克玉，是在上世纪80年代。当时，我服役多年的基建工程兵在大裁军中被撤销了，我被调到总政干部部工作。在旃坛寺那座壁垒森严的大楼里，不仅在会议室的主席台上能经常看到他，还能在楼道里与他不期而遇。都知道他先担任主任助理，后担任常务副主任，是那个年代著名的政治明星。因为他是在济南军区某集团军政委的位置上，被直接提拔到总部任职的。那是思想解放运动初期，军队正积极探索新时期思想政治工作的新路子。刚从地方调回军队执掌总政大印的，是红二方面军著名的独臂将军余秋里，工作上素以大刀阔斧著称，中国摘掉贫油的帽子就是他的杰作。但是，余秋里还是中共中央政治局委员和中央书记处书记，大部分时间在中央办公，因此急需找一个年轻能干的助手。周克玉就是在这个时候进入余主任的视野的。

　　余秋里是在深入济南军区调研时发现周克玉的。周克玉在战争年代当过指导员，带过兵，新中国成立后长期在干部和宣传部门任职，勤于动脑，思想敏锐，积累了丰富的部队思想政治工作经验。他性格稳重而又温和。特别是担任军政委后，有了更大的政治舞台、更开阔的视野，他根据形势的变化，不断思考新问题，探索新规律。每当发现思想工作新典型，都会亲临现场，自己分析、研究、判断，然后亲自写成材料或文章总结推广。在这之前的两三年，他仅在《解放军报》发表探讨部队新时期思想政治工作的署名论文，就有二十多篇。余秋里觉得人才难得，在总政第一次设置主任助理这个职务，把他调到身边协助工作。

周克玉履新后，虽然与甘渭汉、朱云谦和颜金山三位红军战将出身的副主任坐在同样的位置上，但他谦虚谨慎，勇挑重担，夙兴夜寐，迅速获得三个老同志的热诚支持，同时受到军内外广泛关注。

其实，在当时总政的几位副主任中，虽说数他资历最浅，但他也是个年轻的"老"同志了。他1945年未满十八岁入的党，小小年纪便追随新四军出生入死，经历过抗日战争、解放战争和抗美援朝战争。1942年，当他还在抗日民主政府举办的六年制高小读书时，就以聪明好学、思想进步，受到故乡江苏盐城党组织的注意。高小毕业，担任过他老师并为他的成长付出过许多心血的两个新四军三师伤残军人，在他的成绩单上写下了"品学兼优，殊堪深造"的评语。那时候，他和许多小知识分子一样，迷上了写作，是个文学青年，写过许多青春飞扬的诗。之后，在国共两党兵戎相见的日子里，他穿上军装，担任区队指导员，在硝烟战火中与部队的思想政治工作结下了不解之缘。所以，无论环境多么险恶，战斗多么频繁，他都没有放弃对知识的追求和对时代的思考。上世纪50年代，人们对学历还满不在乎，他在军里干部处担任科长，竟同时参加北京师范大学中文系和中国人民大学哲学系的函授学习。苦读四年，完成了所有的课程。

而且，他在战争年代的情感经历，也因带着那个年代的纯真和质朴，被我们这些总政机关干部津津乐道，传为佳话。他的爱人叫王昭，是他担任江苏射阳县陈良区青联会主任时的区妇联主任，两个人在工作

中相互配合，取长补短，彼此有了朦胧的恋情。1947年冬天，他在区正规部队任指导员的时候，王昭让女友陪同来看他。部队驻扎在江苏阜宁城南涂桥附近的一个村子里。那是个黑灯瞎火的夜晚，当他安顿好王昭和她女友回到屋里，村子突然被敌人包围了。听见枪声四起，他急忙带领部队突围，把两个女人丢下了，一时不知生死。对此，他很长时间追悔莫及，痛心疾首。后来王昭也参军了，在苏北军区文工团当分队长。意外的重逢，他才知道，王昭和女友在被敌人包围的那个夜晚，也顺利突围了。因部队不知去向，她们自己想办法返回了盐城。患难中获得的爱情，从此让他们格外珍惜，毫无二心。1952年祖国解放了，开始了轰轰烈烈的社会主义建设，两个苦恋了七年的有情人终于走到一起，安下了自己的家。之后的几十年，他们恩恩爱爱，琴瑟和鸣，既有际遇顺利时的同欢乐，也有遭受挫折时的共患难。

我走进了他的办公室。他满面春风，起身热情相迎，开口便说：捷生同志，这么长时间了，你为什么不来见我啊！

当然，在总政这样的大机关，等级森严。他作为主持工作的常务副主任，是我上级的上级。加上千头万绪，公务繁忙，不可能认识机关的每一个人。最初一段时间，我和他即使在走廊上交错而过，也只是点点头，相互礼节性地问候一声。不过，在日后的工作中，他不断用和蔼可亲的态度、温润如玉的笑容，渐渐缩短彼此间的距离。忘记了具体时间，也忘记了是去送材料还是去汇报工作，有一天，我走进了他的办公室，他满面春风，起身热情相迎，然后坐在与我相隔一张茶几的沙发上，主动和我聊起天，开口便说，捷生同志，这么长时间了，你为什么不来见我啊！我没有心理准备，一时支支吾吾。他看出了我的窘迫，马上善解人意地说，他看过我不少作品，说我文笔那么好，可别荒废了。又说我父亲贺龙元帅是他深爱的老一辈军事家、我军的创始人，我的家史就是党史和军史，建议我亲自动手，把我父母和家族的业绩写出来。听了这些话，我非常感动，知道他对我关注已久，甚至为我陷入大量事务性工作和家庭琐事而惋惜。我告诉他，我确实想把我父亲母亲，还有我们贺氏家族的历程写出来，已经收集了大量资料和素材，做了许多笔记。在中国革命博物馆工作的时候，还数次返回老家桑植和沿着父母于我尚在襁褓中带着我走过的长征路，做了比较深入的考察。但眼下工作繁忙，家里老的老，小的小，实在静不下来。他频频点头，说理解理解，其实他也和我一样，顾得了工作顾不上其他。他还问起我的家庭情况，我告诉他，我的老伴叫李振军，也是个老同志，在武警工作。听到李振军的名字，他恍然大悟，说，是李政委啊！我知道，听说是个大秀才呢，会抓典型，能写文章，电影《战火中的青春》中那个女扮男装的主人公，就是他在自己的部队发掘和宣传出来的，我得拜他为师。没过多久，我和老伴去他家登门拜访，他们一见如故，你唱我和，相互引为同道和知己，倒把我晾在了一边。

　　就在那一天，我知道他早有著书立说之心。抗美援朝战争中，坑道里那么潮湿，那么昏暗，他依然以膝盖当桌子，坚持每天记日记。几大本纸页发黄的战地日记，至今还小心翼翼地保存在箱子里。还有，这几十年，他从未中断诗词和书法练习，用来修炼性格，陶冶情操。

和他逐渐熟悉后，他与我除了上下级关系，加上我老伴，我们之间还建立起一种如同清流的文友关系。因为我老伴出身书香门第，也酷爱诗词和书法。相互间有了一种虽然没有说破但实际上存在的激励和期待。这种激励和期待，现在回想起来，是这样的温馨，这样的朴实和美好，就像一件美好的事物耐心地在远方静静地等候我们。

上世纪90年代，我和他前后脚离开总政。他荣升总后政委，衔至上将；我调军事科学院军事百科研究部，先任副部长，再任部长。后来大家都知道，他在总后政委的任上干得轰轰烈烈、游刃有余，与思想政治工作相关的各个门类风生水起。有口皆碑的是，他格外爱惜人才，尤其偏爱文学艺术人才。他看准的作家，无论在地方还是在部队别的单位，只要愿意到总后来，愿意为默默战斗在青藏和川藏线上的总后官兵服务，年龄、职业和进京都不是问题。以《无极之路》《智慧风暴》等作品在纪实文学界声名鹊起的王宏甲，十几年后以长篇巨著《湖光山色》获得茅盾文学奖的周大新，都是在他的任上调入总后创作室的。青藏兵站部有个运输科长叫张鼎全，忍着长期查不出原因的腰痛，写了一部描写高原汽车兵生活的长篇小说《雪祭唐古拉》。他不仅亲自联系医院让张鼎全住院，指定专家为他治疗，还亲自为他的书作序，赶在他去世之前，帮助他在解放军文艺出版社把书出版了。

人当多大的官，干多大的事业，也有退下来的一天、老去的一天。90年代后期，周政委和我又差不多前后脚离开工作岗位。这时，他虽然担任全国人大法制委员会副主任和新四军研究会会长，毕竟都是闲职。正好我也当选为全国政协委员，这样，在全国两会期间和其他场合，我们见面的机会反而更多了。想不到，只几年时间，我还没有从失去老伴的悲凉和几十年亏欠儿女的生活中抽出身来，他已经连续整理出版了《京淮梦痕》《足茧千山》和《心羽飞絮》三本诗集，还出版了政治论文集《京淮求真》、军事生活和出访日记《战地雪泥》《天方行草》，再就是那部后来引起很大关注的

他年轻时和许多小知识分子一样，迷上了写作，是个文学青年，写过许多青春飞扬的诗。之后，在国共两党兵戎相见的日子里，他穿上军装，担任区队指导员，在硝烟战火中与部队的思想政治工作结下了不解之缘。

《军政委日记》，可谓杰作迭出，硕果累累。他的勤奋写作对于我，无疑是一种激励、一种驱策。于是，我也不敢耽误了，也开始磨去笔尖上的锈迹，苦苦学习用电脑写作。虽然以我对党史和军史的熟悉、对我父母革命历程的耳濡目染，还有自己的经历，足以写几部厚厚的书，但我没有勇气和精力驾驭鸿篇巨著，只能把印象深刻的记忆长则万字，短则千言，以散文的形式一篇篇写下来。恰好《人民日报》《光明日报》等报刊喜欢这样的文字，一次次向我约稿。渐渐的，我边写边有作品发表出来。而这时候，他成了我最热心的读者，最坚定的写作支持者。因为他订了这些报刊，我每发表一篇作品，他基本上都能读到。而且每次读过后，都会给我发来一条或数条短信，对我大加称赞，有时还对作品进行言简意赅的点评。数年来，我不顾年老体弱，在亲人和朋友们的搀扶下，先后重返父母战斗和生活过的陕西富平县庄里镇、贵州印江县木黄镇、河北承德和围场，还有父母亲的故乡桑植和慈利，以及童年漂泊的洪江、乾州、永顺等地，咬紧牙一步步往前走，一篇篇往下写，不能说与他及时的鼓励和肯定没有关系，起码是动力之一吧。最让我感动的是，2012年9月5日，我在《人民日报》发表了当年清明节回张家界为父亲扫墓后写的一篇数千字散文《去看一棵大树》，他当天看到当天便给我发来短信："捷生，读了你在《人民日报》发表的《去看一棵大树》，我太激动，太感动了。文章写得多么细腻、多么动情，看得我泪如泉涌。我敢说，你的写作已经进入很高的境界了，写出了自己的美文、自己的经典，这是可以传给后代的。"看完这条短信，我也泪如泉涌。因为这年我七十七岁，他八十三岁了。人们不知道的是，这时他已经被疾病打倒了，正躺在301医院的病床上，只能以流汁维持生命，活得苦不堪言。而他就是在这样的状态下给我写短信，发短信。请想想，这是不是用心血写的？用生命写的？

更让我伤心的是，当我把近年来发表的散文收集成册，在解放军文艺出版社出版散文集《父亲的雪山　母亲的草地》时，他已经奄奄一息，再也没有力量打开它了，也再不能为我的小小成功，发来一字一句的鼓励短信了。2014年10月，我这本小书获得第六届鲁迅文学奖，文学界的朋友如中国作家协会主席铁凝，副主席高洪波、张抗抗，等等，纷纷发来热情洋溢的信息表示祝贺。但我在本该高兴的时候，心里泛起一阵凄楚。因为，几年来积极支持我写作的周克玉政委，在这年的3月25日，溘然离世了，走完了他八十五年的瑰丽人生。

想感激一个人，却感激无门，这让我感到痛苦，感到深深的遗憾。唯愿在天堂的克玉政委能读到我这篇文章，唯愿他在读完这篇文章后，脸上能一如既往地露出润泽如玉的笑容。

2015年3月—5月23日，断断续续写完

乔老爷的滴水之恩

接到乔羽的宝贝女儿国子的短信，我心里一动：多年不见，乔老爷和夫人佟琦，还有他们三个懂事的早已成家立业的孩子，现在怎么样了？国子在短信上说：亲爱的妈咪，一切都好吧？9月12日上午9点在新闻大厦举办老爷子歌词研讨会，央视来录制现场，特请您作为嘉宾发言。您能来是我们全家人的愿望。请回复！爱您的国子。

我立刻兴奋起来。这些年我年纪大了，过去常联系的朋友，渐渐地疏远了。而且，对方也一样，好像大家都躲在自己的世界里静静地老去。就连名气很大，过去经常抛头露面的人，比如乔羽乔老爷，也陷进了这个怪圈。想到此，我连忙给乔羽女儿国子回短信。我说：亲爱的国子，我正盼望见到你们，谢谢你们全家人想到我，给我这个机会。你父亲乔老爷的歌词研讨会，我一定参加，雷打不动。

但是，那天我还是食言了。问题出在我老眼昏花，把9月12日上午9点的研讨会，看成9月17日上午9点。偏偏在同一天同一时间，我还接到了冯牧先生逝世二十周年在中国现代文学馆举行纪念活动的邀请，也指定我在会上发言。当我在中国现代文学馆深情追忆冯牧先生的时候，新闻大厦乔羽歌词研讨会给我安排的那把椅子，却让乔老爷全家人失望地空着。回到家再看国子的短信，我懵了，不禁十万火急地向孩子道歉：亲爱的国子，实在对不起，我把乔老爷的歌词研讨会误记成9月17号了！今天我去开完冯牧逝世二十周年纪念会,再看你的短信,才发现我记错了日期。看来,我是真的老了,日子过得稀里糊涂。不过,老爷子的歌词有口皆碑,万众传唱,这比开任何研讨会都珍贵。而我不懂歌词艺术,即使参加研讨会也说不出什么来。但对老爷子及你们全家给我的情谊,我铭记在心。为此,我准备认认真真写一篇文章,倾心说说老爷子和你们全家人对我的关爱。

笑眯眯的,那个几年前常在电视里出现的如同弥勒佛的乔羽乔老爷,没有多少人不知道。他写的歌词,可谓点石成金,广为流传,说他是中国歌词界的泰斗,是没有人持异议的。不说他在"文革"前为电影《祖国的花朵》写的插曲《让我们荡起双桨》、为电影《上甘岭》写的插曲《我的祖国》早已家喻户晓,成了中国歌坛的经典,只说上世纪80年代后,乘着改革开放大潮,他写的《牡丹之歌》《爱我中华》《难忘今宵》《思念》《夕阳红》《说聊斋》等等,哪一首不风靡一时,久唱不衰?郭兰英、李谷一、彭丽媛、毛阿敏、宋祖英,这些在国内风光无限的一线歌手,都是唱着他的歌红起来的。不过,我如此强烈地想写写乔老爷,却不是因为他的歌词,而是因为他的为人,因为他对我的滴水之恩。中国有句老话"滴水之恩,当涌泉相报",而我对他虽然没有涌泉相报之能,但涌泉相报之心还是有的。

那是四十多年前的事了。当时比我大八岁的乔羽还年轻,才四十出头。除了私下里,人们绝不敢像现在那样开口闭口叫他乔老爷。即使叫了,他也会环顾左右,不敢答应。因为,那是个人鬼颠倒的年代,他和许多文艺界的著名人士一样,活得灰头土脸的。

清楚记得是1972年,林彪摔死了,我们这些由于各种原因被迫离开北京的人,陆续回到北京。城里没有我们的窝了,都靠投亲访友过日子。我算幸运的,经胡华先生引荐,刚被中国革命博物馆收容。这是我一生中最窘迫也最狼狈的时候:父亲的冤案没有平反;年迈的母亲下放在江西鲤鱼洲,不知何时是归期;三个孩子因我的感情破裂而处在骨肉分离中。难以启齿的

上世纪90年代的乔羽，凭借《让我们起双桨》《我的祖国》《牡丹之歌》《思念》《难忘今宵》《说聊斋》《爱我中华》等歌词名满中国。

是，国家经济萧条，商品奇缺，买粮要粮票，买肉要肉票，买布要布票，还有煤球票、肥皂票、白菜票什么的。我带着两个孩子，不仅没有这些票证，即使有，也买不起。因为我很久没有领到工资了，口袋里几乎不名一文。为了不饿着两个正在长身体的孩子，自己忍饥挨饿，节衣缩食，连午饭都省了；外出很少坐公共汽车，多远的地方都走着去。偶尔也使坏心眼，自己做一张假月票，趁人多的时候挤上车，拿出来远远地向售票员晃一下。售票员通常半睡半醒地趴在台子上，看都不看一眼。古人说一钱逼死英雄汉，我是真正尝了被钱逼死的那种感觉。可是，我还死要面子，怕人们知道指着我的脊背说，看，贺龙的女儿落难了，到了这种地步！

那年七八月的一天，天非常热，脚下的柏油路都被晒软了。我去给住在西便门附近的一个同事送药，不知不觉走到我母亲下放前住过的西便门国务院宿舍附近。忽然，一个高大的身影立在我面前，随后听见那人对我说，这不是捷生吗？大中午的，天这么热，你去干什么？我茫然抬起头，眼睛一亮，认出对方是大音乐家郑律成。他和我母亲住在同一个院子的同一栋楼里，母亲下放前我们在楼道或路上遇见他，还有他那后来成为新中国第一位女大使的夫人丁雪松，常打招呼。

吃饭了吗？郑律成在确定站在他面前的真是我之后，不等我回答，又问。我望着他苦笑笑，说，郑叔叔，我没有吃午饭的习惯了。郑律成看见我这副落魄的样子，明白我处境不好，叹息一声说，不吃午饭怎么行？走，我带你去吃。说着，他拽着我的手不由分说往既定的路上走。我个子小，身体弱，被他拽着没有任何分量，只能由他。这样勉强走了几步，他松开手，自己在前面走，我在后面跟。

西便门国务院宿舍当年住着不少名人，有写过长篇小说《上海的早晨》的周而复，有截取过日本偷袭珍珠港情报、为世界反法西斯战争立下大功的红色特工阎宝航……再就是郑律成，他大名鼎鼎，是中央乐团（中国交响乐团前身）的专业作曲家。整个院子里的人都知道他，不仅因为他是朝鲜人，还因为他早在上世纪30年代就到了中国，在上海从事革命活动。1937年，他背着从朝鲜带来的小提琴到达延安，投身伟大的中国人民抗日事业。就是在这个时候，他请女诗人莫耶作词，谱写了著名的《延安颂》；请公木作词，写了更著名的《八路军进行曲》（1988年正式更名为《中国人民解放军军歌》）。在中国当代音乐史上，与冼星海、聂耳和田汉齐名。抗战胜利后，经过中央特批，他带着曾是抗日军政大学第三期女生队队长的妻子丁雪松回了朝鲜，又写了朝鲜人民军军歌。要知道一个人是两个国家的军歌作曲者，在世界上都是举世无双，因此享有"军歌之父"的美誉。1950年朝鲜战争爆发，经周总理批准并征得朝鲜金日成主席同意，他随在中国驻朝鲜大使馆任外交官的妻子丁雪松一起回国，正式加入中国籍。人们津津乐道的是，1943年他与丁雪松结婚后，上了抗日前线，怀着身孕而留在延安的丁雪松不慎在雪地上滑倒了，引起早产，生下一个女孩。孩子生下后因为没有奶，丁雪松把他从朝鲜辗转上海带来的那把心爱的小提琴卖了，换回一头刚下崽的母羊，每天给孩子挤羊奶喝，这才把孩子救活了。郑律成从前线回到延安，有感于他的那把提琴救了他的孩子，给孩子取名为郑小提。后来郑小提也成了音乐家，在总政歌舞团创作室任创作员，也和大家一样，在西便门国务院宿舍进进出出。

这是在十年"文革"中，社会乱哄哄的，文艺团体像郑律成这样的大作曲家，都被打入另册。郑律成更因为历史复杂而受审查，要求他每天去团里报到，中午在那儿吃一顿样板饭。因为中央乐团是样板团，团里的饭也叫样板饭。那时他五十多岁，身体很好，从西便门去地处和平里的单位路不算近，每天骑一辆破自行车来回。

那天郑律成没有骑自行车，看来不是去团里，也不是从团里回来，他说带我去吃午饭，可是，既不往他家里带，也没有往街边的小餐馆带，更不可能带我去路途遥远的样板团吃样板饭。当时在小餐馆吃饭也要用粮票，我猜想他家里不开伙，上餐馆也囊中羞涩，不知这顿饭怎么吃、吃什么。因此，跟着他在烈日下走，沿路我犹豫不决，走不是，不走也不是。在我的记忆中，好像穿过了半个北京城。

当他带着我穿过大街小巷，敲开大柳树一个破败院落的一扇普普通通的门的时候，我才知道，他把我带到了他的好朋友乔羽家。

乔羽的名字对于我来说，太熟悉了，简直如雷贯耳。因为我也是文学青年，喜欢"文革"前的电影、小说、诗歌和歌曲，唱过乔羽写的《让我们荡起双桨》和《我的祖国》等电影插曲，还知道他是人人皆知的电影《红孩子》和《刘三姐》的编剧。在我心目中，这两项占一项就不得了了，而他两项都占了，太了不起了。

出现在我面前的乔羽，却不像我想象的那么高大、那么英俊。他个子不高，微胖，穿着一身颜色单调的衣服，才四十多岁，但没有这个年纪的干练和锐气。我感到奇怪的是，郑律成这么大一个音乐家来访，他也不特别热情，甚至有些无所适从。站在他身边明显高出他一头的妻子，反而气质高雅，衣着光鲜，头发梳得纹丝不乱，三十多岁的人，还可以用亭亭玉立来形容。后来我才知道，乔羽从他工作的中国歌剧舞剧团下放在张家口，那天是偶尔回家的，碰巧被郑律成和我遇上了。而郑律成顺便带上我去找他，是给毛主席写了一封申诉信，反映他历史问题的清白，但他的汉字写得不好，想请乔羽给他抄一遍。

乔羽的妻子佟琦之所以给我留下深刻印象，是因为她是满族人，贵族出身，父亲曾是东北军的高级将领，人们在私下里都称她"格格"。据说顺治皇帝的佟妃，就出自他们家族。由于出身高贵，又有良好的家教，她言行和衣着与众不同，即使在那样极端的年代，也敢于标新立异，特立独行。在山东济宁故乡当过小学教员的乔羽，纯粹一介平民，1946年参加革命后，虽说上了晋冀鲁豫边区的北方大学，但那也是土大学。他之所以有今天，是一路吃苦耐劳走过来的。因此，当他站在佟琦身边，形成明显的对照，也因此他们戏剧性地过了一辈子。

看见大音乐家郑律成带着我在午饭时间走进家里，女主人佟琦表情木然，站在那儿不动，没有给我们做饭的意思。我又猜，她肯定有难言之隐，那时粮食定量，她家三个孩子，老大和老二是男孩，正是胃口大开的年龄，多招待客人一顿饭，自己就得饿一顿。也是后来才知道，佟琦是中国歌剧舞剧团的护士，虽说有皇家血统，但她在单位仍属群众行列，再说，她的护士职业又是人们得罪不起的。因此，乔羽被下放了，她还能带着三个孩子留下来。但要管好这五口之家，她也得量力而出，精打细算。而且，她在中国歌剧舞剧团这样的文艺单位工作，见多了男女之间的风流韵事，特别痛恨男人拈花惹草。

郑律成和乔羽坐在狭窄的客厅有一搭没一搭地说着话，我完全成了多余的人，那种气氛让我尴尬极了。郑律成突然意识到什么，指着里面的房间对乔羽说，老乔，我给你说几句话。两个人进去后，声音压得很低，嘀嘀咕咕一阵，乔羽冲着门外大喊，佟琦，你进来！女主人进去三两分钟，声音突然高起来：你个死老郑，有话怎么不早说呢？人家是"公主"啊！你看慢待她了。然后斩钉截铁地说，我出去买菜，割肉割肉！说话间，她已大步流星走回客厅，刚才还表情木然的脸春风荡漾。我惊惶地站起来，她风一样刮到我面前，压住我的两个肩膀说，你坐你坐，和老郑、老乔好好聊天，我去给你们割肉包饺子。

同样也是后来我才知道，郑律成和乔羽进到里屋，是向他解释，我并非佟琦痛恨的那种迎合男人拈花惹草的女人，而是贺龙元帅落难的大女儿。在命运上同样经历了颠簸的佟琦，听说我的身份和处境，大吃一惊，一股侠胆柔情油然而生，对我的态度突然来了一个一百八十度的大转弯。我还未从愣怔中回过神来，她已经提上篮子去菜场买菜了。当时乔羽的供给关系不在北京，她和三个孩子每月每人只有二两肉票，她一口气全买了。回到家，不要任何人沾手，一个人在厨房里"叮叮当当"包起饺子来。我进厨房去帮她，她举起两只沾满面粉的手，用臂弯把我推了出来，说，请你都请不来，哪能让你动手呢？

这顿午饭，我是含着泪水吃完的。八两肉包出的饺子，乔羽和郑律成基本上是蜻蜓点水。两个人只顾对付乔羽从床底下搜出来的一瓶酒，你一杯我一杯，装出很陶醉的样子。佟琦则坐在我对面，痛惜地望着我，不断地催促说，吃啊吃啊，老郑老乔喝酒，你不用管他们。她还说，捷生，你父亲贺龙是开国元帅、国家的大功臣，不会整死就整死了，总有一天要给他平反昭雪。今后的日子会好起来的。郑律成和乔羽也附和说，是啊，是啊，苍天有眼，老人家那么英明，不应该上林彪的当，将来一定会还贺

患难中，我和乔羽
成了心心相印的朋
友，和他夫人佟琦
更是亲如姐妹，她
叫我公主，我叫她
格格，两个人见面
无话不说。他家的
三个孩子，对我更
是以"妈妈"相
称。

龙元帅公道。然后劝我想开一点，把心放宽，先把孩子养
大，把难关渡过去，相信总有云开雾散的时候。

听着这些暖心暖肺的话，我真想趴在桌上，放声大哭。

从此，我和乔羽成了心心相印的朋友，和佟琦更是
亲如姐妹，她叫我"公主"，我叫她"格格"，两个人见
面无话不说。他家的三个孩子，对我以"妈妈"相称。
当然，我父亲的冤案也很快被澄清了。1975年6月9日，在
父亲含冤逝世六周年之际，在中共中央召开的"贺龙同志
骨灰安放"仪式上，周总理抱病从医院赶来致悼词。上世
纪80年代，我回到了部队，老伴李振军担任武警第一任政
委。乔羽的小儿子乔方中学毕业后，没有工作，我和老伴
想尽办法把他招到了部队。

可惜郑律成没有活到让我报答的这一天。那是1976年
12月，刚刚粉碎"四人帮"，张家口复排反映我父亲领导

南昌起义的京剧《八一风暴》，邀请南昌起义将领的亲属和孩子们去观摩，郑律成也在被邀请之列。从张家口回来的第二天，12月7日，喜欢撒网捕鱼并写过《川江号子》的郑律成带着侄孙女银珠和六岁的外孙剑锋去昌平京城大运河捕鱼，突发脑溢血，栽倒在河边。偏僻的运河边没有出租车，两个年幼的孩子边哭边艰难地把他弄到岸上，拦了一辆三轮车往昌平城里送。但终因耽搁太久，我们的大音乐家再也没有醒来。得到消息，乔老爷极度悲伤。几年后，他在矗立在八宝山的郑律成墓前的墓志上写道："郑律成同志是一位将自己的生命与中国人民革命事业结为一体的革命家。人民是不朽的，律成同志的歌曲也是不朽的。"

永远的顾先生

顾骧先生比我大五岁，我称他"顾先生"，是由衷的。这些年知识界推崇民国范儿，以我童年在民国受到的教育，"先生"在我的心目中，是神圣的，崇高的，不怒自威；在路上遇到，像我们这些小女生，无论在疯跑还是在谈笑，都得迅速返回到学子的位置，躬身而立，向先生问好。我认为顾先生就是一个有民国范儿的人，他爽朗，旷达，知识渊博，出现在什么场合，都是一副"腹有诗书气自华"的样子。

那是十几年前的事了，我因写过几部电影和电视剧本，发表过几篇稍长的报告文学，在文学和影视圈，偶尔也被邀请参加一些活动，比如评奖当个评委、开会做个嘉宾什么的。还有，每逢召开作代会和文代会，我也成了代表，经常与文学艺术界的头头脑脑和各路名流擦肩而过；或坐在观众席的某个椅子上，听他们侃侃而谈。久而久之，他们中有的成了我要好的朋友；有的见了叫得出名字，却因隔得太远，疏于来往；有的知道名字，也知道叫这个名字的人，是个大作家、大艺术家，但与具体的人对不上号。顾骧于我，就属于最后那种人。

2002年冬天，写过《甲午风云》和《傲蕾·一兰》的著名剧作家叶楠先生病得不轻了，抗抗在他住着的海军大院附近订了一桌饭。她知道我与叶楠以及他的孪生兄弟白桦关系不错，约我一块陪陪叶楠，意思不言自明。抗抗在电话里说，顾骧也要参加。我说，顾乡？是北影那个女孩子

我认为顾先生是一个有民国范的人，他爽朗，通达，知识渊博，出现在什么场合，都是一副"腹有诗书气自华"的样子。

吗？抗抗说，不是女孩子，是著名理论家和文学评论家，大名鼎鼎，你忘了？抗抗很是惊讶，提醒说，我不仅见过顾骧，还当着许多人的面见过不止一次。但抗抗越提醒，我的脑子越是一片空白。我说该死，近来我老忘事，具体到哪个人，就是想不起来。抗抗笑了，说，你家离海军大院近，明天我们先上你家，见面你就知道顾骧是谁了。我说，好，我在家等着，但千万别告诉顾骧我不认识他。

　　这里有个故事。我说的顾乡，是部队老诗人顾工的女儿，在北京电影制片厂当编辑。顾乡有个弟弟，叫顾城，就是写朦胧诗那个顾城，后来在新西兰激流岛出事的那个顾城。而顾城出国，又多少与我有点关系。那是上世纪80年代中期，有关方面对西方邀请出国的人有所限制。顾工因儿子顾城办不下签证，找到我说，贺大姐，孩子是个木匠，写朦胧诗出名了，但朦胧诗在国内不受待见，而且他除了写诗，再不想干别的，连自己也养活不了；现在国外邀请他去访学，对他也是一条路。当年我在军事科学院百科研究部工作，老伴李振军在武警当政委，都认识一些人，最后我们通过关系，帮他们办成了这件事。

顾骧与顾乡，一老一少，一男一女，就这样被我搞混了。

第二天，我在木樨地24号楼家里等待抗抗和顾先生到来。门铃响过，我刚拉开一条缝，一个震动耳膜的声音传了进来：贺捷生，你不认识我？真是贵人多忘事，让我太没有面子了！不用问，站在面前的这个人，就是顾骧了。他不算高，微胖，像教授那样架着一副宽边黑框眼镜，声音却大得吓人，带着明显的江浙口音。我来不及问他为什么没有和抗抗一起来，连忙道歉，说，失敬失敬，顾先生哪能不认识？是我听岔了，把你听成顾工的女儿了。她也叫顾乡，城乡的乡。到这时候，我完全想起来了，我确实见过他，也确实不止一次见过。接着我说，顾先生是多大的名人，让我高山仰止。他哈哈大笑，不请自便地坐在会客室里的一张硬木椅子上。我老伴走进来和他握手，他又哈哈大笑，像多年不见的老朋友。

我不能说谎，直到顾先生坐在我家里，对我就像对学生那样直呼其名，我对他的过去仍然一无所知。后来，经抗抗他们介绍，加上读了他的书，我才知道，他是江苏盐城人，出身于没落封建士大夫家族，曾祖父当过淮安府官吏。他自幼好学，五岁发蒙，熟读中国古典文学名著。1944年参加革命工作，在新四军苏北文工团写剧本，当时只有十四岁，是个名副其实的红小鬼。解放后，因渴望接受系统教育，他脱下军装，考入中国人民大学哲学系读研究生，正儿八经地啃过黑格尔的《小逻辑》。当年那可是世界哲学名著，艰涩难懂，没几个人读过，更别说弄懂弄通了。研究生毕业后，他如鱼得水，先后在人民出版社、政务院出版总署、文化部出版局、中央文化学院、中央音乐学院、国务院文化组、文化部教育司研究室、文化部理论组、全国文联研究室、中宣部文艺局工作。1991年从中国作协创研部副主任的位置上离休。总体印象是，他当了一辈子的文化幕僚，摇了一辈子笔杆子，但凡宣传文化机构都待过，是从意识形态的惊涛骇浪中闯过来的。

认识顾先生的第二年，读到他出版后签名送我的文化回忆录《晚年周扬》，我暗吃一惊，原来他当过周扬的秘书。1983年，周扬在中央党校作的那个在思想理论界掀起轩然大波的报告《关于马克思主义的几个理论问题的探讨》，就是王若水、王元化和他三个人起草的。而引起当时在中央主抓意识形态的胡乔木极力反对的，正是他执笔的第四部分"人道主义和异化"。1984年1月，胡乔木组织力量，数易其稿，选择周扬作报告的中央党校，作了与周扬针锋相对的报告《关于人道主义和异化问题》，否认周扬宣扬的"人是马克思主义的出发点"，由此在思想文化战线掀起了一场"清除精神污染"运动。晚年思想发生重大变化的周扬，最终被迫向中央作了检讨，没过多久便郁郁而终。

或许对阶级斗争年年讲、月月讲、天天讲，早就感到厌倦了，当又一场思想战线的论争到来时，我犹恐避之不及，因此对"人道主义和异化"的论战知之不多。只记得白桦因创作了电影文学剧本《苦恋》，受到猛烈批评，深陷在波涛汹涌的政治旋涡之中。二十多年后，当我从《晚年周扬》中得知卷入这场斗争的，不仅有胡乔木、周扬和可怜的白桦，还有站在周扬身后的顾骧，就只能对此发出一声感叹了。因为胡乔木、周扬和白桦，或是我敬重的前辈，或是我的朋友，他们最后的政治命运，或多或少与这个事件有关。不知道几十年来始终在思想理论战线冲锋陷阵的顾先生，他的资历那么老，影响力那么大，最后从作协创研部副主任的位置上退下来，是否也是为此付出的代价？

事后我发现，我与顾先生渐渐走近的过程，其实是我渐渐认识更多的文学朋友，渐渐回归文学的过程。首先让我惊异的是，我在文学界少有的几个好朋友，如金炳华、高洪波、张贤亮、张抗抗、梁晓声、叶文玲、程树榛、柳萌、杨匡满等等，也是他的好朋友。他甚至和程树榛和杨匡满住在同一栋楼里，参加什么活动，可以坐一辆车来回。我熟悉的总后政委周克玉上将，竟然既是他的同乡、同学，又是他的新四军老战友。此后，每逢我与这些朋友见面，只要他不在场，都会想起他，谈论他。遇上有些档次的聚餐，一定请他也出席。

接触多了，我惊奇地感到他有些落寞、悲伤和孤单，好像对级别被定得太低心有不甘，家庭生活也不怎么如意。朋友们当着他的面，都得小心翼翼地避开这些话题。有段时间听说他枯树开花，有了新的感情寄托，女方是个跳芭蕾的舞蹈家，我们都为他高兴。我还呼朋唤友，请他们吃了一顿饭，以示庆贺。但过了一些日子，此事无疾而终，不了了之，不知道问题出在哪儿。我是个心里藏不住事的人，见他生活潦倒，很想帮他做点什么。比如，听人说他住的房子很小，堆满书的空间非常逼仄，有一次，我当着他的面给作协领导提意见，请求组织帮他解决困难。该领导无可奈何地笑笑，让我问他中国作协是否给了他大房子，他无语。我猜想他有难言之隐，也就不问了。

想不到，我没有帮上他，他反倒热心地帮起我来了。

2009年11月，顾先生给我打来电话，说鉴于世风愈下，道德泯失，需要文化人通过对文化的坚守，唤起社会的良知、社会的道德和社会责任心的底线，为此商务印书馆国际有限公司和他商量，拟选十位品德高尚的散文界高手编一套"文化人散文随笔丛书"，请他担任主编。他推荐入选的十个作家中，有我的名字。我吓了一跳，忙问另外九个作家都有谁，他说，有铁凝、肖复兴、徐小斌、邵燕祥、于是之、袁鹰、吴冠中……我马上打断他，说，不行不行，你选的这些人，不仅品德高尚，也不仅是散文界高手，像小说家铁凝、徐小斌，诗人邵燕祥，表演艺术家于是之，画家吴冠中，都是业内大家，如雷贯耳，我写的那些小随笔、小杂感，怎么能跟他们比？他一听这话，不高兴了，又直呼其名，说，贺捷生，你怎么这样没有自信？凭你的人生经历，你在文章中表现出来的强烈社会责任感，还有你与众多老一辈革命家的情感联系，在这套守住文化坚贞的丛书中，独一无二，谁也不能取代。你以为我推荐你，仅仅因为你是元帅的女儿吗？不是的。然后不容争辩地说，你听我的，就这么定了，加紧准备作品吧。

放下电话，我心里很不平静。我知道顾先生无论怎样鼓励我，说我写的那些小东西多么好，多么有价值，都是站在诲人不倦的角度高抬我，提携我，千万不能当真。至于编一本书，最后我想，质量有高有低，读者见仁见智，既然推辞不掉，那么恭敬不如从命。

那年我七十四岁了，虽然积累了许多资料，也动过再写点什么的念头，可毕竟年纪不饶人，身体一天不如一天，对未来的写作不敢抱多大的希望。当我把十几年来陆续发表在报刊上的长篇短章汇集在一起，心里竟有些莫名的激动。我从小爱好文学，爱好写作，还在湘西隐姓埋名求学的时候，就想当一个女记者或女作家，但之后几十年，一路艰辛，一路坎坷，到古稀之年回过头来检点这些文字，却是那么贫瘠，那么荒凉，让我心生愧意。不过，文学在我的心里，依然是崇高的，依然像花朵那样艳丽，流水那样清纯。人老了，我庆幸这些文字还能让我敝帚自珍，让我觉得心里有梦，有念想。正因为如此，我把我一生中第一个也许是最后一个散文随笔集，定名为《索玛开花的时节》。

索玛花是藏胞们说的格桑花，在我的老家湘西，叫杜鹃花，俗称映山红。我爱这种花，是因为它们在我的生命历程中，一路盛开。

《索玛开花的时节》出版后，顾先生比我还高兴，马上提出召开作品研讨会。他说他的许多朋友给他打电话，一些读者还给他寄来热情洋溢的信，说这本书有立场，有品位，在文学界独树一帜。我知道他还是在鼓励我，坚决不答应。我说，顾先生，你即使借我一个胆，我也不敢开研讨会。别说在文学界、散文界，即使在这套丛书的十个作家中，我也师出无名，甘拜下风。顾先生又一番谆谆教导，我就是不松口。最后，架不住他的反复劝说，我同意开一个小范围的答谢会，请他和长期帮助我的张抗抗、程树榛、艾克拜尔、杨匡满，还有几个部队的朋友吃一顿饭。可是，不知通过什么渠道，时任总政治部主任的李继耐上将也得到了消息，说要来参加。我没有退路了，只好临时借餐馆的一个能坐十几个人的会客室，在饭前举行一个小型座谈会。

在这个原本没有计划的座谈会上，顾先生有备而来，率先发言，对我这本小书进行认真又不失专业的评点。让我感动的是，他第一次不直呼其名，改称我"贺大姐"。那种姿态，就像毕业班的老师对学生发表临别赠言。五年后，他已不在人世，我找出当年朋友们帮我整理的录音稿，听见他洪亮的声音再次从记忆深处传来：今天开这个会，我认为可以叫作祝贺会，祝贺贺大姐这本散文随笔《索玛开花的时节》出版。文艺界的朋友、军内军外的朋友看了这本书，都觉得好，我在这里先引用一个读者，也是贺大姐的一个粉丝反馈的信息，我原原本本地把它读出来："顾老师：贺姐姐那本《索玛开花的时节》，值得认真地阅读，我在北京至太原往返6个小时的动车上，一口气读完了它，对贺姐姐又有了新的认识，增添了新的崇拜感。她的人生不凡！从字里行间看得出来，她有思想，有理想，有正义感，既有文采又显崇高。你作为主编向读者推出这本书，功德无量，在此我表示衷心感谢！"接着他说，"我赞同李继耐主任进来时说的，贺大姐的《索玛开花的时节》，是一本历史和艺术相结合的有价值的精品。她把这本书交给我们出版，使这套'文化人散文随笔丛书'越发显得沉甸甸的。已经读过这本书的朋友和期待读这本书的人，相信都有这个感觉。它有历史价值、思想价值，也有审美价值，而且文笔很优美。因而，在此，我要说一句冒昧的话，她这本书，在当今的军旅文学中，恐怕也是佼佼者。甚至，我们还可以说，贺捷生大姐不但是一名著名的军旅作家，也是当今文坛的一名受人尊敬的知名作家……"

听着这席话，我心惊肉跳，热泪盈眶。虽然我心知肚明，知道顾先生对我的称赞，仍然是先生对学生的称赞。如今，事过多年，想到我的写作能持续到今天，我才理解，他当年说的那席话，对我的写作和今后的路，还有"扶上马，送一程"的意思。

那天，我记得我说得最多的一句话是："我是一个幸福的人"。但我想说却没有说出来的一句话是：顾先生，您是我永远的"先生"。

寻找未名湖

"老夫聊发少年狂。"入校六十周年同学聚会，组织者用心良苦，选择重回燕园，重回几十年始终在我们心里荡漾的未名湖。他们打来电话说，捷生老同学，在京的同学都参加聚会，你离燕园那么近，可别缺席啊！我回答说，放心吧，我怎么会缺席呢？谢谢你们还记得我，谢谢你们小的还把我当姐姐，大的还把我当妹妹。

都是七老八十的人了，真正的七老八十。想想吧，入校都满六十年了，整整一个甲子。那么入校之前呢？谁是穿着开裆裤上的大学？而且上北京大学？何况还有我等调干生，就说我吧，当年不算最大，也二十岁了。记得许多年前谷建芬写过一首歌，有句歌词说："再过二十年，我们再相会。"我们却过了三个二十年。但是，三个二十年过去，我们该是什么情景呢？该是八千里路云和月，白了少年头；该是满脸沟壑纵横，沧海横流，相看已无言。是啊，六十年过去，谁经得起这么长时间的磨损？谁承受得住六十年的风吹雨打，大浪淘沙？六十年过去，如果还活在人世，还没有东倒西歪，苟延残喘，还能风尘仆仆地走回燕园去，和同学们拥抱，叙谈，把酒言欢，就已经是个奇迹了。

竟赶来十三个人，一个不怎么好听的数字，但已经不错了，很不错了。实际情况是，有人不在这个世界了；有人在海外漂泊，处境尴尬；有人被疾病扳倒了，坐在轮椅上，连亲人都不认识了。也有长期失联的。这不奇怪，古诗说，"十年生死两茫茫"，别说是六十年了。更别说，这是跌宕起伏的六十年，阴晴圆缺的六十年。因为，在这六十年中，我们共同经历了"反右"、支边、"大跃进"、"四清"运动、评《海瑞罢官》、"清理阶级队伍"，还有触及灵魂也触及皮肉的十年"文革"。你说，在这样的六十年中，还有什么事不会发生？

六十年过去了，就像经历了一场漫长的战争。

当然，在战争中倒下的人，再也没有机会重逢了；而在战争中幸存的人，苦尽甘来，得了便宜也不想卖乖。看着白发苍苍下的一张张脸，老得没法认了，只能互相提醒，然后像少男少女那样蹦起来，发出一阵阵欢呼。不用说，在这个时候，谁都希望时光倒流，把当年的风华和纯真找回来，把像柳絮那般吹进在岁月夹缝中的记忆找回来。

1955年，那时我们多么年轻，我们的祖国多么年轻！说艳阳高照，春光明媚，到处莺歌燕舞，绝不夸张。虽然生活贫困，衣着朴素，人人一身列宁装，但没有人觉得苦，觉得寒酸。即使有好衣服也压在箱子底下，不敢穿；有家庭背景也不敢说，就怕别人说你特殊化，说你资产阶级。记得为欢迎我们这些从五湖四海走来的学子，学校也像社会上一样，勤俭节约，开源节流，把教授们的小餐厅改成学生宿舍，员工们的大餐厅改成礼堂。但是，北大就是北大，无愧为中国的最高学府，在那个除旧布新的年代，追求独立人格和自由精神的校风没有变；大师云集，藏龙卧虎的品质也没有变。就说我们历史系吧，给我们授业解惑的，是翦伯赞、邓广铭、周一良、齐思和、邵循正、裴文中、夏鼐那样的大教授、大名士。当时的校长，是大名鼎鼎的经济学家马寅初先生，曾在美国的耶鲁大学和哥伦比亚大学两所名校取得硕士和博士学位。而他提出的"新人口论"，事关国计民生，却受到猛烈批判，自己也被打成"右派"。后来的事实证明，批了他一个人，多生了几亿人，严重拖了国家经济发展的后腿，让我们付出了惨重代价。

入校六十周年同学
聚会，选择重回燕
园，重回几十年始
终在我们心里荡漾
的未名湖。

那一年，是新中国培养的第一代高中生正式参加高
考。考上北大的，无疑是千里万里挑一的尖子生，却和我
们这些学业参差不齐的调干生分在同一个班、同一个组。
这批人年龄虽小，但有备而来，在学业上咄咄逼人，把我
们撵得气喘吁吁的。当时的学习风气，就像随之而来的
"大跃进"，大家比学赶帮，力争上游，没有谁甘于落
后。课堂上不必说了，到了晚自习，同学们饭都不吃，纷
纷去图书馆抢座位；图书馆的座位没抢上，立刻赶往阅览
室；如果阅览室也人满为患，只好回到七八个人拥挤的宿
舍里，或钻进未名湖边的树林里，借助昏黄的灯光和月
光，读书，对笔记，"嘀里嘟噜"地背俄语单词。

林被甸先生，我们北大历史系55级（1）班班长，毕
业后留校，先当历史系教师，再当历史系主任，最后当上

了学校图书馆馆长。因对学生时代去图书馆抢座位的情景记忆犹新，上任馆长的第一件事情，就是为北大新盖一座图书馆。他说，新图书馆开馆那天，师生们纷至沓来，熙熙攘攘的队伍蜿蜒好几里。都知道红楼时期的老北大，曾经以图书馆名噪一时：毛泽东第一次来北京，便在北大图书馆当见习管理员，每月八块大洋，还是李大钊帮他谋的这份差事。

平心而论，大家如此拼命地学习，并非想成名成家，也说不上有多么崇高的思想境界。就是想多学一点，将来能更好地参加社会主义建设，报效国家。至于毕业后被分配到哪里去，在什么岗位上工作，是没有人考虑的。即使有那样的想法，也都埋在心里，秘而不宣。因为，那时想当专家是可耻的，想著书立说等同于走白专道路。然而，在解放初能凭借自己的实力考上北大的人，或多或少都有家学渊源，这同样不光彩。因为有家学渊源的人，免不了与剥削阶级沾边，与海外沾边，只有在学习上拼命用功，才能摆脱家庭阴影，被国家录用。

我算是根红苗正那种人，但出入帅府的背景，却让我顶着一圈给我带来许多烦恼的光环。在同学中，比我小的应届生对我敬而远之；和我一样的工农兵调干生，也与我若即若离，觉得我和他们不一样。只是谁也想象不到，我是一个没有童年的人。我受过的苦，一点都不比他们少。仅仅在五年前，我还隐姓埋名孤苦伶仃地漂泊在湘西，过着没人疼没人爱的日子。我能和他们一样跻身北大，除去我父亲成了共和国元帅，还得益于我在艰难的日子里没有荒废学业。要命的是，我由于身子瘦小，经常腰疼，长年病病快快的。到医院检查，被诊断为急性肾炎。就因为在学业上功夫下狠了，耽误了治疗，急性肾炎已转为慢性，这让我苦不堪言。因此，我变得沉默寡言，形单影只。坚持到实在难以坚持，学校建议我休学一年。

这时，沙健孙同学向我走来了。沙同学聪明善学，出类拔萃，与班里的另外两名才子梁英明、郭罗基，每门考试都不出班里的前三名，用现在的话说，是班里的学霸。但他本分厚道，性格谦和，是非分明，对人体察入微，有女同学在暗暗追求他。但他向我走来了。我至今不解的是，在我被疾病折磨得最难熬的日子里，他除了帮我补习因生病落下的功课，还送给我一个漂亮的布娃娃。我感动极了，不知道他是误打误撞，还是知道我有个不幸的童年，从来没有得到过玩具。可我没有问过他，而且，至今也没有告诉他，自从有了这个布娃娃，我常常搂着它睡觉。以后工作了，从北京辗转到青海，又从青海辗转回北京，搬了好几次家，我都把这个布娃娃带在身边。

后来，那是在"文革"中，我受父亲贺龙的牵连被打成"反革命"，一次刚挨过批斗，沙健孙就不避嫌疑地赶来看我，安慰我。我大吃一惊，说你不要命了？不要政治前途了？他嘿嘿一笑，说，哪有这么严重？我不就是来看看老同学嘛。几天后发生的事情，证明他确实是铤而走险。因为他们单位的"造反派"得知他来看过我，马上把他揪了出来，大字报糊了一墙。"文革"结束后，这个始终在探寻党史奥秘的人，以对中共党史的深刻研究，历任中共第十三届、十四届中央候补委员，北京大学副校长，中共中央党史研究室副主任，中共党史学会常务副会长，全国党史党建学科规划评审组组长，做了同学中最大的官。

六十年后的沙健孙鹤发童颜，慈眉善目，当年的厚道已经深入到了他的骨子里。走近他，我想对他说点什么，但当着那么多同学的面，终没有找到适当的话题。他心领神会，喉结滚动了几下，率先伸过来一只手。他说，捷生，你好吗？我说，好。然后说起我母亲。他和班里的同学几乎都去过我母亲家，见过我母亲。他动情地说，他从未见过那么坚强又那么慈祥的老人。我说，是啊，像我母亲那样的人，现在找不着了。接下来，为我十年前去世的母亲，我们陷入了沉默。

几十年后我发现，同学之情并非兄弟之情、兄妹之情，却胜似兄弟和兄妹之情。日子越久，岁月越长，这种感情也越真，越纯，如同窖藏在地下的酒，时间越长，越绵密醇厚。当我们共同步入暮年，只需一个眼神、

出现在我眼里的未名湖，还像六十年前那样浩
渺，那样幽静和安谧。

一个下意识的举动，就能看见彼此心里的波澜。

就像何桀同学，她是我的湖南同乡，又同为女性，当年相互间的来往并不多。大学毕业后，她留校当老师，教外国来华留学生中国通史课。一年后院校调整，被调到北京语言学院，还教中国通史。三年自然灾害时期，国家紧缩编制，她又被"下放"到北京市第十九中学任教。但是，在她心里，却不存在堂堂北大老师与一个普通中学老师有什么高低贵贱之分。之后，她默默在粉尘飞扬的讲台上耕耘，如今已是桃李满天下。她教出的学生，有的当了部长，有的当了将军。她也从小小的教研组长，一直干到特级教师、副校长，直到二十四年前顶着一头白发退休，成了一个我在半路上遇到绝不敢相认的老人。

六十年后再相见，何桀在我眼里，正如我在她眼里，就是亲姐妹、好姐妹，如同从来没有分开过。而且，在这六十年中，我和她都没有走远，我们工作的地方、我们的家，都在北京海淀区的西山脚下。让我感动的是，几十年来，她每当在报刊上看到我的消息，都会为我高兴，为我激动，并小心翼翼地剪贴下来，或者拿到街上去复印，然后寄给我。有一年，她去香港旅游，在书店看到加拿大明镜出版社出版的一本书，写到我在"文革"中为人请命，总共不到二百个字，她不惜将整本书买下来，回到北京后立刻复印给我寄过来。

跟何桀同学一样，我们在京的十三个同学，早在十年前，甚至二十年前，就从工作岗位上退下来了。虽然没有谁大红大紫，大富大贵，却不乏教授、专家、将军和省部级官员。有的，像沙健孙，还进了中央委员会。当我们六十年后重新相聚，谁都羞于提自己当过多大的官，做过多大的事。即使著名学者，如中国人民大学清史研究院教授、博士研究生导师秦宝琦，真正著作等身，也不觉得自己有多大学问。更别说受过多少苦，遭遇了什么不公，生活曾经过得多么艰难。总之，不为物喜，不为己悲，仿佛毕业后各自奋斗的几十年，是根本不存在的，生活刚刚从六十年前开始。因此，在你一言我一语的畅谈中，我们这些七老八十的人，会为当年任何一个细小事件，或任何一个人出的小洋相，有时是男女之间的暗自倾慕抚掌大笑，或热泪盈眶。

重返北大历史系聚会，我们当年的班长，毕业后担任过系主任和北大图书馆馆长的林被甸同学，理所当然成了召集人和东道主，尽管他也退下来十几年了。林同学当年直接从高中考取北大，比我们小几岁，还像从前那样文质彬彬，对我们这些比他年长的同学表现出特有的谦恭。他宣布中午的聚餐安排在勺园，还别出心裁地为这次聚餐设计了一个主题：给八十岁以上的同学集体过生日。

林同学的话一出口，大家当即一愣，然后便哈哈大笑起来。可不是吗？十三个同学中正好八十岁或过了八十岁的，已经过半了。当然，我也在其中，虽然还差六七个月。而没到八十岁的几个，也都七十八九了。他们为我们过生日，五十步笑百步而已。

在餐桌上，老头和老太太们异常兴奋。有嗓门大的地动山摇地嚷着要喝白酒，说人生难得几回醉，今天要一醉方休。但真正喝起来，哪怕喝一小杯红酒，也是极斯文，极有风度。先是"70后"集体祝贺"80后"健康长寿，而后"80后"则叮嘱"70后"不要着急，应该抓住青春的尾巴，好好地享受生活。喝着喝着，阵线乱了，想说什么说什么，想跟谁说话跟谁说话。无外乎珍惜岁月，爱护身体，争取多活几年。甚至在这样一种场合，大家也不放弃几十年坚守的信仰，说老了也要爱我们这个国家，要过得有尊严，不给政府添堵，不给儿女们添乱。

饭后各自离去，这时我才发现，我一直等待的重游未名湖并没有列入议程。因为未名湖对我们这些六十年前的北大学子来说，不仅是一个景观，更是一个心结。一问，如今的历史系离未名湖只有几十米远，就在湖畔。当我们在系里的小报告厅热烈叙谈时，诸多同学或单独，或三三两两结伴溜出去看过了。唯有我傻傻地一坐到底，一直在等待安排集体活动。

末了，我带上小司机，自己去补上这一课。

出现在我眼里的未名湖，还像六十年前那样浩渺，那样幽静和安谧。正是初夏，岸边的树林青翠欲滴，听得见各种叫不出名的鸟在浓密的树荫里"啾啾"鸣叫。湖边较浅的地方长着一蓬蓬旺盛的草，肥绿的叶片像错过收割期的韭菜。东岸的博雅塔，有如哪位大师雕出来的玲珑剔透的工艺品，一半举在白云飞渡的半空，一半倒映在水里。在我斑斑驳驳的记忆里，在湖的某个岸边，好像有钟亭、石坊、供着花神的小庙，和一条条形态逼真的翻尾鱼石雕，有稍微高出水面、与中央湖心岛相通的石桥，还有看上去并不显眼的埃德加·斯诺的墓。当然，在一张张墨绿色的木质长椅上，更应该有低着头静静阅读的学子。

也许我年纪大了，韶华不再，几十年常常浮现在梦里的这个著名的如同装满圣水的湖，忽然变得陌生起来，不像当年那般神秘，甚至同我见过的许多湖轻易地混淆在了一起。我知道我这种想法是荒诞的，对它不尊，但我真是没有沿着它寂寥的湖边再走下去的欲望。

有一点我非常清楚，我想寻找的那个未名湖，再也找不回来了。

与西山为邻

　　秋天的一个早晨，我像拉大幕那样拉开整整遮住一面墙的窗帘，温暖的阳光像瀑布一样涌进来。顿时，我感到有无数只手在簇拥我，抚摸我。经历短暂的一阵迷醉，我睁开眼睛，这时便看见一道蜿蜒的山影横卧在天空下。它是那么的沉稳，那么的雄伟和静谧，如同父亲和兄长们宽厚的肩膀。"啊，西山！"我在心里情不自禁地喊了出来。

　　两年前，几经周折，我搬进了西山脚下的一个部队干休所。因为退休后独守空巢，每天有一搭没一搭地整理积累的笔记，我基本夜不早睡，晨不早起。第一天在空荡荡的屋子里醒来，灿烂的阳光以不可抗拒的温情拥抱着我的身体，我才意识到，时间过得太快了，六十年来，我在北京绕来绕去，却没有走出西山的怀抱。如今我老了，步履蹒跚，西山又像亲人那样收留我，给了我好像一生也没有得到过的宁静。

　　我是在解放初期追随在国务院担任副总理的父亲和在中组部任职的母亲进京的。那时，我还是个刚从湘西找回来两三年的小姑娘。最初一段日子，我在北京两眼抹黑，能说上话的朋友基本没有，生活上甚觉孤单。实在耐不住寂寞，便带上一张地图，自己跑出去辨认这座大城。北京到处是名胜古迹，当年人口稀少，大街上看不见几辆车。民风更是朴实无华，说得上路不拾遗，夜不闭户，孩子跑丢了也有警察送回家。城里玩得差不多了，就壮起胆子往郊外跑。西山八大处通公共汽车，景点多得看不过来，是我常去的地方。几十年后，我和毛主席的女儿李敏，还有在毛主席身边工作过的李银桥等老朋友结伴出游，不约而同想到的，也是西山。因为那里有毛主席和中共中央最早进京时住过的双清别墅。走进这座神秘的老房子，看着见证过父辈们苦难辉煌的旧时风物，心里不禁肃然起敬，又有点淡淡忧伤。

1955年，我以调干生的名义进入北京大学历史系深造。因地处北京西郊，去西山游玩更是家常便饭。有时陪同从外地来的同学去过周末，有时成群结队去过团组织生活；心情郁闷的时候，也会在腋下夹一本书，自己去山下坐半天，边读边捋缠缠绕绕的心事。现在是北京植物园的地方，当时长满各种叫不出名的灌木和杂草，人钻进去不出来，谁也找不到。记得当年有个黄叶村，村口有一棵大槐树，后来人们考证说，这是曹雪芹的故乡，伟大的古典名著《红楼梦》就是在这里诞生的。有一年，学校开展社会实践活动，号召大学生帮助农民扫盲，我们便选了山下的一个村子，教村里的妇女识字。当时正值寒冬，北风呼啸，特别冷，大姐大嫂们都盘腿坐在烧热的炕上做针线。我们骑着自行车，呼哧呼哧地在荒野上走，进了屋，脱了鞋，也把腿伸进炕上热烘烘的被窝里，然后打开书，教她们读"我为人人，人人为我"。因我个子瘦小，热情高涨，年终评比，还被评为扫盲模范。

我在部队最重要的一站，也是最后一站，是在军事科学院军事百科研究部担任部长。巧的是，军科也坐落在西山脚下。西山环抱的军事科学院，既给了我为这支军队最后服务的机会，也给了我生命的厚爱和滋养。因此，对这段经历，我没有理由不给予深情回顾和赞美。

军事百科研究部担负的任务，简要地说，是编纂一部大书，一部囊括军事科学古今中外方方面面的百科全书。因为前无古人，上级要求这部在未来公开出版并为军事科学各基础学科提供标准答案的书，必须全面，权威，包罗万象。因其大，因其千头万绪，卷帙浩繁，这注定让这个新成立的部，必须白手起家，必须焚膏继晷。

在人们的印象里，军事科学是男人的领地，实际上当年的军事科学院，也确实是男人的天下。当我以女儿身走进这座军事科学最高殿堂的时候，大家看我的目光，我发现，是惊奇而游移的。但我挺胸抬头，迎着这些目光坚定地往前走。因为，我已人到中年，正年富力强，做的又是自己最想做和最该做的事，一种强烈的责任心和使命感油然而生。首先给我带来力量的，是时任院长蒋顺学和政委杨永斌两位将军。他们握住我因气血虚弱而总是冰凉的手，温和地说，贺捷生同志，你上过北大，在中国革命博物馆从事过革命历史研究，又创作过多部有影响的影视作品，特别是跟随父母亲经历过二万五千里长征，领导军事百科研究部可谓得天独厚。院里领导对你充满期待。我望着这两位和蔼可亲的大军区级主官，郑重地点头。心里想，走着瞧吧，我能不能赢得大家的信任，是否挑得动这个担子，让时间来回答。

我必须承认，军事百科研究部与军科其他部室比较，没有历史渊源，也没有学术背景，而且人员来自四面八方，参差不齐。大家埋在心里最不愿说的，是这项工作的目标太明确了，既要求你专心致志，把板凳坐穿，又没有多大的个人发展空间。因此，有研究和教学能力的人都不愿来，外单位和外地的同志想进来，却面临住房和进京两大难题。在我到来之前，我的前任领导和部里的同志做了大量开创性工作，打下了很好的基础，但百科部在院里的地位仍不能与别的部室同日而语。让人沮丧的是，大家的职务和职称明显偏低，因此许多人情绪低落，感到前途黯淡，尤其新分来的博士和硕士生，觉得在这里工作无非抄抄写写，剪剪贴贴，势必耽误终生。我不能说大话，更不能开空头支票，但心里想，要让大家安下心来，感到事业有干头，未来有盼头，唯一的办法，就是把军事百科当作一件功在千秋的大事来做，而且一定要做好、做实。书编好了，自己的腰杆粗了，才能谈其他。

拜访老院长宋时轮上将，让我吃了一颗定心丸。他黄埔五期出身，满腹经纶，既是我军的一员赫赫有名的战将，又是少有的军事理论家、

教育家。他参加过土地革命战争、抗日战争、解放战争、抗美援朝。他曾任华东野战军纵队副司令员、第九兵团司令员；所部纪律严明，作风凌厉，擅长阵地攻防，与他交过手的国民党军流传这样一句话："排炮不动，必是十纵。"我登门求教，请他给军事百科研究部提要求，出主意。他说，好好好！选你贺捷生到军事百科研究部，我投赞成票。从你父亲贺龙元帅领导南昌起义，到建立中华人民共和国，再到改革开放，我们这支军队从无到有，从小到大，从毫无章法到建制整齐，蔚为大观，走过多么曲折和辉煌的道路，有多少经验教训需要梳理、总结和传承。又说，我们这些老家伙打了一辈子仗，现在老了，退下来了，而且正陆续离去，希望赶快做这件事，抓紧做这件事。趁着我们头不昏，眼不花，人还不糊涂，对许多战役

担任军事科学院军事百科研究部部长期间，我别出心裁地提议举行国外驻华武官联谊会，各国武官得知消息积极响应。

我以中国作家代表团团长身份，率中国作家访问罗马尼亚。图为中国作家与罗马尼亚作家合影。（我身后站立者，后来当选为罗马尼亚总统。）

和战例记忆犹新，可以帮你们出出思路，把把关，审审稿；还可以动员其他老同志也来助你们一臂之力，为出好这部书贡献余热。回到部里，我把老院长的话原原本本说给奚源和李静等几个老同志听，他们和我一样感动。奚源和李静等老同志学有专长，编纂经验丰富，有他们的热情支持，我信心倍增。

这是上世纪80年代，几位老帅尚健在，活着的开国将军就更多了。我利用与他们的特殊关系，一个个把他们接到学院来开会。数百老将军精神矍铄，容光焕发，穿上老军装，拄着拐杖，有的让警卫参谋或老伴搀扶着，鱼贯而来，硕大的会议室里坐得满满的，把科学院领导和各总部、各大军区在职的带队首长，都挤到角落里去了。那是些开国元勋和老上将、老中将啊！当年曾率领各方面军，在各大战役中号令三军，风扫残云。离休后因疏于来往，见面热烈握手，相互问候，眼里泪光闪闪。那种盛况，如同多年前出席中央委员会或军委会。当时我便意识到，历史给我们的这个机会，太难得，太珍贵了，今后不可能再有了。因为人的生命是有限的，特别是这些从中国革命战争各个历史时期走来的将领，时间对于他们来说，是残酷的。

在会上，老将军们争先恐后，纷纷指出哪段历史重要，哪个战役和战斗必须载入史册，哪个根据地不能漏掉，哪次冲突和论争必须实事求是，信息量大得车载斗量。会后，我们条分缕析，就像新中国成立初期组织撰写革命回忆录《星火燎原》那样，直接列出条目，给他们布置任务。因为老帅和老将军们都是当事人，身边又有秘书，给他们交代任务无不满口答应。各大单位又都有领导小组和办公室，聚集着一批军中秀才，老首长们的稿子写好后，交给办公室反复讨论，反复查阅史料，交来的稿子基本成型。当然，这还不是最后的定稿，最后的定稿必须统一格式、统一口径、统一时间和地点，由有关高层领导和军史专家一锤定音。老院长宋时轮就是这样一个把关和终审者。有几年时间，我经常往他的家里跑，一沓沓给他送稿子。宋时轮审稿子，格外严肃认真，不仅审史实，审结论，连病句和错别字都不放过。每次取回来的稿子，无不圈圈点点，留下一丝不苟的墨迹。我从他的身上学到的东西，足以受用终生。可惜书还没有出来，他就离我们而去了。

我们最没有把握的，是外军分卷，缺乏资料和各语种翻译倒还其次，关键是无法解决版权问题。有同志受到西方社交方式的启发，提出举办一个冷餐性质的联谊会，邀请各国驻华武官参加。但话说出来，又觉得异想天开，说武官们都有严格规定，不可能接受我们这种级别的邀请。因为那时刚对外开放，直接邀请各国武官还没有先例。我却被这个提议打动了，觉得思路新颖，值得探索。就去总参外事局打听，问我们这样做会不会触犯外事纪律。想不到外事局经请示后回答说，可以呀，外国驻华武官们也希望有这样的机会与我们交流。报告打上去，很快就批了。接着确定时间和预订酒店，给各国驻华使馆发请柬。不过，到这时还有人心里打鼓，说，充其量得到几个友好国家的响应，到时我们把台搭起来了，但门可罗雀，那可怎么办？我和部里几个老同志商量后表态说，只要有人来，十个二十个不嫌多，三个五个不嫌少，都热情接待。请柬送出去几个小时工夫，上面留下的联系电话响个不停，凡在北京的武官都表示出席。有的武官回国述职了，还委托使馆工作人员询问，夫人可以代表我们参加吗？我们说，可以，当然可以，大人们随丈夫来或单独来，都欢迎。举办联谊会那天，又是盛况空前，一百多个国家的武官如期而至，一个个军服笔挺，气宇轩昂，用现在的话说，都帅呆了，酷毙了；他们的夫人则穿着本民族服装，雍容华贵。原来，他们为显示本国军队的威严和训练有素，都想把别人比下去，以赢得对方尊重。那种在细微之处表现出来的军人荣誉感，无处不在。看见这个场面，别说我们的将军和教授深受感染，就连酒店的服务员也啧啧称奇。在与武官们的恳谈中，我们试探请他们为我们的军事百科全书提供相关词条，都说，OK，OK，这是我们的荣幸。再讨论版权，他们说，NO，NO，我们无偿的，不需要任何回报。

通过举办这两次影响巨大的活动，军事百科研究部名声大震。

看见我们轰轰烈烈举办那么大的活动，造成那么大的影响，不仅整个军科对百科研究部另眼相看，一些地方机构和团体也主动向我们靠拢。比如国家史志办召开年会，每年都给我们发邀请。第一次我带年轻的博士刘统去参加，与各地方同志和专家广交朋友，为日后去各根据地收集史料带来了很大便利。在那次年会上，听说有个中央领导对史志工作态度暧昧，说修地方志如同修家谱，是封建迷信的东西。我站出来为他们争辩说，修地方史志和修宗族家谱可不是一回事。地方志是一种历史典籍，有了它，走出去的人就有了可供寻找的根。这席话得到了大家的赞同。和我同去参加年会的刘统受到地方志的启迪，还找到了自己的学术方向。前些年提前退休后，他成了上海交通大学的特聘教授，由于阅读地方志获得了大量的原始资料，如今他以对日军战犯的独门研究名声大震，取得了意想不到的成功。

同事们的事业心和荣誉感，就这样被大大地激发出来。由于他们渐渐找到了自己的研究领域，不仅在工作中得心应手，而且越过工作层面，纷纷向科研纵深拓展。新老同志团结友爱，相互促进，呈现出一股蓬勃向上的气氛。办公室到了晚上依然灯火通明。科学院组织业余文化活动，比如篮球、歌咏和拔河比赛，大家憋着一股气，非得次次夺第一。社会上流行交谊舞，年轻的同志喜欢，老同志也跃跃欲试，但苦于没有场地，许多人跑到院外去跳。我打听到同在西山脚下的八一体工大队有个小礼堂，主动购置音响设备，与他们开展联欢。这之后，每到节假日，爱跳舞的人都陶醉在轻松又健康的旋律中。

历时十多年，凝结老一辈军事家和部里同志无数心血、长达一千五百万字的十卷本《中国军事百科全书》，得以顺利出版，并荣获国家图书最高荣誉奖。伴随这部大书的出版，我和同事们也进入人生的收获季节，大家不仅提高了思想和学术境界，而且该提升的提升了，该评的职称都评上了。幸运的是，在这十多年间，国家经济腾飞，大家的工资增长了，住房改善了，家家和和美美，没有一个打架闹离婚的。

正是在这期间，我被授予少将军衔和高级军事科学研究员。当然，当军事大百科一卷卷面世，我也白发苍苍，到了告别军旅的时候。

是老人都怀旧吗？离开军科快二十年了，但在军科百科研究部度过的那些岁月，还有那些曾经朝夕相处的战友，至今让我魂牵梦萦。只要军科来人聊起往事，总是兴奋不已，有说不完的话，好像那座大院的一砖一瓦、西山上的一草一木，都铭刻在脑海里，生长在记忆中。

相信凡是灵魂都渴望有个归宿，在我临近八十岁之时，命运再次把我安置在西山脚下，我想，这该是我的幸事和福分。

说出心里的痛和爱

　　从上世纪70年代末80年代初，我写电影文学剧本，写长篇报告文学，策划电视连续剧，到近些年写与我的生命相关的文字，中间隔着三十年，足够养育一代人了。但人生苦短，这么漫长的一段时间，也把我从中年带到了年逾古稀的晚年。一个人从四十多岁到七十多岁，该遭遇什么？该遭遇亲人和朋友一个个离去，儿女们一个个另立门户，远走高飞，自己却在一天天衰老，一天天丧失，一天天走向昏沉和迟暮。孤独是难免的，落寞和凄凉也是难免的。怎么对付孤独、落寞和凄凉呢？我对自己说，那就重新拿起笔来，整理整理过去记录下来的文字吧。那些长长短短的文字，可是都带着我的体温、我的血泪啊！不过，那时连我自己也不知道整理出来的将是什么。肯定不是革命回忆录，因为我只是沾了革命的光，绝对担当不起轰轰烈烈回忆革命的角色；也不准备痛说革命家史，因为我的家史太沉重、太繁复了，由我来痛说，没有那种力量，也没有那种勇气。再说，我总算在文学圈里追求过、奋斗过，如果整理出来的东西啰里啰唆，让人读了昏昏欲睡，还没看完便扔在一边，这是我不愿看到的。最后想，管他呢，随心所欲，我一段段地回想，一篇篇地写，别人爱说它们是什么是什么，爱怎么归类怎么归类，前提是，我必须对得起天地良心。

　　朋友们的游说和激励也在推波助澜。特别是文学和艺术界的朋友，我沉寂了那么多年，他们依然对我那么好，那么友善和尊重，不仅常常来看我，还经常把我邀出去聚会、采风、当评委，把我当成他们中的一员，对我充满期待，让我如沐春风，又自惭形秽。我是个有些经历的人，在茶余饭后的谈笑间，朋友免不了问起我哪段哪段时间是怎么过来的，我与某某领袖和将帅有过什么交集。8每当我如实道来。在短暂的沉寂后，他们总是惊奇地望着我，好像在打量一个史前的恐龙蛋。然后说，你写啊，你守着一座座金山银山，怎么不写？你随随便便说一个故事，就是一段珍贵的史实、一篇好文章。又说我是得天独厚的，我的独特人生，我曾经享有的荣耀和苦难，没有人能取代。有一次，担任中国作家协会副主席的高洪波先生还当面给我指定出版社，交代他信赖的责任编辑向我约稿。但回到家里，我还是犹豫不定，有点信心不足。这么说吧，我敬惜文字，也惧怕文字，我没有把握挥洒自如地驾驭它们。我嘴上说那好吧，我试试看，可打开电脑，面对屏幕，还是下不去手。因为我感到眼前的屏幕是那么神圣、那么纯净，就像一片洁白又干净的雪地，担心把那片洁白又干净的雪地踩脏了。

后来，我不幸而又万幸的童年，我在非常岁月遭遇的曲折和坎坷，也许真让人们感兴趣，报刊和坊间竟出现了各种各样的说法。有的真假莫辨，给读者留下了诸多疑问；有的把原本简简单单的往事，弄得盘根错节，云遮雾罩，让出现在文字和传说中的我，连我自己都不认识了。对此，我感到苦闷，更感到恐惧，觉得有必要站出来以正视听。虽然我已风烛残年，想过一种甘愿被埋没的平静生活；虽然我知道那些写我的人，他们是善意的，但心里却是那样的委屈、那样的不吐不快。就这样，我咬咬牙，决定要动笔了，诉说了。另一个原因是，我亲爱的父亲和母亲，我像热爱父母那样热爱的父辈，他们把什么都奉献给了我们这个国家和民族，如今都离开了我们，我作为得到过他们的保护和恩惠的人，也意识到有责任把自己对他们的爱戴和敬仰写出来，告诉更多的人。如果我有能力做而不去做，或者通过努力能够达到却不努力，似乎有点不厚道。尽管我做这件事有些太晚了，必须忍受身体虚弱和患白内障的眼睛在面对耀眼的屏幕时不断流泪的折磨。一句话，我必须向自己挑战，向渐渐流逝的时间挑战。

古稀之年写作的心情一言难尽。我写我亲爱的一生波澜壮阔又跌宕起伏的父亲和母亲，写那些在自顾不暇的年代用生命温暖我的人，写我宿命般诞生的故乡和忧伤的童年，写我在漫长的七十多年中经历的林林总总、点点滴滴。我必须说，这种如同我每天失眠和咳嗽般的回忆和写作，让我逐渐感到充实，感到欣慰。而直面人生，亲手把心灵的伤痕一次次撕开，把深藏在历史缝隙里的苦难和温情一点点掏出来，既让我疼痛，也让我体会到了什么叫酣畅淋漓，什么叫幸福和爱。我安慰自己：我这样写了，诉说了，把自己完全交出去，我就有理由相信，当我认识和不认识的朋友读过后，也许会说，这个一生颠簸的老太太，她襟怀坦荡，是个心地善良的人、诚实的人；她七十多年悲喜交加，哭过，笑过，郁恼过，快乐过，和我们一样历经沧桑。

我近年写的就是这类文字，回忆和追溯性的文字。没想到各种文学杂志、报纸的副刊，甚至党的思想理论刊物、教育界的学术交流平台，都慷慨地给我一席之地。往往这篇东西刚刚发表，或刚被《作家文摘》或《新华文摘》转载，那边的约稿短信和电话又追过来了。军界和文学界的朋友们也不吝赞美，每当看到我的名字，便热情地表扬我，鼓励我，如同鼓励一个听话的孩子再接再厉，天天向上。我小心地问他们，我写这些东西，应该算散文吧？能不能登文学的大雅之堂？他们说，当然，它们不仅是像模像样的散文，而且是丰饶的、饱满的，还夸奖我别具一格，独自在文字中营造"红色意境"。我受宠若惊，又将信将疑。我觉得我担当不起这些赞美。但我把它们写出来了，公之于世了，心里还是高兴的。因为我写的都是我亲身经历的事情、亲眼看到过的事情，还有我没齿难忘地爱着和记住的那些人。真实和真情，是我最在乎的东西、最珍惜的东西。我把这种真实和真情，当成我必须守住的底线、遵循的原则。我心里清楚，一旦离

开了真实和真情，在文字中说谎，我这些东西将变得一钱不值。

文学界有人曾经对散文的真实性产生过动摇，觉得要把散文写得更精美，更智慧，更超脱和空灵，也可以虚构，可以像写小说那样节外生枝。这让我感到不可思议和迷惘：一个人写自己的经历，自己的甜酸苦辣，怎么可以添油加醋、涂脂抹粉呢？就像当下某些食品滥用添加剂。我寻思，这样写出来的东西，还有人相信吗？至少我是不敢写的。我害怕我留下的文字愧对历史，贻笑大方，给后人留下一笔糊涂账。而做这种造孽的事，倒不如先闭上自己的嘴。

也许我是一只井底之蛙，孤陋寡闻；也许我老了，跟不上形势了。但我想到和能做到的，也只有说出真实和真情，说出心里的痛和爱。

我写的都是我亲身经历的事情、亲眼看到过的事情，还有我没齿难忘地爱着和记住的那些人。我把他们写进我的文学作品中，写进电影、电视剧本里。这张照片是在我担任编剧的一部电视剧的摄制现场。

用一生追寻歌里的父亲

　　"家史即军史，革命为血亲。字字锥心肺，篇篇忆苦辛。童年多坎坷，成长赖光阴。开国元勋事，妙笔带古今……"我的散文集《父亲的雪山，母亲的草地》出版后，身为中国作家协会副主席的著名作家高洪波先生从手机上给我发来这首诗，不禁让我思绪万千，百感交集。因为它高度概括了我的家族史和我的身世：担任南昌起义总指挥的贺龙元帅是我生命的源头，从反"围剿"的枪炮声中传来的捷报，是我出生的证明；长征路上父母褴褛的衣襟和颠动的马背，是我睁开眼睛看世界的摇篮；父亲率部东渡黄河去抗日，为了轻装上阵，血战到底，又把我捎回湘西，托他的两个军中老部下抚养；全国解放了，我回到父亲身边，先后两度从军，数十年戎装在身，伴我的唯有军歌、军旗、军号。这么说吧，我的心这一辈子都没有离开过军队和军营，一辈子都在追寻父亲和父辈的足迹。如果说我们这支军队的历史是一条奔腾的大河，那么我是它与生俱来的一朵浪花，而我一生追寻和奋斗的，就是用一支笔汇聚它的波涛，描绘它的壮阔，传颂它的不朽。

　　仿佛有一只神秘的手在暗中指引：十一二岁，当我还在地处国统区的湘西保靖隐姓埋名地读书时，就有一种压抑不住的倾吐欲望。那时我几经漂泊，在颠沛流离的战乱中长成了一个小姑娘，身边没有亲人，也没有伙伴，早早懂得了生存的无奈和艰难。因为要时刻提防陌生人的窥视和盘问，即使在老师和同学们面前，我也沉默不语，总是躲在一边做功课。但

我的数理化没有打好底子，只能勉强应付，国文却出类拔萃，尤其偏爱在作文中倾诉心声，抒发无法排遣的孤独和郁闷，因此作文次次得"甲"，经常被当作范文在班里朗读。只是，老师和同学当年怎么也猜不透，我小小年纪，为什么有那么多心思。

上世纪50年代初，带着满口的乡音回到父亲安在重庆的家里，他那宽阔而慈爱的胸膛还未把我从胆怯和惊悸中完全温暖过来，就把我送进他从战火中带来的部队，让我继续奔走在追寻父亲的旅途上。是追寻歌里的父亲，如火如荼的战争旋律中的父亲。那首歌现在已经无人知晓了，但当我在六十多年前听到它的时候，是那样的惊奇，那样的迷恋和向往，因而当我穿上军装，开始更漫长的寻觅之旅时，又是

285

1975年重走长征路，我和作家白桦（右一）以及同事万岗、何春芳在父亲贺龙的故乡桑植芭茅溪盐局旧址前留影。

那样的欢欣，那样的义无反顾。歌里这样唱道："他不是天上的神，他是地上的人，他曾和你我住在一个村，靠着你我近，哎！你记得那一年来那一月，一把菜刀杀仇人。"听着这首歌，那个我叫他父亲但却像山岳般矗立在我面前的人，突然又变得陌生起来，遥远起来。我弄不明白歌里为什么要用天上的神和地上的人来形容他，弄不明白他从一个什么样的村子里走出来，弄不明白他为何胆大包天，竟用一把菜刀杀仇人。但我知道他是一个伟大的父亲，是给了我生命的人。所以，我一点也不怨恨他让我十五六岁走出家门，去过枯燥而严酷的军旅生活。我想，我是他的大女儿，必须去走他走过的路，追寻他留在大地上的脚印。几年后，我有幸上北京大学，在填写志愿时，我不假思索地选择了历史系。当时我默默对自己说，溯流而上的日子开始了，从此我要去寻找到我生命和血脉的源头，我们这支军队的源头。

第二次穿上军装，是上世纪80年代。当时父亲已蒙冤去世，国家正万象更新，我们这支军队被肆意篡改的历史亟待恢复本来面貌。正在基建工程兵报担任编辑和记者的我，忽然听到总政领导的召唤，让我参与军事大百科的筹备和编纂工作。虽然在做好新闻宣传工作之余，我正兴致勃勃地投入文学创作，并在文坛声名鹊起，但我依然毫不犹豫地赶去报到了。因为编纂党史军史，为我们这支伟大光荣的军队树碑立传，是我的专业，也是我的梦想，更是我义不容辞的责任。我宁愿牺牲文学创作，也要去追逐这个梦想，承担这份责任。此后，我把全部精力投入到访问老帅、跋山涉水深入战地收集历史资料的繁忙工作中。几位幸存的老帅悲喜交加地拍着我的肩膀，拉着我的手说，孩子，我们早该做这件事了，人民军队的发展壮大，中国革命战争的灿烂辉煌，必须记载下来，名垂史册。经过十一年呕心沥血，集合军内外五千多名专家学者、五百多名专职干部编纂的《中国军事百科全书》陆续出版发行。邓小平亲自为这部巨著题写书名。全书分七个门类五十七个学科十个正文卷，共收入一万一千个词条、一万多幅图片，多达一千五百万字，把我军自诞生以来的方方面面、林林总总，悉数记录在案。当我在军事百科研究部部长的任上圆满交出这份答卷时，不知不觉中，我从一个满头青丝的中年人，进入了白发苍苍的暮年。

事情过去二十年了，我想告诉战友们的是，时至今日，我仍在歌声里，在远去的硝烟里寻找父亲，寻找我们的父辈。因为我心目中的父亲，不是一个人，也不是几个人，而是一代人、一辈人。因为他们开天辟地，降龙伏虎，用饱受苦难的身体为我们永远挡住了黑暗……

1959年2月，贺龙在参观南昌八一纪念馆后于
原二十军指挥部旧址前留影。

上图：1946年3月1日，在欢迎军调处视察张家口时合影。左起：聂荣臻、周恩来、叶剑英、蔡树藩、贺龙、萧克。

下图：1948年在延安王家坪合影。前排左起：林伯渠、贺龙、赵寿山、习仲勋、张邦英、曹力如；后排：王维舟、贾拓夫、杨明轩、马明方、马文瑞、霍维德、常黎夫。

我们的父辈血肉丰满（代后记）

写我父亲贺龙元帅的书籍、影视剧，及各种纪念和评价性文章，已经不少了。但几十年看过来，父亲留给人们的印象，还是两把菜刀、两撇小胡子。为什么会这样呢？问题出在哪里？对此，我想了很多，也想了很久。刨根问底，恐怕与脸谱化写作有关系：在一些朋友的心目中，好像我父亲贺龙生来就是一个简单的人、粗暴的人，一生都在打打杀杀。我近年写包括《回到芭茅溪》《在歌声中寻觅》在内的一系列怀念他的文章，就是想以一个女儿的真情实感，用与他贴得最近的视角，告诉人们，像我父亲那一辈从严酷的战争年代走过来的将帅，其实也有丰富的内心世界，也有七情六欲和喜怒哀乐。当然，更有高超的政治和军事智慧。否则，他们在黑暗年代怎么会受到万众拥戴，成为千军万马的统帅？

毫无疑问，我们叱咤风云的光荣父辈，无不血肉丰满，活力四射，有着非常强烈的个性特点和人格魅力。在现实生活中，他们和许多普通人一样，有着自己的血肉之躯、爱恨情仇。说到写我父亲，抗战时期有一首流传甚广的歌曾这样写道："他不是天上的神，他是地上的人，他曾和你我住在一个村，靠着你我近。"听后非常感人。由此我想到，再现老一辈革命家的风采，就应该以写这首歌的心态，用我们的笔细致地去触碰他们的心灵，他们在大喜大悲中的歌哭和震颤，把最能反映他们生命本质的细节挖掘出来。比如南昌起义的部队被打散后，革命处在绝对低潮，周总理在此时吟出的四句诗，竟让文化不高的父亲铭记在心，直到革命胜利之日还能脱口而出。这个细节便蕴含着巨大的思想内涵和生命力量。

我年逾古稀还在寻觅和诉说，全部的努力和愿望，正在于此。